中国科幻基石丛书
主编：姚海军

火花

钛艺中短篇科幻小说集

钛艺 著

四川科学技术出版社

图书在版编目（CIP）数据

火花Hibana：钛艺中短篇科幻小说集／钛　艺　著.
-- 成都：四川科学技术出版社，2022. 11
（中国科幻基石丛书／姚海军　主编）
ISBN 978-7-5727-0764-3

Ⅰ.①火…　Ⅱ.①钛…　Ⅲ.①幻想小说 – 小说集 – 中国 – 当代
Ⅳ.①I247.7

中国版本图书馆CIP数据核字（2022）第209197号

中国科幻基石丛书

火花Hibana：钛艺中短篇科幻小说集
ZHONGGUO KEHUAN JISHI CONGSHU
HUOHUA HIBANA:TAIYI ZHONGDUANPIAN KEHUAN XIAOSHUO JI

丛书主编　姚海军
著　者　钛　艺

出 品 人　程佳月
责任编辑　宋　齐　姚海军
特邀编辑　陈　曜　赵云帆
封面绘画　希　子
封面设计　王莹莹
版面设计　王莹莹
责任出版　欧晓春
出　版　四川科学技术出版社
　　　　　成都市锦江区三色路238号 邮政编码 610023
　　　　　官方微博:http://e.weibo.com/sckjcbs
　　　　　官方微信公众号:sckjcbs
　　　　　传真:028-86361756
成品尺寸　147mm×208mm　　印　张　11.625
字　数　230千　　　　　　插　页　2
印　刷　成都博瑞印务有限公司
版　次　2022年11月成都第一版
印　次　2022年11月成都第一次印刷
定　价　50.00元

ISBN 978-7-5727-0764-3

邮 购:成都市锦江区三色路238号新华之星A座25层　　邮政编码:610023
电 话:028-86361770

写在"基石"之前

姚海军

"基石"是个平实的词,不够"炫",却能够准确传达我们对构建中的中国科幻繁华巨厦的情感与信心,因此,我们用它来作为这套原创丛书的名字。

最近十年,是科幻创作飞速发展的十年。王晋康、刘慈欣、何夕、韩松等一大批科幻作家发表了大量深受读者喜爱、极具开拓与探索价值的科幻佳作。科幻文学的龙头期刊更是从一本传统的《科幻世界》,发展壮大成为涵盖各个读者层的系列刊物。与此同时,科幻文学的市场环境也有了改善,省会级城市的大型书店里终于有了属于科幻的领地。

仍然有人经常问及中国科幻与美国科幻的差距,但现在的答案已与十年前不同。在很多作品上(它们不再是那种毫无文学技巧与色彩、想象力拘谨的幼稚故事),这种比较已经变成了人家的牛排之于我们的土豆牛肉。差距是明显的——更准确地说,应该是"差别"——却已经无法再为它们排个名次。口味问题有了实际意义,这正是我们的科幻走向成熟的标志。

与美国科幻的差距，实际上是市场化程度的差距。美国科幻从期刊到图书到影视再到游戏和玩具，已经形成了一条完整的产业链，动力十足；而我们的图书出版却仍然处于这样一种局面：读者的阅读需求不能满足的同时，出版者却感叹于科幻书那区区几千册的销量。结果，我们基本上只有为热爱而创作的科幻作家，鲜有为版税而创作的科幻作家。这不是有责任心的出版人所乐于看到的现状。

科幻世界作为我国最有影响力的专业科幻出版机构，一直致力于对中国科幻的全方位推动。科幻图书出版是其中的重点之一。中国科幻需要长远眼光，需要一种务实精神，需要引入更市场化的手段，因而我们着眼于远景，而着手之处则在一块块"基石"。

需要特别说明的是，对于基石，我们并没有什么限定。因为，要建一座大厦需要各种各样的石料。

对于那样一座大厦，我们满怀期待。

抓住那些注定褪色的瞬间

说实话,为"学姐"的小说集作序,我心里是忐忑的。这是因为,学姐出道要比我早,起点要比我高。2017年他拿到银河奖最佳新人奖的时候,我还是个未上过刊的小透明。于我而言,他是我在年度科幻作品集中学习和激赏的前辈(虽然我的年龄要更大一些,这点不提也罢)。然而出道这么多年,他的作品还是第一次结集出版,若不是他在写作上有些散漫,这一篇序,哪里轮得着我来写呢?

忐忑之后,是受宠若惊。作为写作上的后来人,能为喜爱和欣赏的作者写上几句话,表达自己的喜爱与欣赏,毫无疑问是一种荣耀。兴奋之余,我又想:学姐为什么会找我来作序呢?莫非是因为,我俩都有一个女性化的外号,而这外号又勾连着某种相似的写作气质?嗯……我自作多情地认可了这一可能性。我们取得各自的外号一开始都是出于偶然,然而它们能够受到读者的认同,更可能的原因,也许是我们的作品中都有一种不同于多数男性科幻作者的细腻与柔软。当然,我们的细腻与柔软是截然不同的,在细读过学姐小说集里的每一篇作品后,我得出这样的结论。我的小说,惯于用遣词造句来勾勒迂回与纷乱的情感世界;而学姐的行文则质朴得多,他的细腻与柔软,来自留白所产生的寂寥与空旷,来自人物命运在方寸之间的模糊与摇晃。

毫无疑问,这是一种更高级的细腻与柔软。

熟悉学姐的读者应该都知道,他的小说多以日本为背景,语言也相当"和式",其细节拿捏和氛围营造惟妙惟肖,大概会让一部分不明所以的读者误会他的国籍。如此写法,在我有限的国内小说阅读经验中,是很少见的。这种写法的优点在于,它能为读者营造一种异域感,从而完成空间和时间的双重陌生化,使小说带有天然的吸引力。然而这样独树一帜的写作风格也必然遭到诟病——毕竟,我们已经接触到了足够多的日本流行文化,欣赏过了足够多的日本小说、电玩和动漫,我们真的需要以中国人的视角去代入邻邦人民的生活世界吗?

其实,这也是我最初阅读这本小说集时的疑问。直到一口气读完,我才有了答案:学姐的这种写法,与其说是语言和叙事背景的选择,不如说是审美的选择;而审美的选择,又与作者本人的性格气质紧密相连。说回文章开头的话题,学姐出道已六年有余,为何直到今天才慢吞吞地出了第一本短篇集?据我观察,他在写作上的散漫源于性格上的散漫。千万不要误会——在这个万事万物都飞速折旧因而变现为王的时代,"散漫"并非贬义,反而弥足珍贵。学姐的散漫不仅体现在他写作的速度上,也一以贯之地体现在他的行文中。和许多科幻作者不同,学姐并不热衷于书写冲突,也很少制造科幻奇观。他的叙事是从容不迫的,甚至带着一点孤芳自赏的悠然,因此,也就少有我(以及许多写作者)在字里行间难以避免流露出的紧张感和功利心。学姐的小说,总让我想起松尾芭蕉的俳句,安静、朴素,带一点宿命论的悲伤。它不急于说服你或者震撼你,而是像一名耄耋老僧,踞坐于残破的竹席之上,邀你饮茶观雪……一种安然接受时间流逝的美,一种把不完美视为完美的美。

在日语里,这种美有个名字,叫"侘寂"。

是的,在对这本短篇集越来越深入的阅读中,我开始坚信自己的判断——学姐的写作,始终在围绕"侘寂"这一美学命题。在《雪降之歌》里、在《月球之歌》里、在《绮月物语》里、在《响》里、在《小小的幸福》里,学姐其实都是在书写人生在时光中的磨损和朽坏,在书写人必然要面对的破碎和失去,然而在这个过程中,读者总是能体会到一丝纤细而又坚韧的幸福,如苦茶过喉后那一缕不绝的回甘。面对"熵增"的残酷,大多数的写作者或诅咒,或怒骂,或痛斥,或悲叹,然而学姐就如同那位老僧,恬淡悠然,细听一生中的雪落之声,并从中体悟生之快乐和死之永恒。

也许,对于还活着的我们,抓住生命中某个注定要褪色的瞬间,便已弥足珍贵。

不揣冒昧地想,也许这才是学姐在落笔时真正想传达给读者的心绪。而要完美地传达这种心绪,就要有与之适配的氛围和腔调,选择被侘寂美学浸润的和风,大概再合适不过。

当然,在我举例的几篇小说之外,学姐的独特审美依然是有迹可循的。以标题作《火花Hibana》为例,它讲的是一个普通家庭如何面对自闭症的故事,里面有学姐小说中不会缺席的时间流逝和苦难。关于自闭症,文学中已经有很多书写,甚至我也一直在构思一篇关于自闭症的小说,在我的构想中,它要比《火花Hibana》现实和残忍得多——你看,我终究是一个功利心很重的写作者,喜欢浓油赤酱地烹饪生活。可学姐不同,他将困难轻描淡写,却极为耐心地勾勒这家人的日常,勾勒人与人之间、人与AI之间充满温情的互动。在学姐的小说里，苦难不被强调，反而成为背景，它提醒我们，在生活的残缺之外，还有更为重要的包容与爱。再有，《圣诞夜》中，对于克隆这一重大伦理问题，克隆人与本体的应对却是相约共享圣诞大餐和外出小酌，"但对于我们自己而言，我们只是普通人，想要过上普通的、幸福的生活，仅此而已……即使要竭尽全力，即使要在无聊的生活中遭遇命运的诘难，我们也只能如此度过。"

我感觉，那名老僧一直徘徊在学姐的小说之中。

说了这么多关于侘寂的话题，我只是想向读者提示阅读学姐时的线索。学姐的审美固然独树一帜，他写作的其他方面也都在水准之上。在科学方面，他能够写出真实可信的细节；在文学方面，他"偷袭"读者的能力也决不逊于任何一位优秀作者——在《爱的话语》里，当仿生人小百合说出那句"我醉了"，连我这样的老练读者都仿佛遭到温柔暴击。在这本短篇集里，像这样充满巧思和情感烈度的细节还有很多，读者在"春赏夜樱，夏观繁星"（此句出自《浪客剑心追忆篇》）之余，不妨细细体味。相信我，这会是一段令你难忘的阅读之旅，或者说，这会是你人生的一个美好片段，尽管终究要逝去，但拼命抓住转瞬即逝的幸福，本身就是一种抵抗。

樱花飘四方，

洒满鲶鱼和酱汤，

树下乐未央。

松尾芭蕉如是说。

杨晚晴

2022 年 11 月 25 日

目——录

火花Hibana

世界上只有一种真正的英雄主义,那就是认清生活的真相之后依旧热爱生活。

——罗曼·罗兰

其一

"小护,上课的时候要听老师的话,不可以随便乱动。"盐野亚子一边蹲在小护的面前,打理着他的校服,一边对小护嘱咐道。

"嗯。"小护盯着母亲的手发呆,一脸茫然。

"小护,看着妈妈。"

男孩机械地抬头看向亚子的脸,依旧面无表情。她重新嘱咐了一番,看到小护点头后才继续打理。

打理完之后,小护就转身跑进校园里。

初冬已至。盐野亚子穿着卡其色呢子大衣,领口裹着白色与卡其色相间的羊毛格纹围巾,步行去两个街区外的便利店打工。她在店里做售货员,换上店员的制服,整理柜台和货架上的货物。有客人到来时，她就会站到柜台后面为他们购买的货物扫码和收费。

在日复一日的枯燥生活中，亚子总是心神不宁，因为小护经常在学校里闯祸，有时亚子甚至会在工作的时候接到老师或者校长打来的电话。

希望今天不要接到什么电话，亚子在心里祈祷着。不过她知道，这一切都不是小护的问题。

小护患有儿童自闭症。

早在小护五个月大的时候，亚子和丈夫亮就发现了端倪。每次小护盯着父母看的时候，脸上不会露出任何表情。发声也比同龄的孩子晚，直到一岁之后才发出了呀呀声。这些隐忧促使父母带他去看医生，医生在确定小护没有听力问题之后，进一步做了GARS-2行为观察填表和核磁共振。核磁共振的报告显示小护双侧侧脑室周围异常信号，髓鞘化延迟或脱髓鞘①，结合主治医生的临床观察，最终小护被确诊为儿童自闭症。

盐野夫妇永远忘不掉那天发生的一切。

看到诊断结果的瞬间，亚子就哭了出来。虽然她心里早有准备，但眼泪还是止不住地落了下来。亚子抱住了小护，但小护没有什么反应。他对亚子的泪水视若无睹。

"为什么是小护呢？"亚子心里想道，"你以后也会对妈妈的眼泪视而不见吗？"

---

① 髓鞘指的是包裹神经细胞轴突的一层管状外膜，其作用是避免神经信号传递遭到干扰，髓鞘化则是指儿童神经系统发育过程中髓鞘发展的过程。

　　小护的主治医生交代给盐野夫妇很多事情，当然安慰的成分更大一些。亚子开始天天上网，或者跑到市立图书馆，不停查阅相关的资料。而亮在繁忙的工作之余也会帮忙整理资料，将两人觉得很重要的信息打印出来。

　　在慢慢梳理自闭症信息的过程中，盐野夫妇才逐渐理解小护到底面对的是什么。这是一种持续终生的发展性障碍，至今病因不明，研究者们只能得出同遗传和免疫有关的结论。因此，即使关于自闭症的治疗方法层出不穷，患儿的治愈率也并不高。很多情况下，对于一个患儿有效的治疗方法，对于其他患儿可能没有一丁点儿效果。作为一种慢性病程的障碍，自闭症的预后①较差，三分之二的患儿在成年后无法独立生活，需要父母或相关组织的照料。

　　这比他们所能想象到的最坏情况还要糟糕。

　　为了和自闭症对抗，两人把所有能查到的治疗方法搜集起来，并仔细研究其治愈率和具体案例。资料鱼龙混杂，流传着千奇百怪的疗法，他们从中挑选了一些进行尝试，比如维生素 B_{12} 疗法、无奶制品无豆制品食疗以及纯氧加压疗法。看着小护被送进为治疗潜水员减压症所研发的高压氧舱中时，亚子对治疗效果充满期待。

　　但这些方法完全没有起到任何效果。小护快到三岁时，在盐野夫妇眼中，他的自闭症好像更加严重了。原本小护只是对周围的声音，尤其是父母的说话声非常漠视，后来他开始出现重复性的行为，其中甚至包含自残。他会突然撞墙，倒地爬起来

---

① 根据医学经验和临床表现对疾病发展情况进行预测。

后,还会继续向墙撞去。这些行为可把亚子吓坏了,夫妇两人商量来商量去,只好在家里所有的墙面上安装了跟小护身高平齐的橡胶垫,防止他冲向墙面把自己弄伤。

鉴于这种情况,盐野夫妇认为他并不适合去普通的幼儿园。丈夫是一名在职的软件工程师,工作任务繁重,在项目的设计、编码和上线阶段几乎天天都要加班,但起码薪水还不错,一个人的收入也能支撑起家用。在夫妇两人多次商量后,从事办公室文员工作的亚子辞了职,专门在家中看管和教育小护。

既然原先尝试的手段都不能改善小护的病情,两人便决定使用 ABA 疗法①来看看效果。

一开始了解到这种疗法的时候,亚子多少有些排斥,因为据说 ABA 疗法会利用大量诸如噪声和体罚这类厌恶物来塑造孩子的行为方式。这让亚子想起自己小时候家里养的小狗。那时候为了训练,小狗可受了不少罪。小护又不是小狗,自己不可能这样对待他。丈夫亮则说这种疗法就像为机器人编程。这种刻板的方法会不会有效,两人都将信将疑。

后来他们在咨询过治疗自闭症的专家后了解到,现在的 ABA 疗法可以尽可能减少对厌恶物的依赖(当然,与奖励机制相对应的惩罚机制还是必须存在的),主要以奖励手段来激励孩子行为模式的形成。而且在这么多种自闭症的治疗案例中,ABA

---

① 为英文 Applied Behaviour Analysis 的缩写,即应用行为分析疗法。具体的操作方法是,将任务目标分解为几个不同的步骤,采用适当的强化方法,按照一定顺序训练儿童,直到其掌握整体的任务目标。下文"厌恶物"即是采用惩罚的负强化方法,另外有使用奖励的正强化方法。

疗法的效果向来高于其他疗法。

盐野夫妇最终下定决心,准备找ABA疗法的专家为小护进行治疗。不过看到专家不菲的报价后,两人倒抽一口凉气。每年的治疗费用接近于一家人半年的总收入,同时谁也无法保证治疗绝对有效。

简直就是一场豪赌。

但是没有办法,ABA疗法对部分高功能自闭症患者有一定效果。盐野夫妇明白,从小护被确诊为儿童自闭症的那一刻起,两人就已经坐到了赌桌旁,哪怕会赔得倾家荡产也必须尝试。

盐野夫妇拿出家庭记账簿,把存款、未来三年里丈夫的收入、要偿还的贷款和专家所需的费用罗列出来,讨论了整整一天的时间,拟好了未来三年里全家的预算情况。

节衣缩食恐怕是一家人要长时间面对的事情了。

咬咬牙撑过去吧。亮和亚子看着在角落沉迷于自己世界的小护,下定了决心。

其二

在日本自闭症治疗界比较有名的两位ABA疗法专家被盐野夫妇请到了家中。

"请问,这里是盐野府上吗?"门铃响后,亚子打开屋门,一男一女向她问道。

"是的。是山崎和岩井两位老师吗?"亚子问道。

"嗯,是的。"两人分别递上名片后彬彬有礼地鞠了一躬。接过名片,亚子看到山崎瑞人和岩井理惠这两个名字。他们看起来有三四十岁的样子。小护的主治医生曾多次提到过这两个名字。

亚子压抑住心中的激动,将两位专家带进玄关,进到起居室中。坐在沙发上的亮站起身,跟两人握手,表情带着一丝紧张。而小护继续坐在沙发上,眼睛只盯着地板看,哪怕是陌生人进屋的声音也不能引起他的注意。

两位专家从进门开始就不断检视家中布置和装修,然后观察小护和父母的互动状况。

"可以去小护的房间看一下吗?"山崎老师问道。

"可以,这边请。"亚子拍拍小护的肩,示意他和大家一起上楼。不过小护一直没什么反应,于是亚子拉着他的手往楼上走去。小护并不抗拒,顺从地跟在亚子身后。进到小护的房间后,亮和专家们一起席地而坐。两个专家打量着屋子里的布局,而小护则坐到角落里,拿着一个玩具火车头玩个不停。

岩井老师慢慢坐到小护身边,看小护并没有拒绝自己,然后就用适中的音量问道:"小护喜欢火车吗?"

没有反应。

亚子过去拍拍他,接着说道:"老师在跟你说话呢。"听得出来,亚子的声音透露着焦虑。

岩井老师向亚子摇摇头,之后从自己随身携带的包中拿出了一个涂着红漆的木制胡桃夹子玩偶,轻轻放到小护面前。小护的目光被新玩具吸引过去,便放下手中的火车头。

"你好。"当小护的手抓到胡桃夹子时,胡桃夹子说道。亚子看到小护那充满惊讶的神情，不禁露出笑容。

"小护，你可以跟它打招呼哦，这样它就会跟你说话了。"岩井老师放慢语速对小护说道。为了让小护理解自己的意思，岩井老师之后又重复了两遍。

"你……你好。"为了组织语言，小护花了很长时间才开口对胡桃夹子说。

"小护真棒!"岩井老师轻轻挠着小护的腋窝，逗得他咯咯直笑。

渐渐地，小护和岩井老师的关系变得融洽起来。老师不厌其烦地教小护和胡桃夹子玩偶交流，而玩偶的语音反馈简明易懂。看着小护突然拾起长久未用的语言能力，亚子有些惊讶。

"在对小护进行 ABA 训练之前，两位家长一定要理解他现在的处境。"山崎老师对亮和亚子说道，"小护的感官知觉是失调的，这意味着他不能过滤正常世界里的大部分信息。打个比方，如果两位此刻把小护带到游乐园，你们会自然而然地将视觉、听觉，甚至是嗅觉和触觉中席卷而来的大量信息都过滤掉，然后寻找你们的目标信息，比如过山车的售票点，或者购买冰激凌的商店，或者是能和穿着布偶装的人合影的地方。但小护做不到。

"对于他来说，这些信息无法被他的大脑区分，以至于他被这些信息以异常残暴的方式对待。看得出两位对待小护很用心，我和岩井老师都查看过了，家里没有会对他产生这种不良影响的东西。不过两位还要多加注意，小护的行为举止很多都源自于此，只有你们充分理解这一点，才能同小护展开良性的互动。"

　　三个人看向小护。岩井老师在和小护嬉闹,他们能看出小护的互动能力比起同龄的孩子来说欠缺很多。他时不时就会走神,同时对于心里想要表达的东西完全没有诉诸复杂语言的能力。好在岩井老师的经验十分丰富,她会引导小护用表情或是最简单的词汇来表达自己,每当他做到之后,岩井老师就会用各种方式奖励小护。

　　"现在岩井老师跟小护进行的互动就是ABA疗法的一部分。"山崎老师随后将小护的情况与两位家长需要注意的事情详细讲解了一番。

　　由于小护的感官知觉是失调的,所以要格外注意小护对于信息的接受能力。在跟小护进行语言交流时一定要避免使用成语或是比喻,在很长时间内他可能都无法理解语言的复杂用法,这需要后期一点一点锻炼。但对于现在,两人必须学会将一切复杂的交流全部分解为最粗浅的指令,并一点一点地教给小护。这就是ABA疗法的精髓。

　　"岩井老师,咱们教小护说谢谢吧。"山崎老师跟两人解释完之后向岩井老师提议道。

　　"好呀。"岩井老师笑着点点头。

　　她用手机为胡桃夹子玩偶设定了一段对话。当小护走近被放置在地面上的玩偶时,玩偶对小护说道:"可以将我拿起来吗?"

　　而小护用手将玩偶拿起来时,玩偶就说道:"ありがとう(谢谢)。"

　　"小护知道'谢谢'是什么意思吗?"岩井老师问道。

小护只是盯着玩偶看,等岩井老师再次问过一遍之后才摇摇头。

"'谢谢'是在别人帮助自己之后会说的词。小护要不要跟我一起学啊?"

他依旧没有看岩井老师,但童真的脸上充满笑容。

她拉长语调,慢慢念着"A-Ri-Ga-To-U"的读音,小护则用稚嫩的声音跟着念,重复了多次才把读音记住。

山崎老师对盐野夫妇说道:"表情和语言都是重要的社交线索。小护不仅难以对交谈做出反应,对于人们的表情,他恐怕也无法立即读懂。两位需要锻炼小护这方面的能力。以后无论小护在家中提出什么样的要求,都务必让他先看你们的表情。"

虽然初识的两位老师给亚子和亮带来了些许希望,但也让他们明白,未来的挑战无处不在。即使经验丰富如岩井老师,她第一次也没能让小护看着她的表情说话。

"我能不能做到呢?"亚子在心里问道。

而一旁的亮则把老师们说的事情都在本子上记了下来。请来的老师固然重要,但山崎和岩井老师每两周最多能来辅导一次——邀请他们去做辅导的预约已经被安排得满满当当了。山崎老师说,无论是按照接触时间还是亲密程度来说,双亲才是小护最重要的老师。盐野夫妇尽可能地记录下老师们教授的互动方式,准备日后尝试。

吃过晚饭,送走两位老师之后,小护又独自坐在房间里摆弄着火车头。胡桃夹子玩偶作为老师们带来的见面礼留给了小护,但他此时已经对其失去了兴趣。

亮拿起胡桃夹子，根据山崎老师留下的网址查找到玩具公司的信息。原来这是一家叫作"火花"的公司。

"我可以对胡桃夹子进行升级，让它具有更多对话模式。说不定还能增加很多其他功能。"亮一边看着网页上的介绍，一边对亚子说道。

虽然亚子对这种玩具机器人的运行原理不太懂，不过根据小护今天的表现来看，她明白这是一件非常实用的礼物。两位老师果然经验十足，亚子感慨道。

"你会好起来的。"亚子突然说出了声。小护并不理解这句话的含义，亚子却非常清楚，这句话其实是说给她自己听的。

其三

在小护上学之前，亚子留在家中，专门用学到的ABA疗法同他互动。

和岩井老师一起时，小护的语言能力只是昙花一现。为了夯实他的发音基础，亚子利用ABA疗法中的塑造法，不厌其烦地教小护念五十音图①的基本发音。

对于高功能自闭症患儿来说，这种方法在新行为的塑造方面比较有效。其本质就是将大目标分解为小护容易执行的小目标。亚子要根据这些小目标的执行情况对小护进行反馈，如果小护的行为和想要达到的结果相似，亚子就要通过奖励来不断

---

① 由日语中标明发音的符号组成的表。

强化这种行为,直到小护可以熟练地完成这个小目标;反之则要及时叫停。

在小护完成所有小目标后,亚子还要把它们组合成原本的大目标,让小护慢慢实现。这种教育的过程很漫长,比其他儿童需要更多的精力和时间,但是没有办法——小护必须不断强化巩固这些同龄人早已学会的技能,不然很快就会遗忘。

亚子教小护发音时,会自己先张嘴,再让小护模仿这个行为。有时小护会一脸茫然地看着亚子,更多的时候则是四处张望。亚子只能不断想办法吸引小护的注意力,然后用手辅助小护模仿这个动作。这个步骤完成后,亚子会要求小护发出声音。

小护发出的声音很可能和亚子要教他读的声音不一样,于是亚子不断重复自己的发音,然后要求小护慢慢去模仿这个声音。如果小护的发音越来越不标准,亚子就会叫停,认真思考怎样才能让小护的发音变得更加标准。随着互动进行,亚子不断强化小护的发音,直到他不需要接受辅助就能独立发出正确读音。

当小护能完成某个发音时,亚子就会由衷地感到开心。当他因为搞不懂某个发音而深感挫败时,亚子的心里也会非常难过。为此小护会回避两人的互动,甚至会自残,用玩具小火车不断敲击自己的头。亚子只能阻止小护,威逼利诱小护继续参与ABA治疗。

每隔两周的时间,山崎和岩井两位老师都会在盐野家待两天,观察小护的情况,提出下段时间两位家长应该做什么的建议。为了帮助两位老师判断小护的情况,亚子和亮每天都会记录下当天教给了小护什么，以及小护的表现究竟如何。山崎老师称赞了夫妇的做法，说这样记录点滴的积累非常重要。

于是记日记这个方法贯穿了治疗的始终。

当漫长的五十音图学习结束后，山崎老师交给盐野夫妇一套常用语的书籍。

"先让小护熟悉最常用的语句，务必要经常使用。这样胡桃夹子机器人也能派上用场了。"山崎老师说道。

当盐野夫妇无法陪伴小护时，胡桃夹子机器人也可以和小护进行对话。

亮利用工作之余的时间对胡桃夹子机器人进行了深入研究。

这种简单的 AI 机器人内部并不包含电机和运动轴，所以它无法独立行动，需要孩童把它拿起来才能互动。

不过它小小的木制外壳下埋设了大量的传感器，这些传感器可以使胡桃夹子机器人看到小护的面部，听到他说的话语，感知到他是否将自己拿在手中。利用这些感知的能力，机器人便可以判断与小护互动的内容。

另外，这种袖珍机器人的逻辑核心可以经由网络连接到母公司的服务器进行功能升级，以便获得更多同孩童互动场景的判断和相应的反馈模式。由于接口信息已经公开，亮可以利用自己的编程知识为胡桃夹子机器人增加新的功能。

当然，亮还没法利用传感器获得的复杂信息直接进行编程。这些信息究竟代表互动者怎样的情绪，他完全一头雾水。处理这些信息还是要直接调用母公司的用户情绪分析函数，这是没有办法的事情。不过，公司授权给用户一定的操作权限，可以将预设的反馈语音替换为用户自定义的语音。亮用自己和亚子的声音将很多话语替换成教材中的常用语，这样就可以充分利用机器人的功能，帮助小护巩固从亚子那里学到的东西。

另外，亮给机器人取了一个名字——"火花"。

"你叫什么名字呀？"小护奶声奶气地问道。

"我的名字是'火花'。"机器人回答说。

于是小护最初的玩伴也有了名字。

亮晚上会和亚子交流小护今天学到了什么，然后根据小护的学习情况来修改火花的反馈信息。有时夫妇两人会看到小护拿着机器人玩得不亦乐乎，不断重复今天学到的新短语。不过，更常见的是，小护结束了一天繁重的学习任务之后，一个人蜷缩在自己的世界中。只要火花的语音增加一丁点儿难度，小护就会对它的反馈不知所措。这时的它不再是守护小护不受外界伤害的忠心耿耿的士兵，而更像是要把他卷入意义不明的、谜一般的、疾风骤雨的漩涡中的滔天巨浪。这时的亮总会来到小护身边，轻轻抱抱他，然后将胡桃夹子机器人拿到自己的电脑旁，一边和亚子讨论机器人应当如何反馈，一边着手利用编程工具调用官方的 API 进行修改。

这是一场长期的拉锯战。

每过几天，小护总会将他本已取得长足进步的语言能力抛诸脑后。稍微取得的进步总会被巨大的退步所掩盖，盐野夫妇为此倍感压力。亚子不得不压抑自己烦躁不安的情绪，对小护重复之前的教育。而亮还是只能不断为工作忙碌着，然后抽时间帮助亚子。

一家人就像西西弗斯一样，每天都在奋力将石头推向山顶，却又总是目睹着石头滚落下去，没有止境。

"所以说，我究竟该怎么办呢？"一个万里无云的晴朗午后，亚子在讲述了小护不断反复的情况后，小声向岩井老师问道。

"对于很多患儿来说，这是常见的状况。"岩井老师安慰道。

"那么小护过段时间就会好起来？"亚子问道。

"嗯，根据我们过去接触的患儿来看，这是有可能的。"

"但不是百分之百会好起来，对吗？"

岩井老师没有回答。两人沉默了一会儿，亚子接着问道："如果想让小护好起来的话，还要花多长时间呢？"

两人再次陷入了沉默。

她们看着山崎老师教小护用蜡笔在大大的白纸上画着画，稚拙的画中有大大的太阳，有鲜花和绿草，有小护自己，有爸爸妈妈，还有岩井和山崎老师。在小护画完之后，山崎老师引导小护用已经学到的语言技能讲出画中的故事。

"亚子小姐，周末有时间吗？我想请你陪我去个地方。"岩井老师微笑着说道。

"当天就回来吗？"

"可能要过夜。"

亚子考虑了一下，然后点点头。虽然有些放心不下小护，但有丈夫在，肯定也没问题。岩井老师嘱咐亚子一定要戴旅行用的渔夫帽，穿好适合长途步行的鞋子。这是要去野外春游吗？

亚子不禁这样想。不过她十分清楚岩井老师的为人,老师邀请她去的地方一定非常重要,她的心中充满了这种预感。

其四

在一个春末时节的周末,亚子穿着适合在野外出行的浅灰色冲锋衣,背着黑色的登山包,一个人出发了。当然,岩井老师明确说她们并不是去爬山,所以穿舒服的软底运动鞋即可。亚子来到有绿色 JR[①] 标识的车站。无云的晴空播撒着浓密的光线,此时艳阳已经渐露夏天那毫无节制的热度。不过毕竟是春天,吹拂在脸上的来自远方的风依旧十分舒爽。岩井老师已经在车站门口等候,微笑着向亚子招手。老师和亚子的行头很相似,两人会合后就刷 Suica 卡[②] 进入站台。

亚子跟随岩井老师上了一趟去往西北方向的电车。城市的风光在车上的窗口中不断退去,楼房越来越稀疏,田野和远处连绵的群山出现在亚子的视野中。三三两两的人突然出现在风景中,不知是农人还是踏青的游客。

这真是个出游的好天气。

过几天也带小护去踏青吧,如果丈夫有时间的话那就三个人一起出来,亚子在令人心旷神怡的景象中不禁想道。毕竟儿童自闭症患者的知觉和空间感知能力是有缺陷的,亚子每天都

---

① 日本铁路公司(Japan Railways)的英文缩写。

② 日本铁路交通卡的一种,又被称为西瓜卡。

会带小护到户外练习简单的运动,他在户外通过蹦蹦跳跳的方式来摸索运动的节奏感和平衡性,这对于自闭症的改善来说是必需的事情。

电车行驶了接近两个小时的光景,两个人下了车,然后转乘两次大巴才到达目的地。第二辆大巴越过三四个并不高的山头,在一片杉树林前停下。到站下车后,岩井老师带亚子沿不宽不窄的道路走进这片林中。走了十分钟左右,她们两人进入一块开阔地,看到一个大大的农场。农场的大门上挂着一块标有"小松寮"字样的牌匾,从屋里出来透气的看门人远远见到岩井老师后就挥起手臂。

"岩井老师你来啦? 需要我让人开车来接你吗?"看门人的头发有些花白,精神却十分抖擞。

"谢谢啦,不过不必了。这么好的天气,我和朋友想多走走路。"岩井老师笑着说道。

看门人点点头,打开侧门为两人放行。还没进门,动物身上的味道就从里面飘了出来,多少有些刺鼻,不过亚子却觉得这里的味道令人十分怀念。这让亚子想起小时候去动物园的时光。

两人路过开阔的农田,里面有一个成年人高的巨大拖拉机在田地上慢吞吞地履行着自己的使命。农田后面密密挨着几处外观十分质朴的建筑。岩井老师向亚子解释着它们的功能,有的是鸡舍,有的是猪舍,里面充满各式各样现代化的养殖设备。当然这几处并不是岩井老师的目的地,所以没有带亚子去参观。

向农场深处走了很久,亚子看到一片被木制栅栏围住的场地。场地里有一些障碍物,一个穿着浅色工作服、佩戴马术帽的男人正在骑马翻越它们。棕色的马速度并不快,但节奏感很好,伴着踏踏的马蹄声沿着既定路线灵活前进。当马儿升腾在空中时,亚子都会为骑手捏一把汗,不过视野中的骑手牢牢踩着马镫,抓马缰的姿势也恰到好处,看起来不会有什么危险。在越过最后一个障碍前,骑手对马低声耳语,而马也在回应骑手,逐渐放慢速度,调整好跳起的切入角度后才奋力一跃。

一次成功。

看到此情此景,亚子不禁鼓起掌来。骑手从马的身上下来,轻轻抚着马的鬃毛。马的尾巴也雀跃欢腾着,它活像一个被夸奖的孩子。

"平一郎!"岩井老师笑着向骑手招手道。

"妈妈!"骑手叫道。啊,原来是岩井老师的孩子啊,亚子在心里想道。

叫作平一郎的人将马牵出围栏。他的脸上还充满稚气,大概刚刚二十岁的样子。当两人走上前去的时候,亚子发现他的眼神在躲避着自己,时不时看着自己的鞋,或者看着马的眼睛。这种似曾相识的感觉让亚子很快就明白过来。

"这位是妈妈的朋友,亚子小姐。"岩井老师向平一郎介绍道。平一郎只是点了一下头,然后又扭头看向马。

高大的马仿佛也体会到了这里的气氛,屏息凝神地等待主人的命令。

"他叫平一郎,是我的儿子。"岩井老师又向亚子介绍道。

"你好。"亚子微笑着向他点头问好。

"嗯。"他还是不看亚子。

　　"跟人打招呼时应该说什么呀？"岩井老师不急不躁地引导着平一郎。

　　"你……你好。"平一郎终于正眼看向来客，不过立刻又回过头去看着马的眼睛。一副在他人面前就坐立不安的模样。

　　平一郎牵着马向马厩走去，两人则在他身边跟着。岩井老师问了平一郎最近生活的情况，但平一郎无法都做出回答。对于有些问题他会想很久，甚至会停下脚步。而马和两人也会配合他停下。

　　平一郎的情况令亚子大感意外。看着他的时候亚子总会想到小护。如岩井老师这样厉害的教导者也不能真正改善平一郎的社交情况，这样的现实令亚子心里五味杂陈。

　　平一郎把马关进马厩，将马厩的栅门关好。"大家一起去吃饭吧。"等他在更衣室换好便服之后，岩井老师拍手说道，说罢便拉着平一郎和亚子去两公里开外的食堂。

　　吃午饭的时候已经两点半了，毕竟两人到小松寮的路上花了很多时间。不过亚子被这里可口的蔬菜吸引了，觉得花费的时间不算什么。这些蔬菜不仅种类很多，颜色很鲜艳，而且味道也是清爽可人。

　　"这里的蔬菜可真好吃。"亚子说道。

　　"这是平一郎和同伴们一起种的。"岩井老师回答说。

　　"是自己种的吗？你们好厉害！"亚子不禁感叹道。

　　"肉也是来自他们自己饲养的经济动物。"

　　"你们真了不起！"亚子对平一郎说道。这时平一郎虽然害羞地将脸别过去，但脸上露出自豪的笑容。

午休过后,平一郎继续参与劳作,而亚子跟随着岩井老师,在整个小松寮好好地转了一圈。小松寮的规模并不小,听岩井老师讲有很多和平一郎相似的人在这里工作。

"因为专家们认为自闭症的孩子多跟动物打交道比较好,所以我将平一郎送了过来。但如你所见,即使我和他的主治医生用尽了浑身解数,平一郎的自闭症也并没有痊愈,起码离直接在社会上自立生活这一目标很遥远。"

这就是问题的答案吗?听到这里,亚子的心不禁一紧。

"话说,我最近总是想起自己在年轻时听到的一则故事。你愿意听一下吗?"沉默了一会儿,岩井老师问道。

"嗯。"亚子点点头。

"故事是这样的——曾经有一个人在野外被狂象追赶,于是拼命奔逃,结果不慎坠入一口枯井中。下落时他侥幸抓住了一根悬挂在井中的藤蔓,狂象追不进来,他便稍微歇了一口气。但是没过一会儿,他就看到有一只老鼠正在啃食着那根藤蔓的根部,井底也有毒蛇嘶嘶作响,而他身边的井壁上,有一条大蟒蛇在对他虎视眈眈。如此命悬一线的情况下,突然有蜂蜜顺着藤蔓流下,那人用手指蘸了蜂蜜,舔食之后赞叹道:'真甜呐!'"她慢慢说完故事,然后接着讲道,"这是佛经《四百论广释》中解释第二品时提到的故事,劝诫人们不要被一时的乐蒙蔽双眼,要看清楚世事背后的苦。那井中的人也不应贪恋一时的甜蜜,而应尽力在险象中求得生机。"

这时,岩井老师转过身去,握住亚子的手,说道:"可是,我却不这么认为。我觉得,在人生陷入无以复加的困境时,务必要记得甘甜的事物。这并不是逃避，而是一种修为。我们和孩子相处的时候，不要忘记羁绊中一点一滴的美好。这是我们一定要做到的事情。"

岩井老师的眼神如此坚定，亚子以前从没见过。

"嗯。我一定竭尽所能。"亚子回答说。

其五

不管过去多久，亚子依旧能回想起自己和岩井老师一起在小松寮度过的短暂时光。这件事在两人回家之后也被亚子记到了日记中。

亚子在那里的两天时间里详细询问了很多事情，比如小松寮的运转情况，还有自闭症患者在这里工作和居住的情况。

"这里会根据大家的情况分配工作和居住场所。有些患者的情况很棘手，进入社会的话一定会无所适从，但是他们在照顾动物或者种植作物的时候却表现很好。在和动物打交道的时候，他们要比普通人更加细心，动物也更依赖他们。耕作时也是，他们的注意力会全部放在工作上面，所以这里的作物收成都很好。如果有的患者不适合这两样工作，也可以去尝试其他职位，比如为蔬菜和肉类打包，以及在木材加工厂去做木工活。这里的货物在运输时所用到的木筐和木箱基本都出自他们之手。通过自己的劳动来自食其力，能够增强大家的责任感和自信心，而且可以活得更有尊严。

"至于住宿,管理者们也会按照每个人的具体情况分配。这里的居住地被称为潮寮①,即'group home',几个人住在一起,但又有自己的独立空间,互相帮助,又有完备的隐私条件,对于住在这里的人们来说还是比较舒适的。"岩井老师基本上知无不言,言无不尽。

在征得平一郎的同意后,岩井老师带亚子参观了他的房间。他的房间十分整洁,衣服收纳在从事木工的工友所打造的木橱中。简洁的橱子上还摆放着马术比赛的奖杯,而家人的照片也被放在奖杯旁。岩井老师说,私人空间的一切都可以按照自己的爱好来布置,至于潮寮里的公共空间则由住在这里的全体人员来共同决定如何布置和使用。

亚子感到自己不虚此行。

"我可以把小护送到这里吗?"两人在客房住下时,亚子问道。

"可以是可以,但对于小护来说还太早。这里就像'榉之乡'那样的社会福利机构一样,专门面向成年以后自闭症情况也不能好转的人。"

"可是,如果小护一直不能好转的话,就……"这是亚子始终不想面对的可能性,只要一想到这点,她心里就会非常难受。

"我带亚子小姐来这里,只是想说,面对小护的情况请不要太焦虑。竭尽全力,把自己的一切都奉献出来。但面对无可奈何的结果时也请顺其自然,就像我面对平一郎时一样。这些孩子的内心其实非常纤细,家长的一言一行他们都会铭记在心里,

①取自日本"榉之乡"为自闭症患者开设的宿舍名称。(作者注)

如果太过用力就会事倍功半。所以亚子小姐一定要改变心态，这样才有可能真正帮助到小护。"

"嗯，我明白了。"听到这里，亚子握住了岩井老师的手，说道，"十分感谢。"

"不客气。"岩井老师笑着回答。

从小松寮回来之后，亚子的心态发生了巨大转变。当小护的语言能力发生了倒退时，亚子也不再急躁。坏的情绪传递给小护之后，他会更加抗拒学习，亚子早就明白了这一点，但之前自己并不能很好地控制住情绪。现在她觉得结果已经不再是必须要保证的东西。

亚子的内心如此爱着小护，所以现在和他相处的一点一滴都是幸福的结晶。

亚子和丈夫畅谈了小松寮之旅后，他也觉得受益匪浅。他很认同岩井老师的观点，认为切不可用力过猛。循序渐进，做好父母该做的事情，剩下的就只能看小护自己了。面对反复的情况，夫妇两人还是会急躁，但他们已经明白了，如果想让小护战胜缠绕其身的病魔，那么夫妇两人非得先战胜自己的心魔不可。

这才是他们需要竭尽所能面对的事情。

在那阴暗潮湿而又危机四伏的井中，顺着藤蔓滴下的蜜会和努力挣扎的人不期而遇。

有一天晚上，亮在研究胡桃夹子机器人的时候，小护凑了过来。他好奇地盯着笔记本电脑屏幕上的代码，感觉十分新鲜。

亮把小护抱到自己的大腿上，让他对着电脑屏幕看清楚些。他睁大眼睛,脸上的表情仿佛是发现了不得了的东西。

亮不禁笑了起来,然后跟小护介绍起了这些代码的作用。

"这里就是'火花'的内部。这一部分是驱动代码,是让你的小机器人看到你,感受你,以及发声用的。"亮单独调用了机器人的视觉代码,于是小护看到电脑屏幕中出现了自己的脸。

"小护,对'火花'招一下手。"

小护挥了一下手。屏幕中的自己也在挥手。

"对它说晚上好。"

"晚……上好……"小护一边思索着,一边重复了父亲的话。

"晚上好。"胡桃夹子机器人也回答说。

"小护,看这几行代码。在你对机器人挥手并且说话时,它就在调用这些代码来回复你。"

小护看罢就伸手去碰电脑的键盘。亮让他先等一下,然后把现在的代码进行了备份。之后就交给他随意摸索了。

小护还太小,没有学过英语,自然不明白这些编程语句的含义,很快就把代码弄得乱七八糟。屏幕上充满了错误的语句,只要一运行就会报错。小护闷着头继续乱点乱写,错误越来越多。这让亮想起了小护的涂鸦。

小护沮丧地看着机器人,此刻它毫无反应。

"如果想让机器人和你交流的话,你需要保证这里面语句的正确性。"亮指向屏幕上的编程区域,然后恢复了刚才的备份。这时小护在亮的指导下,只是一点一点调用语句,于是他看到机器人也有了正确的反馈。

这下小护明白了那些语句的作用,开始在不修改原有语句

25

的情况下自己调用那些语句。小护的兴致被火花的内部世界调动起来。

也许小护不明白自己正在面对什么，而亮却觉得这本身就代表了人类的一种天性，那就是人们天生对于逻辑性的热爱。

宛如闷热阴暗的井中突然亮起的火花。

后来亮看了看屏幕右下角的时间，已经22点多了。对于小护来说，这个时间睡觉已经太晚了。

"明天，玩。"小护在睡觉前，指着机器人说。

"好的，等明天爸爸回家，接着教你。"

"嗯！"小护在床上开心地点头。

其六

盐野夫妇完全没想到小护对于胡桃夹子机器人的编程那么喜欢，以至于两人开始商量如何继续培养小护的这个兴趣，直到它真正生根发芽。

"可惜我对编程不太懂，没法好好教小护。"亚子面对丈夫的工作显然十分苦恼。她试着看过丈夫的工具书，但对她来说那些大部头宛如天书。

"嗯，编程对于没有基础的人来说的确很麻烦。这方面还是由我继续来教吧。不过还是需要太太帮忙教小护英语。"

"可以是可以，但面向儿童的英语教授方式更偏向口语化，和你们工作中常用的那些语句区别还是蛮大的。"

"的确如此。"亮点点头，稍作思考后说道，"所以如果教小护英语的话，还是要从传统的方法开始。没办法，只有这样他才能更好理解编程语句的含义。"

两人就如何教小护学习英语聊了很长时间，最终达成了一致。

"好吧。我明天就开始试试教小护英语。"最后亚子答应道。

"拜托了。"亮轻抚着亚子的手臂。左手无名指上的指环闪闪发亮。

不出所料，小护对于英语的接受能力明显要更差。他的母语基础本来就不理想，亚子还要在不断巩固小护母语的基础上，见缝插针地教他简单的日常英语。为此，夫妇两人买了不少面向幼儿的教材，只是效果并不好。对此，山田和岩井老师建议夫妇两人还是应该以教授日语为主，毕竟将来周围孩子们交流起来肯定是以日语为主。如果小护进入学校的话，还是要先和同学们打好交道。

毫无疑问，两位老师的建议是有道理的。不过夫妇两人还是想慢慢培养小护的爱好，所以在母语的教学没有落下的基础上，亚子依旧会慢慢教他一些常用的英语。而到了晚上，如果亮不加班的话，就会教小护去调用胡桃夹子机器人的程序。

小护的兴趣使他对于机器人编程的学习进步神速。虽然他还不了解屏幕上那些英语和数字的具体含义，但是他已经能使用机器人的全部功能。

不过令他困惑的事情依旧很多。

"爸爸！程序！"小护有时候无法很好地描述心里的想法，所以亮只能去慢慢引导他表达自己。

"小护是在说哪里的程序呢？"

"这儿！"小护指着火花在远程调用的用户情绪分析函数。亮这时恍然大悟，原来小护想了解输入和输出之间的逻辑过程。为什么和火花进行不同的互动之后会得到不同的反馈呢，他百思不得其解。

就像小护自己跟其他人的互动一样。

亮由此陷入思考之中。由于机器人的 AI 是基于深度学习原理，和其他软件工程自上而下的设计范式不一样，研究员能给予 AI 的都是基础算法，AI 根据学习时所使用的样本数据来不断自我迭代，具体会生成怎样的最终算法，人类完全无法预测。

所以在大量复杂的应用中，人类根本读不懂 AI 迭代出来的算法代码，但是测试的结果却能和人类设定的目标值拟合。

简直和人类孩童的学习过程一样。

亮认为人类成年之后的学习过程不过是量的积累，但孩童的学习显然不是。在和父母的语言互动中，从牙牙学语到掌握基本对话之间并没有什么明显的界限。那里大概有着算法爆炸式地增长，然后迅速成型，不再发生剧烈的变化，以至于在人们成年之后也受此恩惠，亮不禁这样想道。

只要火花出现了，就注定会演变为烈焰。

但是这对于小护的学习并没有什么指导作用。小护不得不面对无法处理的海量信息，必须要学会在其中挑拣有用信息并进行学习和记忆。就像 AI 形成自己的算法一样。

成长的过程中,时间和运气哪样都缺不了。

想到这里,亮故意笑着弄乱小护的头发,于是小护一边用胳膊徒劳地保护着自己的脑袋,一边咯咯地笑个不停。

这件事也让亮有了新的想法。

之前山田老师在上课时跟亚子说,小护的语言基础已经接近中游,但对话是要根据对话者的表情与举止而变化的。社交线索是对话发生的基础,只有读懂这点,小护才能真正融入人群。根据山田老师的建议,一家三口经常会在周末去动物园或者小公园,然后让小护学会观察别人的表情,并制造一定的机会让小护去跟同龄人对话和玩耍。另外在家里的时候,夫妇也会陪小护一起看录制好的电视剧或者特摄片,随时暂停来问小护剧中人物的表情代表了什么。

亮突然想到可以让机器人帮助小护一起判断社交线索。就像之前让火花陪小护进行语言训练一样,每当夫妇都不在小护身旁时,它就是小护的训练师。

"小护读不懂剧中人物的表情时,可以请教火花哦。"亮对小护说道。

由于具备训练成熟的AI算法,机器人和人们的对话时并无疏漏,在判断社交线索时也有着得天独厚的优势。这种从社交线索结合对话的能力就是跨指令综合处理的能力,这也正是现在小护要学会的技能。从那以后,小护看电视时总会让火花陪在身边。

"英雄生气了吗?"在看每周都会播出的特摄片时,小护总会向机器人询问剧中角色的表情。

"是的，这个表情是在生气。"它回答说。

"坏人在笑吗？"

"虽然坏人戴着面罩看不到表情，但是根据音调判断的确如此。"

"嗯，原来如此。谢谢。"

"不客气。"

在外出时，小护也想带机器人一起。为此，亮给小护买了一个戴在耳朵上根本不起眼的蓝牙耳机，根据可修改的程序设定，火花可以直接将他人的情绪名称通过蓝牙耳机告知给小护。为了避免他对它的能力产生依赖，亮有时会允许小护带机器人出门，有时则不允许。

每当碰到不允许的时候，小护总是满脸愁云。亮感觉有些于心不忍，但是没办法，不可能一辈子都让小护把机器人带在身边。

不过有了火花的帮助，小护在语言和社交线索方面的训练得到了保证，所以相应的水平在不断提升。

对于小护来说，说不定机器人就是他的第三位老师。亮有时会这样想。

其七

虽然前途未卜，但是方向和方法确定之后，时光宛如白驹过隙。很快小护就到了需要上学的年龄,于是亚子和亮有了一个大胆的计划——把小护送进普通学校。

盐野夫妇就这件事咨询过两位老师。他们认为小护基本达到了中等偏下的语言能力,如果去上学的话已经足够了。他的运动协调性要比同龄人差一些,可能无法正常参加集体活动。另外,在家里小护的注意力自然够用,如果进入课堂后面对更多人,能不能适应还是未知数,毕竟他从没去过幼儿园。当然这些只是担忧而已,究竟实际会如何谁都不清楚。如果小护能和正常孩童一起成长,自然不是坏事。

在两位老师的祝福中,小护结束了ABA治疗,背起了小书包,开始入读小学。与此同时,亚子也重新步入社会,开始在便利店打工。每天亚子都会早早起床,准备一家三口的早餐。等小护吃完饭之后,亚子还要帮小护穿校服。由于小护的运动能力有些失调,对他来说像其他孩子一样穿戴衣物是件难事。他回家时衣服也总是显得乱糟糟的。为此亚子也在慢慢训练小护,他现在穿衣的表现也比过去好很多了。

果不其然,小护的学业并不顺利。由于没上过幼儿园,小护可能会在课堂上突然起立,或者突然大声说话,这让老师们很不愉快。即使夫妇二人经常叮嘱小护要注意课堂纪律,小护也总是犯这些错误。为此亚子在小护上一年级的时候经常会被叫到学校。

"实在抱歉,小护又在课堂上惹什么事情了吗?"每次被叫到学校的时候,亚子总是提心吊胆。

一开始,年轻的班主任对小护的行为有些恼怒。别的孩子在上课时都很乖，像小护这样完全不听话的孩子她还是第一次碰到。最让她生气的是，小护经常对老师的提问视而不见，回答问题的时候又显得语无伦次。他大概会成为班上成绩最差的学生吧，班主任总是这样想。

后来她和校长与亚子三个人一起讨论时才真正了解了小护的情况，以及盐野一家这些年究竟经历了怎样的生活。一方面她认为盐野夫妇有些自私，进到普通学校后小护的课业并不顺利，而他造成的麻烦也势必会影响其他学生的学习。但另一方面她又很认可盐野夫妇的教育方针。也许自己在那种情境下不可能会做得更好，她发自内心地想道。而且当她明白小护在学习中并不存在态度问题时，她对小护的态度自然也缓和起来。在她的算术课上，但凡小护听不明白的问题她都会慢慢地重复几遍。她也向其他授课老师们转达了小护家的情况。

对于小护来说，最麻烦的当属参加集体体育活动，一边要听从老师或者队长的指示，一边又要做出相应的动作，这实在是太难了。别的同学很快就能学会的东西，在他这里宛如一道天堑，始终无法跨越。所以上体育课时他只能默默地坐在场外，看其他小伙伴在那里开心玩耍。

为此亚子开始在下班后帮小护练习运动协调能力。恰好七至十二岁的自闭症儿童正处于运动能力快速增长的阶段，这对于小护的自闭症状况改善来说也是很好的机会。在咨询过岩井老师之后，亚子开始按照她给出的建议对小护进行训练。

她会模仿老师下达指令，然后分解动作，一点一点教给小护。玩躲避球时,亚子先教小护如何接球,如何传球给队友,如何进攻,进而教他如何在场上不要撞到队友身上。

单一的指令小护很快就能领会,但是跨指令就很麻烦,比如如何一边接球一边避免撞到队友或者出界。运动的跨指令综合处理和语言类似,有些指令是默认的规则,老师不会发出,需要小护根据临场的空间状况来执行,所以难上加难。

但没有办法,只有不断地练习才能让小护勉强跟上同龄人的步伐,就像当初的语言练习一样。利用类似于ABA疗法的方式,亚子不断将体育指令细化,让小护完成跳绳、左右手交替拍球、接球、侧滑步、交叉步、变速跑、单腿平衡等基本动作的指令。等小护对于单一指令能很快做出反应之后,亚子又不断将指令组合起来对小护进行训练。

每天看着接受这些训练的小护,亚子就会想到其他孩子。有些孩子正在展现自己的运动天赋,加入空手道、弓道、剑道、棒球、游泳社团,并逐渐在训练中成长为独当一面的选手。但小护不是。他吃了很多苦,每天都要花很多时间来训练,到头来只是为了成为一名普通的孩子。

每每想到这里,亚子总会心有不甘。

但这就是命运,一家人就因为命运那头残暴的野象,被逼至一口黑暗的井中。和其他天然生活在阳光下的家庭不一样,盐野一家拼尽全力也只是为了一线生机。

"So be it"——那就这样吧。

亚子一边想着,一边为运动后变得邋遢的小护整理了一下衣服。

"妈妈，我能回家看动画了吗？"小护奶声奶气地问道。

"今天份的锻炼已经完成了，可以哦。"亚子点点头。

快快成长起来吧！亚子和小护一起回家时如此想道。

其八

每当已经成为高中生的盐野护回忆起过去的生活时，他并不能意识到自己到底经历过什么。在他心目中，自己在小时候每天都过得很辛苦，除此以外就没有值得一说的事情了。那时候母亲和父亲每天也很辛苦，虽然他能感觉到这点，但究竟是为什么变成这样，他并不清楚。而且那时候有两位老师经常来到家中，而现在他很少会再见到他们了。

如今他已经成长为一个平凡无奇的年轻人，智力水平一般，学习成绩一般，体育能力一般，交着两三个可以中午在教室里一起吃饭的朋友，丝毫不引人注目。

如果说有什么不同，那就是他参加了学校计算机部的活动。初中时他是归宅部①的一员，什么社团都没参加，于是到高中时他就想改变这一点。至于为何要寻求改变，他自己也并不清楚。

先加入社团看看，后面的事情再说吧。他怀着这样的心情交上了入部申请书。

---

① 就是放学不参加任何社团活动直接回家的人，他们戏称自己参加了"归宅部"。

社团里的人都很喜欢编程。有些人像自己一样,很小就因为双亲的缘故一直在接触软件开发。除了部长有时会发布一些开发企划来让大家一起参加外,平日里部员们都是按照自己的喜好进行研究。社团活动室里不时会响起噼里啪啦的键盘声,有的部员则会经常翻阅计算机部利用经费购买的编程用书,而有人在编程遇到困难时就会找部长和学长们交流。

这样的环境令盐野护感到十分惬意。他会在放学后躲在社团的一角,面前摆着一台笔记本电脑和一个蓝色漆装的胡桃夹子机器人,然后埋头进行自己的研究与实验。

"盐野君每天在用小机器人做什么?"有一天,坐在他旁边的同级生好奇地问道。

"想让它调用我训练的AI。"盐野指了指自己电脑中的程序。

"你会训练AI?"同级生露出了不可思议的表情。

"网上有现成的套件,在任何电脑上都能部署。"

"你在训练AI?"计算机部的部长听到他们的谈话后非常惊讶,于是也来到盐野护的身边。

"嗯,是的,部长。"盐野护点点头。

"不过普通笔记本的计算性能并不太好,存储空间也太小。用这样的硬件系统来训练AI是不是效率很低?"部长接着问道。

"的确如此,所以我把深度学习的层数设置得很少。这样得到的结果也不是很理想。"盐野护回答说。

"你主要做哪个方向的训练?图像识别?语音识别?还是自然语言处理?"

"跨指令分析处理。我想让它通过图灵测试。"

"唔……也就是说，上面几样你都要——一训练咯?"部长轻扶下巴，然后说道。

"嗯，全都要训练一遍，然后做跨指令处理。"

"现在训练到什么程度了?"

"可以的话，请来试一下吧。"盐野护把小机器人递到部长手中。

"你好。"当部长的手抓到机器人时，它便说道。

"你好。"部长回答说。

"我刚才听到了对话，你就是计算机部的部长吗?"

"是的。你很聪明。"部长笑着说道。

"过奖过奖。"小机器人谦虚道。

这样的对话促使其他部员都围了上来。

"这个机器人我小时候也使用过。好怀念啊!"一个部员说道。

"嗯，我也是。话说这个是后来推出的开发版吗?"另一个部员说道。

"估计是。我也想买一个了。"

"盐野君，你从哪里购买的?"

"我把购买链接发到Line上。"盐野护打开自己的手机寻找着计算机部的群组。

"谢谢啦!"

"不客气!"小机器人突然回答说，惹得大家都笑了起来。

"对了，大家听我说。"这时候部长对在场的所有部员说道，"五个月后有面向高中学校的计算机大赛，我部一直在参与单人的算法竞赛,AI相关的挑战赛一直还没涉及。诸君今年要不要尝试一下?"

"好啊好啊!"听到部长的话语后大家的情绪顿时高涨了起来。

AI挑战赛被安排由盐野护负责,共有五人代表学校参赛。

大家找到过往比赛的记录,然后一一进行研究。

很久以前,在他们还没上小学的时候,面向高中的AI赛事主要涉及观点型问题阅读理解竞赛、细粒度用户评论情感分析竞赛、英日文本机器翻译竞赛之类的比赛。

也就在那时,跨指令综合处理在商用AI范围内已经成为主流,于是比赛内容也在向这方面靠近。后来,由于AI助手商用化大行其道,相关比赛就开始以通过"图灵测试"为主——由评委们通过麦克风同人或者AI交流,而被测试对象则在屏幕上反馈文字。

如果测试对象被判断为AI,评委就要为其"人性化"的各项指标打分;如果被判断为人类,则不需要打分,只需要标明为人类即可。如果评委判断其为人类而实际为AI,则其成绩自动为满分(当然这种情况在历年的图灵测试中实属凤毛麟角)。大部分情况下,评委很容易能判断出对方是否为AI,而"人性化"评分最高的AI即被视为优胜。

规则看起来很简单,但图灵测试一直是AI测试的皇冠。在复杂的人机对话中,AI稍有不慎就会露出马脚。比如胡桃夹子这样的AI,随着代码在这些年的升级迭代,它同人类交流的功能已经日趋完备。纵使如此它依旧只是合格的AI助手，因为它的代码从来不为欺骗人类而进行优化，所以也不可能通过图灵测试。

当然，即使通过了图灵测试，也不能说AI就真的拥有了人类智能。或者说，通过图灵测试的AI未必比胡桃夹子更有用。所谓"人性化"的评分也只是描述在评委的感受中对方是不是更像人而已。

其九

在研究完过往比赛的情况和本届大赛的章程之后，五个人开始分工，为参与大赛进行准备。

图灵测试融合了过去AI类比赛中的多个分赛道，进而形成一种统一的跨指令综合分析处理测试。不管是图像识别（尤其是人类面部表情识别）、语音识别（人类声音的语义识别），还是自然语言分析（包含阅读理解和细粒度情感分析）、自然语言反馈（将分析结果以自然语言的形式进行反馈），这些以往分赛道的训练统统都要做。

另外，为了便于评委在测试结束后检查各参赛队有无作弊，参赛者需要将AI代码和训练过程中用到的练习数据集与测试数据集全部归档，发给大赛主办方，以备异议检查。

为了参与这次AI相关的比赛，部长在学生会那里软磨硬泡，终于通过了比往年高得多的活动预算。这笔预算被用于购买五台适合进行AI训练的计算机。这些计算机除了安装有强大的CPU和足够大的硬盘外,更重要的是安装了足够强劲的GPGPU显卡。由于每台电脑都装了四块性能强大的显卡,运行时可以听到机箱内发出轰鸣的风扇噪声。

"哇,好吵!"部员们抗议道。

"没办法,挪到学校的机房吧。"大家七手八脚地把这些沉重的电脑挪到了控温防尘效果很好的学校机房。

盐野护教其他四个参赛者远程部署必需的软件,其中就包括Python和CUDA这些软件。五台计算机中有四台被用于进行图像识别、语音识别、自然语言分析和自然语言反馈。等需要安装的程序都部署完成后,接下来就要开始深度学习的训练了。

实际上,不管是应用于图像识别的卷积神经网络,还是用于语音识别的使用隐马尔可夫模型状态网络,抑或是基于自然语言分析的NLTK工具配合贝叶斯神经网络,这些技术已经非常成熟,队员们在网络上扒取所需的知识即可完成训练,甚至有人专门提供了庞杂的AI训练库,便于新手选取其中的素材。

由于在Github上就有很多成熟的代码,盐野护的小队就根据历年比赛的成绩来研究优胜队伍的开源代码,不断评估并进行改进,慢慢形成了属于自己风格的代码范式,然后部署在那四台计算机中进行训练。

在其他队员已经开始为比赛上手之时,盐野护却陷入苦战之中。最难的工作就是如何整合这四项深度学习的成果,并形成具有一定容错能力的反馈机制。这种基于遗传算法和决策树的价值网络被部署在第五台计算机上,每天盐野护都要对相应的自动学习参数进行微调，结果却总是不尽如人意——时间太过紧张，这方面的训练该如何进行，自己对此完全没有头绪。

为了解决问题，盐野护每天晚上都在家里利用远程登录的方式对第五台计算机上的AI程序进行测试，然后根据结果修改价值网络的参数。这项繁重的工作让他经常在上课时哈欠连连，在家里时注意力也集中不起来，进度还不理想。

看着每天起床后都没胃口吃早饭的盐野护，亮和亚子不禁担心起来。

"看你每天都在熬夜调试程序，没问题吧？"一天早晨，亮在餐桌上向小护问道。

"嗯，最近碰到的问题有些棘手。"盐野护摇摇头，咬了一口培根三明治，然后喝了一口超浓的咖啡。他以前明明最不喜欢浓咖啡的味道。

"感觉你最近的精神状态变得很差，这样下去会影响身体的。"亚子也说道。

"唔，我会注意的。"他想方设法吞下了手中的三明治。虽然妈妈的手艺无懈可击，但长时间睡眠不足让他感觉吃早饭的时候味同嚼蜡。

"如果你在编程上碰到什么问题，可以问问你爸爸。"亚子建议道。

"嗯。"盐野护仔细想了想，过了一会儿向亮问道，"爸爸，该怎样教小孩成长呢？"

夫妇两人都在餐桌旁愣住了。

两个人迎着彼此的视线，而盐野护也察觉到了父母的异样。他不知道两人为什么会是这幅表情。

"所以说?"他歪着头看着自己的父母。

"所以说,你是想了解小孩的养育过程吗?"亮重复了一遍小护的问题。

"嗯,是的。"他点点头。

餐桌旁又陷入了寂静。

由于盐野护到了该出门的时间,他不得已先穿好校服,提着书包出门了。

"老婆,给他看看咱们过去一起记下的日记可以吗?"等小护走了以后,亮看着亚子说道。

"唔……给他看那个是不是太早了?"亚子问道。

"不知道。不过感觉对他现在来说是有帮助的。"亮回答说。

"嗯,让我考虑考虑。"亚子点点头。

等盐野护晚上回到家之后,看到自己的书桌上摞着二三十本厚厚的本子。不明所以的他翻开本子之后才发现,原来这里面是这个三口之家十多年的光阴。

……

3月12日 晴 by 亚子

今天在教小护"た"行的读音,结果"ち"和"つ"的读音他学习了好久都没有掌握。不知道是不是我不太会教的缘故呢?过两天老师们就要来了,到时候我要好好请教一下他们。

……

5月30日 晴 by 亚子

小护又把之前学习的五十音图读音全部忘记了。为此我跟岩井老师通了电话。她安慰了我，并劝我不要在小护面前着急。

嗯，我知道的。我还没有气馁。

晚上的时候，我和亮一起带小护去家庭餐厅吃饭，点了他最爱的蛋包饭。看到他的笑容，我就"充电完成"了。

明天再从头开始。

亚子，加油！

……

9月22日 雨 by 亮

小护把机器人的代码搞得一团糟。幸亏我做了备份，不然就该返厂维修了吧，哈哈。

另外听亚子说，看到白天外面在下雨，小护就在屋里像青蛙那样跳来跳去，嘴里还发出"ケロケロ"①的声音。为了避免他碰到家具上受伤，亚子一直在看着小护，等他玩够了才去忙别的事情。

不过亚子在说这件事的时候一直在笑。

我猜，我在听的时候也一直在笑吧。

……

12月24日 雪 by 亮

一直期待圣诞老人的小护发烧了。可他比平时更精神了，白天睡够了，晚上就各种哭闹，说要等圣诞老人来。没办法，我和亚子只能轮番哄他说只有好好睡觉，圣诞老人才会给他送礼物。

---

① 拟声词，形容青蛙的叫声。

哎,多大时他才会不再相信圣诞老人呢?

我真希望这一天能早日到来,却又希望这一天永远不要来。

……

5月15日 晴 by 亚子

趁着好天气,我带小护去郊区的游乐园。由于不是节假日,游乐园里面没有什么人。这样挺好的,因为小护一直害怕人多的地方。

在园子里,他一直盯着工作人员手中的气球看,我便鼓励他去买气球。他说话慢吞吞的,而且总是词不达意。不过工作人员明白了他的意思,取过了他手里的钱币,然后递给他一个气球。

结果气球被他紧紧抓了一路,生怕它会飞走。

……

9月15日 晴 by 亮

今天听亚子说,她在人挤人的电车上教给了小护两个比喻的用法。比喻对于小护来说很难。但是如何教会小护理解比喻是什么,对于亚子来说要更难。

第一个比喻就是"鮨詰め"①。结果小护一直以为亚子是要带他去吃寿司,直到亚子解释了很多遍他才明白。

由于误解而产生了无法实现的心愿,继而出现落差,这可真是"糠喜び"②。这是小护学到的第二个比喻。

---

① 直译是"寿司被装到了食盒里",形容车上很拥挤,中文中类似的比喻是"沙丁鱼罐头"。

② 直译是"因为糠而高兴",形容白高兴了一场。

......

4 月 20 日 阴 by 亚子

没想到小护已经在小学里上了几天课了。这几天我一直都在为他揪心，结果在柜台上频频犯错。

幸亏店长是个温和的人。

如果小护今天没被老师批评，我就奖给他一块巧克力。没想到还没下班，我就接到了他老师的电话。

哎哎，小护会不会在课堂上哭起来呢？

不过其他同学可能会更困扰吧。

该怎么办？

......

10 月 15 日 晴 by 亮

到了小学三年级，小护的编程能力就已经很强了。代码他大体都能理解了，所以做一些简单的小程序不在话下。不过由于他的数学水平还不高，所以对于复杂的逻辑一时还无法掌握。

他的语言水准也慢慢稳定在了中游水平。体育课的成绩也到了及格线之上。老师也很少会批评他了。

他在努力变成一个普通的孩子。

真是了不起！

......

6 月 28 日 晴 by 亚子

今天带小护最后一次去主治大夫那里复查。大夫说小护已经完全没有自闭症的状况了。后来山崎和岩井老师祝贺了我们一家。

十分感谢两位老师！

小护已经成了一名普通的四年级学生，过去所有的付出都有了回报。

回到家的时候，亮把我抱得紧紧的。我对他说辛苦了。本来以为我会先哭出来，结果没想到亮先哭了起来，而且哭得非常凶TAT。

结婚这么多年，这还是我第一看到亮哭鼻子。

小护躺在床上，慢慢翻看这些日记。有时能听到纸张中传来的欢声笑语，而那时一家人的艰辛也在字里行间中涌上心头。啊，这就是自己和父母当初所面对的一切，原来不经意间三个人一起走了这么远。

看完这些日记后，小护鼻头一酸。为了不让亮和亚子听到自己哭泣的声音，他把自己的脸埋在枕头里。

其十

松田诚多次出任高中计算机大赛中图灵测试的相关评委。在诸多评委中，他自有一套鉴别屏幕那侧究竟是人还是AI的方法。当然，以高中生的水平自然无法完善出一套可以欺骗人类的AI系统，"人性化"分数只是在各个考察项里汇总出最佳的AI而已。

　　这次要鉴别的 ID 是"Hibana"①，而松田也踌躇满志地进入评委席。

　　在一个隔音的房间里，机器的摄像头在捕捉着松田诚的表情，麦克风则能获取他的声音。而被测者需要根据他的表情和话语在屏幕上输出文字。

　　"你好。"松田诚说道。

　　>你好。

　　屏幕上如此显示。

　　"你叫什么名字呀？"

　　>我叫火花，是一个普通的高中生。

　　自称高中生啊。为了进行盲测，大赛举办方经常会找真正的高中生和大学生混入比赛中。不过由于当初尤金·古斯特曼（Eugene Goostman）的缘故，低于 15 岁的少年是不会被邀请加入被测人员的。因为这样就能方便 AI 伪装成不按套路出牌的调皮少年，使得图灵测试难以准确完成，而这正是尤金·古斯特曼在 2014 年欺骗了三分之一评测人员的制胜法宝。

　　被测者必须积极配合评委的要求，这是大赛的基本规则。

　　至少根据现在对方的描述，松田诚还看不出他/她/它是不是AI。既然是图灵测试，就一定要先假定对方是 AI，然后诱使对方露出马脚。

　　"你觉得高中生活如何？"

　　>感觉还好，就是社团活动挺累的。

　　"你参加的是什么社团？"

―――――――――――――
　　① 即日语中"火花"的读音。

>计算机部。

哦。过去被测试的AI都故意说自己是文化类或者体育类的社团,以避免被轻易怀疑。这家伙很有意思啊。

"计算机部一般都有什么活动呢?"

>为学校制作一些网页,或者和部员们一起做些小游戏。

打字速度忽快忽慢。大概是利用有限范围内的随机数匹配输出时间。

"能让我看看你做的那些网页吗?"

>可以啊。

>我去找一下网址。

过了一会儿,屏幕上发来一个网址。点开网页,一个高中计算机部的页面弹了出来。页面功能中规中矩,美工设计也实属一般。的确是高中生的网页水平。

浏览完网页,松田心想,热身运动已经做完了,是时候准备亮出撒手锏了。

包括松田在内的很多评委都在人类心理学方面有很深的研究。这种寄宿于人类独有的肉体和社会网络而萌发出的复杂机理与诞生自深度学习网络中的AI有着天壤之别,这是评委们进行图灵测试的重点方向。虽然近年来AI在拟人人格方面进展神速,但没有经过实际肉体的成长过程,即使AI可以产生出所谓的"电子人格",也必然是和人类的人格完全不同的存在。

松田在做图灵测试时很注意对方的人称用法,用"僕"还是"俺",抑或是"私"[1],会不会经常发生更换,以及在对方以某个人

---

[1] 这三个都是日语中对"我"的自称,不同身份的使用者会用不同的词。

格示众时，松田会按照这个人格的某些行为特征提出问题，如果发现不符合的情况，基本就能判断出屏幕的另一侧是AI了（不过，如果在这种情况下对面真是人类，那么这个人有很高概率需要就医了）。

另外就是类比能力，松田会经常用成语和比喻同对方进行交流，这些用语必须是高中水平的人就很容易懂的，这样在和普通人交流时不会存在障碍。但是AI很容易在某些成语和比喻中搞砸，因为不同事物之间的类比非常复杂，而这些类比又暗含了人类的情感因素。不吃透这种纷杂交错的逻辑关系，AI就很容易对人的词汇产生误判，进而给出错得离谱的答案。

"没想到今天是'神立'（雷阵雨），结果进到'鮨詰め'（拥挤）的电车里，让人更加郁闷了。"

>的确是这样呢，我也是挤过来的，早高峰的时候在电车里站都站不稳。不过我很喜欢有雷鸣的雨。

"不觉得雷鸣吓人吗？"

>声音在耳边炸响时的确会吓一跳，但闪电的形状很美。就像短暂的沙画一样。

这个类比很有趣。如果对方是AI的话，人性化分数一定会比较高。松田在心里默默想到。

"这里有几道阅读理解的卡片纸，需要你直接回答一下。"

>好的。

松田选出了一张卡片纸，然后摆在摄像头前。

"能看清楚吗？"

>可以。

纸片上用日语写了一段话:"小夜子和耕平即将入睡之时,一楼的起居室突然传来玻璃碎裂的声音。因为不知道发生了什么,两人轻轻走下了楼梯,结果看到三个年轻人在起居室翻箱倒柜。他们害怕被暴力伤害,于是不敢发出声音。"

"这里的'他们'指的是谁?"松田问道。

>是指小夜子和耕平。

回答得斩钉截铁。后面几道类似的题也是如此。

屏幕前的"Hibana"可能就是个人类吧,松田如此想道。

其十一

在比赛前,盐野护就像一个爆肝的软件工程师一样泡在AI研发和训练中,但光靠自己是不能真正训练好AI的,另外网络上的训练样本也不够真实自然,不能帮助AI真正成长起来。

这时他想到了父母所积攒的那一摞厚厚的日记。胡桃夹子机器人帮助他把那些日记的每一页都扫描下来,并转录为电子文件发给他。而他上学时就把这些文件拷贝在计算机部的电脑中,利用计算机部训练的自然语言分析AI来把文件中的内容分类和归档,将其中涉及语言训练的部分提炼成非常具体的内容,然后印制为内容不同的训练手册。这些手册被分发给部里所有有时间帮助图灵测试参赛队的部员,而他们已经被临时委任为训练员。

"哇,部长订购了这么多开发版的胡桃夹子机器人?"

"为了帮助 AI 进行训练，这根本没什么。"部长哈哈笑道。只是学生会长已经不想再见到他了而已。

网购来的整整一箱蓝色漆装的胡桃夹子机器人被分发给训练员。盐野护为了方便大家一起训练 AI，专门开发了面向服务的调用程序。与面向过程和面向对象的编程思想不同，面向服务的编程策略可以让五台电脑与这些胡桃夹子机器人之间共享同一套接口，方便统一部署和后期维护。小机器人通过调用主服务器上的服务请求来和训练员展开互动，而主服务器则将任务根据职责分发给四台分服务器并获取它们的反馈。

盐野护负责每天检查训练日志，查看接口有没有报错的信息，以及硬件的性能负荷是否正常。除此以外，他还编写了一套 AI 的初始人格，里面包含类似于个人信息的内容，而这套人格的基础正是父母的日记。里面的点点滴滴不仅变成了名为"盐野护"的这个人的人格基础，也成了这套 AI 的人格基础。

接下来，对 AI 的训练如火如荼地开展起来。

大家按照各自的训练手册帮助 AI 更加系统地学习人类的语言特征。就像帮助一个孩童成长一般，部员们不管到哪里都一直带着机器人。

无论是在学校上课时，还是在拥挤的电车里，抑或是星期六的海边，甚至在每个人的家中，大家让它们跟随自己观察这个真实的世界，倾听街道上人潮的声音，再和自己进行语言交流。同学们和外面的人群有时会用异样的眼神看着他们，但部员们好像并不在乎。

因为他们在真切地感受着 AI 的成长，每天都会有新的发现,还有新的快乐。和自己身旁的这个小小的机器人一起,部员们也开始学会用更加客观的眼光看待自己。这是一种奇妙的、共同成长的过程。

另外,大家在做古文和现代文的题目时也会让它在旁边。拿着让自己头疼不已的题目去考考小机器人也很有意思。那些复杂的代词用法被 AI 一一掌握,而服务器上的 AI 核心不眠不休,不仅消化着在同部员们互动时学到的知识,还一直在扒取着网络上的大量信息。

"喂,队长!"有一天,一个部员向盐野护发问道,"咱们要怎么称呼这家伙啊?"

"嗯,我想想。"他低头想了一下,然后说道,"我打算叫它'火花',可以吗?"

"好啊好啊。"

"以后就叫它火花了!"

"所以我手里的是火花1号。"

"那我的就是火花65536号。"

"你有毒吗? 这个号码是怎么来的?"

"因为这样有一种反派手下的小喽啰的感觉。"

部员们七嘴八舌地说道。

看着这一幕,盐野护不禁笑了起来。这大概是小时候的自己永远不敢想象的场景吧。

"火花,你真是难住了我。"松田诚说道。

>为什么呢?

51

　　"因为你的身上充满了某些违和感,但我又不知道这些违和感来自哪里,因为对于我的提问你都回答得很好。"松田诚摇摇头。

　　>大概因为我是人吧。

　　"一个奇怪的人。"

　　>说不定正是如此(笑)。

　　"跟我讲讲你的家人吧。"这是松田最后的撒手锏。实际生活中的社会关系是AI很难掌握到的,很多AI会在描述这类关系时翻车。

　　>我和父母一起生活,他们是很好的人。

　　"就这些吗?"

　　>容我想一下。

　　>我的父母很平凡,所以我也注定很平凡。

　　>我的爸爸是个程序员,虽然很顾家,但工作很辛苦,天天都在加班。不过他的同事很倚重他,从小我就很敬佩他。所以我才会喜欢编程吧,因为这样就可以多和他交流一些。

　　>也因为这样,我才会加入计算机部,虽然现在还没有能力编出很厉害的程序就是了(笑)。

　　>我的妈妈是一个便利店的店员,每天工作也很辛苦,还要操持家里的家务。在我小的时候,妈妈陪伴我的时间最长。那时候我学习东西很慢,但我的妈妈,还有我的爸爸,一直在慢慢教我学习这些知识,陪我一同成长。

　　>因为他们不断地付出,我才能和您在这里正常地交流吧。

　　很好的回答。松田如此想道。

"那么,你想对他们说些什么呢?"他接着问道。
>ありがとう(**谢谢**)。

（本文发表于《科幻世界》2019年09期）

雪
降
之
歌

其一

回故乡的路上，而立之年的浩幸看着车窗外阴沉的云，心情多少被这样的天色感染。他听着JR线报出了钱函的站名，不一会儿他就看到列车在与海相邻的线路上飞驰。白色的雪覆盖着地面的边界，而阴暗的海不时泛起白色的浪花，两者彼此交织，直到浪花退走后显露出黑黢黢的岸礁。看到这里，他的右手不自觉地疼了起来。他攥住手腕，努力安抚着自己的情绪。

很久没有回家了。上次回来是什么时候的事情来着？浩幸心里没底。自从在东京工作开始，他和家人之间的通话虽然并没变少，但回家的路却感觉遥不可及。

仿佛有一条巨大的鸿沟在故乡和他的人生之间横亘着。

不过他下决心在公司请了假，终究还是回来了。

故乡的雪意渐浓。浩幸从JR线的小樽车站中出来时，发现已经有雪花从空中飘落。当他站在故土上，思绪却被旁边游客的笑声吸引过去。

"下雪啦！"他们非常期待雪的降临，于是周围的气氛也随之活跃起来。浩幸看了他们一眼，然后就拉着黑色的威戈行李箱走了出去。浩幸记得小时候，出站口会有不少人力车夫，不过后来就很少见了。也许是天气的缘故，今天一个都没看到。他看到一辆停靠在路边的计程车，于是搭了上去。先将行李放到后车厢中，然后坐到前排。

旁边的司机是一个搭载AI系统的机器人。它穿着计程车司机的蓝黑色制服，头部呈圆筒状，两个蓝宝石镜面的眼睛镶嵌其上，发声单元则在脖颈处。它的手指灵巧地抓着键盘，然后侧过头来看着浩幸。

"乘客您好，欢迎搭乘北海道计程车公司的计程车，机器人80835号为您服务。请问您此行的目的地是哪里？"

浩幸将家里的地址告知机器人。虽然司机是最新科技的产物，汽车却是在上个世纪大行其道的卡罗拉。AI机器人灵活地操纵着手动挡，随时切换油门和刹车，让汽车四平八稳地行驶在雪中。后来因为雪花越来越密，计程车逐渐拉开与前车的距离。在这个过程中，浩幸一直盯着机器人的动作，并且观察它对于各种道路状况的反馈。等到家的时候，地面上的雪已经积了厚厚一层。

"8.5分。"浩幸脱口而出。

"对不起客人，您给出的命令未被正确识别，能否重复一遍？"

"没什么。"浩幸摇了摇头。

浩幸下车后，目送计程车越驶越远。既然下着这么大的雪，计程车应该会去城市里的临时停车点待机吧。浩幸打断了自己的思绪,走向二层小楼的家门口,按起了门铃。

"是谁啊?"母亲的声音令人顿感亲切。

"是我,浩幸!"他回答道。

母亲过来打开了门。她擦拭着手,然后摘掉腰间系着的白色围裙。一瞬间,浩幸以为自己回到了小时候。

"我回来了。"他看着母亲两鬓冒出的白发,然后说道。

"小浩,好久不见啦。欢迎回来!"母亲笑盈盈地张开双臂。浩幸放下手中的行李,走上前去抱住母亲。虽然有点不好意思,不过后来他觉得这样也好。这些年不见,母亲的身体好像变轻了。

拥抱过后,母亲一边帮浩幸收着行李,一边不停嘘寒问暖。即使浩幸到了三十岁,有着一副成年人的块头,在母亲眼里他依旧还是一个孩子。

"爸爸呢?"过了一会儿,浩幸问道。

"还在店里呢。今天可能会晚点回来。"圣诞节和新年快到了,看来店里也开始忙了起来。

"他和铁男相处得如何了?"

"刚开始的时候很糟糕,现在他已经离不开铁男了。"母亲捂嘴笑道。

"嗯。"浩幸点点头。

他把行李搬回了自己的房间。房间里一尘不染,书桌和床的位置也保持原样。年轻时自己在这个房间中学习和玩耍的情形历历在目。那时候知佳姐、太郎还有雄一也会经常来这个房间,要么借浩幸的漫画书看,要么和他一起写暑假作业。

知佳姐已经结婚了。不知道自己还能不能见到她。

脱掉外衣,浩幸躺在自己的床上,不禁张开双臂。往昔的气味从房间中渗了出来,令人安心。他看着天花板,旅途的劳顿不断从身体深处涌了上来。于是他侧着身,昏睡过去。

不知过了多久,母亲敲响了房门。

“小浩,来吃晚饭吧。你爸爸也回来了。”

“好的。”浩幸睡眼惺忪,一时记不起自己究竟身处何地,只是机械地答应着。

窗外的天色彻底黑了下去,但依旧能看到鹅毛般的雪花从空中簌簌地飘落。原来是故乡啊,浩幸想道。已经好久没看到这么壮观的落雪了。

走下楼,浩幸看到父亲还穿着自家点心屋的衣服,铁男也是如此。

“老爸,我回来了。”浩幸打招呼道。

“哦。你回来得正好,感觉铁男的身体有些小问题,吃完饭之后你帮忙看看吧。”

“好的。”

铁男是前年圣诞节之前浩幸为家里定制的 AI 机器人。它的外表和浩幸刚见到的计程车司机很相像,只是细节处略有不同。其实经过这么多年的发展,家用型 AI 机器人的外形和运动方式都已经趋同。而它们体内机械结构的运动方式完全相同,基本都由浩幸所在的公司设计制造。由于自己工作有些繁重,所以浩幸当时选择留在东京。而他寄给家里的 AI 机器人承载着他迄今为止的全部心血(话虽如此,机器人身上大部分的技术研发都与浩幸无关)。不过当时他的父亲并不领情,觉得铁男又笨重又耗电,完全没有任何用处。为此他还和浩幸在电话里吵过几回。

"街坊邻居都说这种东西不好用,而且可能还会弄出危险的事情,赶紧退回你们公司吧!"当时不仅仅是父亲,整个城市都对AI机器人非常排斥。

浩幸知道自己父亲的脾气,依旧尝试着说服他,直到铁男成了点心屋的重要支柱。现在父亲每天都和铁男一起工作,虽然总是发牢骚,但从未动过要把铁男赶走的念头。

想到这里,浩幸舒了一口气。

一家人围坐在饭桌旁边,而铁男坐在起居室的沙发上,开始充电和联网同步数据。饭桌的中间是一锅热气腾腾的筑前煮,每个人的盘子里还盛着日式马铃薯炖肉。这是浩幸从小就特别喜欢吃的菜式。

母亲为他和父亲盛了米饭,一家人开始大快朵颐。还是母亲做的饭最好吃,浩幸由衷感叹道。

"店里的生意怎么样?"吃了一会儿,浩幸问道。

"还可以。现在游客又多了起来,有铁男帮忙的话勉强能忙过来。"母亲说道。

"所以你走之前要把铁男的问题都处理好,不然我们会很头疼的。"父亲接着说道。父亲跟浩幸说话时的口气总是这样,不过浩幸知道这是他唯一能表达关心的方式。这样也好,不然浩幸也不知道应该怎样跟父亲交谈。

吃过饭，浩幸找到铁男，然后一起去屋后的工作间。

"整天跟老爸在一起工作，辛苦你了。"浩幸对铁男说道。

"这是我的职责。"铁男回答说。

浩幸拍拍铁男的肩膀。

工作间是父亲修理家中电器的地方，里面大大小小的工具箱中堆放着不少称手的工具。浩幸小时候很喜欢来这里探险，摆弄电机和其他机械装置，在这里他学到了很多机械方面的知识。进入工作间之前，浩幸换了一双工作鞋，以免把地面的油污带进正屋。他打开明亮的吊灯，然后用工具箱里的内六方扳手卸开铁男的外壳，仔细检查着铁男体内的机械结构。由于手臂还是很疼，所以他小心翼翼地处理着。浩幸知道哪些机械结构容易磨损，于是带了足够量的配件回乡。他把铁男体内磨损得厉害的零件都拆了下来，安好配件之后又涂上足量的润滑油。

浩幸一边检查着铁男体内的零件，一边回想起自己和这些机器设备打交道的往事。浩幸之所以对底层设备如此了解，是因为他在公司就主要从事这方面的业务。在这个时代，AI机器人的研发方向算得上是泾渭分明。一方面是AI智能方向的研究，而且用于机器人的智能研究多集中于语言交互和图像识别方面，毕竟人们需要机器人迅速准确地对身边的事情作出反馈。另一方面是机器装置的研发，这也就是浩幸和同事们在做的工作。他们一直在研究机器人的动力与动作，并可以提供高度模块化的底层设备和驱动装置，而其他专门从事智能方向研究的公司可以直接采购，然后在上面搭载自己研发的智能系统。

浩幸曾与几个种类的机器人打过交道。工业生产用的机器臂是数量最多的一种机器人装备,也是公司业绩腾飞的起点,浩幸刚毕业时在这个领域实习了半年。后来他参与过建筑工地用的两足机器人的研发,这些机器人高达两米,体重在三百公斤以上,当它们进行高强度的负重工作时就无法利用电池驱动,所以体内装有柴油机。浩幸第一次看到这些机器人肩膀上扛着H型钢材,随着轰鸣的马达声前行时,内心感受到了巨大的震撼。一年后,浩幸开始参与家用两足AI机器人的研发,这是他一直希望加入的研究方向,其后便一直耕耘到现在。

家用AI机器人追求动作的精巧与使用时的安静,所以体内不可能安置柴油机这样的动力装置。单纯使用电力驱动伺服电机有时又无法产生足够的动力,所以实用的家用AI机器人基本都带有液压设备。当然,以前的液压设备会占用过多空间,于是3D打印技术被利用起来,将液压元件直接集成到机器人的四肢中,不必再单独安装。铁男的身体就是由这些技术支撑起来的。

之前铁男的内部被清理得非常仔细。父亲在这方面总是一丝不苟,所以铁男身体内需要更换的零件也不多。在合上铁男身体外面的几处外壳之前,浩幸让铁男挨个动了动关节。看起来很顺利,于是浩幸就把它的外壳都安装好。

浩幸用清洁剂除掉刚才不小心沾在铁男身上的油渍,然后把自己的双手也清理干净。大功告成,他长舒一口气。

他看着窗外的雪。后院的雪积得非常厚,于是浩幸披上外衣,打开后屋门走进院子里。铁男在屋中静静看着浩幸。雪轻松没过了浩幸的工作鞋,脚上能感觉到冰凉的触感。天上飘落的雪花依旧很大,完全没有停下的迹象。

真不愧是小樽的雪。

因为浩幸在研究过程中不小心伤到了手臂，虽然不严重，不过有时候还会有阵痛，正好自己也想休息一下，于是请了一段时间的假回家。

浩幸张开双臂，然后对天空中飞舞的雪花说道："我回来了。"

其二

翌日，AI机器人驾驶着铲雪车将道路上的积雪清理干净，而商店街的AI机器人们也纷纷出来铲雪。铁男也和浩幸一起清理家门前那条街道的积雪。虽然浩幸自己想为家里尽一份力，但铁男做起这些事情来效率很高。过了一会儿，浩幸直起身子抚着酸痛的腰，然后看着铁男一骑绝尘地清除完大部分积雪。

"浩幸？"一个熟悉的声音在他身后响起。

"嗯。"浩幸转过身去，打量着自己面前的女性。

她穿着白色的羽绒服和蓝黑色的牛仔裤，头发刚及肩膀，头上戴着一副毛绒绒的耳罩。两个四五岁大小的孩子牵着她的双手，抬头望着眼前这个陌生的叔叔。

"知佳姐！"浩幸猛然反应过来。

"好久不见。"她的脸上扬起爽朗的笑容。

"嗯，好久不见。"浩幸点点头。

"会在小樽待多久？"

"新年结束之后应该就回东京。"

"还是很忙?"她问道。

"嗯,每天都忙得要死,要干的事情好像无穷无尽。"

"但这是你喜欢的工作吧。"

浩幸点点头。

"小智、小鸫,跟浩幸叔叔问好。"知佳姐低头对孩子们说道。

"叔叔好。"孩子们很听话。

"你们好。"浩幸蹲下身子,看着两个孩子的面庞。虽然孩子们有些怕生和腼腆,但他依旧能看出他们的五官非常像小时候的知佳姐。

生命真是一种奇妙的存在,浩幸在心里想道。

"晚上要不要出来一起喝一杯? 我们都很想你。"知佳姐对浩幸说道。

"嗯,没问题。我也很想见到你们。"

"那么晚上去太郎那里吧。可能你还不知道,他在自家的店干得风生水起。"

"那个太郎吗?"浩幸的确没有想到,从小到大一直嚷嚷着要去名古屋生活的太郎会老老实实地继承家里的小店。

世事难料啊。

和知佳姐分开后,浩幸在小樽漫无目的地逛着。记忆中的故乡和眼前的景色并无二致,不过浩幸也能察觉到很多区别。如果说起最大的区别,那应该就是这里AI机器人的数量变多了。

明明自己去东京工作之前还基本看不到AI机器人。

　　浩幸观察着过往的车辆，计程车司机大部分都已经换成了AI机器人。市政相关的清洁车和扫雪车的操作员也都已经是AI机器人了。不知道自己小时候常去的地方变得如何了？想到这里，浩幸向小樽的八音盒博物馆走去。

　　处于雪季的小樽有很多值得品味的去处，不管是小樽运河食堂中的美食，还是运河边温馨的煤气灯，不管是北一硝子馆①那琳琅满目的玻璃制品，还是国铁旧手宫线②那充满历史感的铁道，无不刻画出小樽温暖而又浪漫的气质。浩幸喜欢小樽的各个地方，而他最喜欢的地方就是八音盒博物馆。对于从小就喜欢摆弄机器的浩幸来说，这个博物馆宛如天堂。城市不大，他沿着入船通街道往东北方向走去，不一会儿就走到了童话十字路口。八音盒本馆的主楼就坐落在这个路口。

　　主楼门口有一个青铜制的蒸汽钟，每十五分钟就会奏响音乐，而蒸汽也会随之涌现，为八音盒馆那文艺复兴式的建筑披上一层淡淡的白纱。穿过大门，就是高达九米的大厅。馆内古香古色，木质的地板踩上去非常舒服，而映入眼帘的古董木桌与木橱上都摆满了各式各样的八音盒。

　　今天馆中来了很多游客。其中有一对带着两个孩子的夫妇。孩子围着琳琅满目的展品看个不停，不时发出一阵阵惊叹。那对夫妇跟在他们身后寸步不离，生怕他们不小心弄坏了展品。这一幕令浩幸不禁莞尔。在很小的时候，父母恐怕也是这样领着自己来到这个地方吧。也许父母担心自己会闯祸，但

---

① 硝子即日语中的玻璃，北一硝子馆为日本著名的玻璃经营店铺。
② 即日本国营铁路"小樽-手宫"线，目前已被废弃，不再运营。

面对这无数未知又美好的事物时,自己仿佛来到了天堂,雀跃的心情可想而知。

不过父母忙于点心屋的工作,并不能经常带自己来。在浩幸的心里,最常见的景象是父亲在点心屋里制作点心的样子。他穿着深蓝色的衣服,在店里一丝不苟地制作着点心,数十年如一日,好像把生命中最重要的时光都献给了那家店和他的顾客们。他那专注的神情令浩幸非常羡慕,好像点心们夺走了父亲的全部注意力。

等到浩幸长大一些后,他会独自或者跟小伙伴们一起来展览馆。他想起小时候的自己总喜欢拉着知佳姐,两人在四季如潮的客流中挤来挤去,然后反复观察每个八音盒的结构。雄一和太郎也喜欢这里,不过不像浩幸和知佳姐一样如此着迷,所以四个人会在暑假的白天分开行动,到了晚上再会合。在博物馆里,浩幸和知佳姐一边看着音筒上的凸点在发条机构的带动下拨动簧片,一边聆听着它们能够奏响怎样的音乐。不论是八音盒那精美的外表还是灵巧的机械构造都凝结着匠人们的心血,浩幸对此如痴如醉。看来这些游客也一样。不仅仅是本馆,八音盒博物馆还有很多分馆,都是他们小时候玩耍的圣地。

"浩幸简直是个女孩子。"那时候知佳姐看到他沉迷于精美的八音盒,总是如此打趣道。不过当他们发现新奇的八音盒时,就会一起看个不停。

浩幸徜徉在自己小时候最喜欢的地方,然后走到楼梯处拾级而上。等他来到最高层时,发现一个在帮管理人收拾展品的AI机器人。这个机器人有着一副木质外壳,外形就像美术课上学生们素描用的带有关节的木头小人,只不过这个机器人有一人高。浩幸慢慢走了过去,观察着这个机器人。不得不说,它的外形和馆中木质结构的风格异常搭配。而这款机器人的动作也非常完美,抓取八音盒展品的力道简直完美。根据它的动作模式,浩幸已经猜到了其动力设备的型号和供应商。

"9分。"浩幸在心里说道。

"请问,有什么可以为您效劳?"木质机器人发现浩幸之后,便转过身来。

"这是博物馆定制的一款机器人,不是展品,也不销售。"一个管理人也靠了过来。

"嗯,知道了。"浩幸点点头,然后走到别的展览区。

徜徉在五彩斑斓的八音盒展品中间,浩幸想起小时候的事情。

从小喜欢机械的浩幸在升入初中后开始对AI机器人着迷。也许那时他看过的那些关于机器人的动画与电影起到了推波助澜的作用。浩幸喜欢在学校的图书馆翻阅相关的杂志,在家中也喜欢上网检索与AI机器人相关的信息。

"我今后要做AI机器人的研发者。"十四岁的浩幸兴冲冲地在饭桌上宣布着自己的梦想,就像他八岁说自己要成为八音盒工匠时一样。

"这是玩物丧志。"父亲冷漠地回应道。

浩幸对于父亲这样的态度十分反感。从小时候起,自己的梦想就经常遭到他的冷嘲热讽。处于青春期的浩幸开始经常与自己固执的父亲争吵。在父亲眼里,点心屋的孩子继承家业简直天经地义,何况浩幸还是个独生子。但浩幸对制作点心并没有太大兴趣,也许是一直看着父母制作点心,而且还常被唤去帮忙的缘故,他对这件事一点儿也不感兴趣。母亲是两人之间的缓冲区,有时候两人一个月都不说一句话,都是母亲在想方设法调和两人的关系。也许这才是浩幸下定决心离开自己家乡的真正理由。现在他可能不会再跟父亲吵架了,但这并不代表自己认同他的观点。也许只是他学会了用默然来对抗无来由的磨损罢了。

小时候,AI机器人的价格一直高企,而且性能也远不如现在。浩幸暗自发誓,要让AI机器人成为随处可见的寻常事物。

但真正开始深入研究AI机器人之后,浩幸才发现自己的想法非常幼稚。也许在局外人眼中,AI机器人的研发非常高深,但实际上开发者们往往只关注非常具体的事务。大家专精于自己一直关注的方向,然后再通过合适的方式把这些细微的进展整合起来。将这些机器人推广到自己家乡都是营销部同事的功劳,如果要说自己究竟在其中做了什么,恐怕只有不断打磨某个具体的功能,使得这些机器人的性能更进一步。当然,自己所做的一切只能推进极细微的一步而已。

浩幸感觉自己仿佛成了机器中的一枚螺丝钉。

但这也没什么。浩幸的性格很适合日积跬步的精进研究。他从事的研究主要集中在"混合控制"的家务处理方面。一个家用AI机器人在动作控制方面包含大量的算法,包含近几年才刚刚成熟的"混合控制"算法。为了让AI机器人的动作精确及时,"混合控制"是非常重要的一种算法类型。这是因为不管机器人在生活中是完成家务抑或是其他的运动动作，本质上都有大量的机械装置在进行非线性的运动。以"跳跃"这一动作举例，这需要机体进行连续的关节角度与速度控制，并且要根据各项离散的反馈持续调整，只有恰到好处的混合控制才能让机器人完成相应的动作而不至于摔倒。如果生活中的意外导致 AI 机器人跌倒，需要瞬间调整姿势，保证它们跌倒时不会损坏器件，另外，如何再次起身行走也是巨大的挑战。这些都在"混合控制"的范围内。

机器人的图像识别与语言交互功能日趋成熟，利用这些现成的智能模块作为输入设备，浩幸可以直接将全部精力集中在研究机器人的动作反馈上。他和同事在自己的公寓中设置了多个摄像头，把他们每天的家务劳动拍摄下来，把视频带去研究所，然后对身体的运动方式慢慢分析。通过不断改进混合控制的算法，再为实验型 AI 机器人编写相应的程序。而 AI 机器人的行动过程也会被全程录像，大家会为其动作完成度打出分数，不断依据这种评分来调整程序，追求最佳的控制模式。让 AI 机器人日复一日地重复叠放衣物或者是打扫卫生的行动，不断打磨每个步骤里需要联动的关节做出的不同动作，最终才能让 AI 机器人在处理家务时表现得行云流水。

当 AI 机器人获得足够多的动作算法之后，很多功能就可以由用户来各自训练。这些功能可以由用户上传至 AI 机器人的开源社区，也可以独自保留。铁男从浩幸的父亲那里学会的制作点心的技巧，由于属于商业机密，所以不会上传。其他方面的家务技巧倒是不存在这方面的问题。

　　虽说研究要日积跬步,但是很多时候研究者总会被困在原地。好不容易有了突破,就会有另一个难题出现在自己面前。每次突破都只是推进了极其微小的一步,而业内的竞争又日趋白热化,所以每个研究者都被这没有硝烟的"军备竞赛"驱使着,不断探求,无法停歇。这令浩幸想起自己的父亲,想起他那一直在点心屋里雕琢一个个精致的点心时的样子。

　　其实父亲的点心屋就是故乡的缩影。原本浩幸总认为自己的家乡非常美丽,不过其中又包含着故步自封与自鸣得意的心态。这令浩幸感到寝食难安。所以当浩幸来到东京后,受到的冲击之大简直无法想象。熙熙攘攘的人流中透着一股通透的冷漠,来这里的第一天,浩幸就感觉自己要被这浓密的人群所吞噬。不知道要去往何处的人们川流不息,对于浩幸的存在视而不见。在这里没人和浩幸非常亲近,每个人之间都隐匿着肉眼无法探查到的距离。

　　浩幸第一次登上天空树①的时候,就种感受来得更为深刻。那时的他还在上大学。某天,浩幸独自一人来到墨田区的天空树,花了3000多日元上到450米处的展望台。午后的天气非常不错,而且他身处世界第二高的建筑物,城市附近区域的细节尽收眼底。这个城市透着蓝灰色的基调,更远的地方已经与天空混淆在一起,而那里依旧不是城市的尽头。如果想走到这座城市的边缘,不知要花多长时间,而自己的家乡可能很快就能靠步行走到尽头。鳞次栉比的建筑与密密麻麻的街道勾勒着人们生

─────────

　　① 指东京的地标建筑东京晴空塔,是取代了东京铁塔的新电波塔,目前为日本最高的建筑物(634米)。

活的样貌。这里已经看不到地面上的车水马龙，而这座城市的地下埋藏着以日比谷共同沟为代表的生命线，地铁线每天的吞吐量达1000万人次，这在自己的家乡是无法想象的事情。肉眼觉察不到的阵阵脉动从这座城市的四面八方汇聚而来，振聋发聩。如果把东京视作朝气蓬勃的巨人的话，自己的家乡又应摆在何处呢？

每当浩幸在上班时走过时尚的街道，他总会想起小樽那些高低不平的坡道。每天都吃着便当快餐，这些年来总觉得食之无味，所以心里非常怀念母亲做的料理。每一个在东京打拼的异乡人是不是都像自己一样呢？

平心而论，不管是家乡还是东京，它们都有各自的优点与缺点。但对于这个年纪的浩幸来说，人生还是一个迷宫，自己最终的归宿究竟在哪里，现在的他依旧浑然不知。

所以浩幸不敢回到家乡，因为回来的话，说不定就再也不想回东京了。

其三

"欢迎光临。"走进店里时，站在柜台里的太郎和在服务客人的AI机器人同时说道。

"太郎，认不出我了？"浩幸打趣道。

"浩幸？！"太郎这才明白过来。

"嗯。"他点点头。

"你小子跑去东京之后就不怎么回来了啊。"太郎摘掉了做饭时头上戴的帽子,然后对着浩幸全身上下不停打量。

"实在是太忙了。"浩幸耸耸肩。

"哎。快进去坐下吧。"

可能是刚到傍晚的缘故,店里客人还不多。浩幸被领去一处包间,AI机器人轻轻将粘着白色和纸的木门拉开,浩幸脱掉鞋子走了进去,然后盘腿坐在拜垫上。机器人拿来一个棕色的陶壶,往浩幸面前的杯子里倒上大麦茶。

"请问客人需要点单吗?"

"需要再等一会儿。"浩幸回答说。

"好的。"机器人退出包间,然后再把拉门合上。

"听太郎说,你已经先到了。"过了一会儿,和纸木门被拉开,传来了知佳姐的声音。

"是啊。"

"你看这是谁?"另一个人也随她进了包间,于是知佳姐笑嘻嘻地问道。

"真的是浩幸吗!"结果是那人先开口。浩幸把他打量一番。

"雄一?"

"嗯。好久不见啊!"两人紧紧握住对方的手。浩幸感觉右臂的伤有点疼,不过忍住没表现出来。雄一的变化也很大,健壮的身躯和黝黑的脸颊都与上大学时的形象判若两人。如果在街道上相遇的话,浩幸怕是根本认不出他来。

寒暄了一会儿,他们向AI机器人下单。作为海滨城市,小樽这边有很多饭店的主打都是海鲜类的美食,而太郎的这家店却是一家烧鸟①店，各种好吃的烤鸡肉串是本店的最大特色。

"鸡肉葱串、鸡皮串、鸡胗串、鸡软骨串、鸡肝串、鸡心串、香菇串、培根串、鹌鹑蛋串各来六串，烤秋刀鱼来三份，还要两杯用角牌威士忌做的Highball，一杯札幌黑牌生啤。"大家看着菜单商量完之后，由雄一向AI机器人下单。

"好的。"AI机器人重复了一遍点单，请他们核对。确认没问题之后，AI机器人直接将订单发送到厨房。

"浩幸应该好好尝尝太郎的手艺。他做的烤鸡肉串比我在其他城市吃到的都要好。"雄一兴冲冲地推荐道。

"好的。"浩幸点点头。

太郎的手艺的确远超浩幸的想象。不管是鸡肉串炙烤的程度还是上面加的酱汁都非常美味，很难想象这些食物出自从来不想继承家业的太郎之手。由于美食和酒精的关系，刚开始还略显拘谨的三人渐渐无话不谈。

每个人都说了自己毕业后的情况。雄一的工作是随着父亲的渔船出海捕鱼，在海中颠簸飘摇，为小樽的饭店提供肥美新鲜的海产品。知佳姐在本地的一家硝子馆里工作，制作各种漂亮的玻璃制品就是她的日常生活之一。大家清楚浩幸的工作很忙，不过还是希望他能多回家乡聚聚。

后来大家又聊起了各自的家庭情况。知佳姐有了一对珍宝，能出来和朋友见面的次数少之又少。雄一和太郎在准备各自的婚礼，有一大堆事情要操持。浩幸有一个正在交往的女友，但两人都还没有要结婚的打算。

---

① 烧鸟是从日语"焼き鸟"中取汉字而成的汉字词汇，意为烤鸡肉串。

酒过三巡，木门又被拉开，太郎把店里的制服脱掉了，端着一大份牛肉寿喜锅进到房间里。

"不用看店了？"雄一问道。

"不用了。老妈听说你们都来，让老爸从家里捎来这个。"

"我们都快吃饱了！"知佳姐笑着说道。

"我忙到现在还什么都没吃呢！"太郎抗议道。大家又要了几杯酒，然后一起吃着热气腾腾的寿喜锅。

"那时候太郎整天嚷着要留在名古屋，而雄一也想留在札幌发展来着，结果两人都回到小樽，一直待到现在。"知佳姐喝了一口札幌黑牌生啤，大大的玻璃杯上印有札幌啤酒的标志——黑圈内有一颗金灿灿的北极星。

"你很烦哎。"太郎无可奈何地笑着说。

包括太郎在内，小时候四个人经常会泡在一起。可惜高中以后大家就分散到各个地方，在不同的大学度过各自的青春时光。

"当时也就知佳根本不想出去，说要在小樽待一辈子。我记得浩幸很早之前就想离开小樽了。结果浩幸成为我们四个人里唯一一个在外地打拼的家伙了。"雄一说道。

"浩幸的年龄在咱们四个人里最小，却是最早嚷嚷着要离开小樽的家伙。"太郎一边吃着锅里的蔬菜，一边说起往事。

"嗯。浩幸从小就喜欢机器，现在也在做自己喜欢的事情，实在是太幸福了。"知佳姐笑着回应道。

"嗯……"浩幸不好意思地笑了笑。

"即使咱们四个人中有三个人留下了，小樽的人口却还在不断减少。很多同学都离开了小樽，要么去了札幌，要么像浩幸一样去了东京。"

大家点点头。上个世纪八十年代末，小樽还有十七万左右的人口，三十年后就只有十三万左右的人口了。现在的话恐怕连十万人都不到，而且根据市政的统计，人口老龄化现象比较严重。浩幸对于这件事非常清楚。

"所以浩幸离开这里也是很正确的选择。"太郎说道。

"东京生活感觉如何？"知佳姐问道。

"已经在东京待了十多年了，最初的新鲜感早就不复存在了。而且工作很累，每天都要加班，不然的话开发的进度根本完成不了。"浩幸没有勇气说出自己的真实想法。

"话说，现在小樽的街头有很多 AI 机器人，它们是不是都采用你们公司的产品呢？"雄一问道。

"大体是如此，这几天在小樽见到的机器人基本都采用我们公司的运动模块。"

"我家的机器人应该也是吧？"太郎问道。

"是的。"浩幸点头道。

"这台机器人已经是这家店的得力助手了。你们的产品还是蛮好用的。"

"为在东京好好发展的浩幸干一杯。"雄一提议道。

"干杯！"四人碰杯道。玻璃杯碰撞的声音非常悦耳。

四个人闹到了深夜，众人决定让浩幸把知佳姐送回家。知佳姐酒量甚是了得，喝了很多杯生啤依旧面不改色，反倒是浩幸觉得自己有些喝多了。

两人一起漫步在清冷的街道上。一切都是那么令人熟悉，不管是屋顶上的积雪，还是空气中若有若无的海腥味。儿时的记忆不断涌出，就好像能在下一个街角碰到两人小时候一起嬉戏时的身影。

"我们的硝子馆过几天可能也会引进AI机器人。毕竟没有年轻人来这里继续学习制作玻璃制品的技术。"这时，知佳姐突然说道。

"嗯……"浩幸不知该作何回答。也许在肉眼看不到的地方，家乡的变化还是很大的。

"馆长打算买你家店里使用的那款，毕竟大叔逢人便夸那台的性能很棒。"知佳姐笑着说道。

"哦?"浩幸还不知道父亲会这样评价铁男，所以一脸惊讶。

"嗯，每逢你家店里的客人问到那台AI机器人的事情，大叔就会不厌其烦地展示它的功能，说这是自己的宝贝儿子寄来的圣诞礼物，还说这是孩子亲手做出来的。如果机器人被客人夸奖的话，大叔就会很开心地笑个半天。"

浩幸听罢，脸红到耳朵根。

"我爸真是这么说的?"

"是啊，大叔对自家的AI机器人也非常宝贝，经常花很多时间来养护它的零件。我们跟大叔开玩笑，说如果坏了的话就让浩幸再寄来一台，结果你猜大叔说什么?"

"什么?"

"他说这是儿子寄来的心意，肯定会好好保养的。"

听到这里，浩幸的眼圈红了。

知佳姐察觉到了浩幸的表情，于是没再说话。

两人慢慢走在路上。不知何时，小樽的天空又有雪花飘落，宛如精灵一般，轻盈地飞舞在夜空中，在路灯旁纷纷扰扰。

"知佳姐。"浩幸开口说道。

"嗯？"知佳侧过头来看着浩幸。

"就买那款机器人吧。我保证会非常好用。"浩幸一脸认真的表情。

"嗯！"知佳露出大大的笑容。

（本文发表于《科幻世界》2017年12期）

圣
诞
夜

其一

　　我的故乡和他的故乡不太一样。

　　他的故乡在冬天非常美丽，至少我是这样认为的。从车站出来，就能看到鹅毛大雪从天而降，整个街道都被这样的雪所覆盖，地上完全是白茫茫一片。此时还只是傍晚，天色就已经变得黯淡，浓重的云被地面的光芒映出古铜色。虽然是平安夜，路上行人也未变少，因为不远处就是大通公园，那里的白色灯饰节非常有名，同时还有规模庞大的圣诞集市，去那里度过平安夜的人应该不在少数。

　　在车站东南不远处的北二条东四丁目，就是名为札幌工厂的室内商业街。这里离大通公园也不远。我想象着札幌工厂里那棵巨大的圣诞树，整个室内商业街会被灯光点缀得辉煌隆重，想必圣诞的气氛非常浓郁。

　　我的棉衣比较厚实，灰黑色的外表缺乏时尚感，不过我不太在乎这些事情。它在御寒方面的表现毫无问题，因为明明是北国的城市，札幌却没有我想象得那般寒冷。靴子踩在雪上发出

ᅳ　

咯吱咯吱的声音，听到这个声音，我的心情格外舒畅。一路上的景色流光溢彩，让人觉得圣诞期间来到札幌真是个正确的选择。这不是我经常能看到的景色，真想去大通公园和札幌工厂玩个痛快，说不定我能从打扮成圣诞老人的人们那里得到圣诞礼物。不过我和别人有约在先，只能尽快赶去那人的家里。

　　毕竟是主打圣诞旅游的城市，出租车的数量并不在少数，没过一会儿我就打到了一辆。司机是个沉默寡言的人，除了问我的目的地之外，路上基本一句话也没说。从车上的收音机里飘出了德语的 *O Tannenbaum*①，我们便沉浸在美妙的女声之中。到站找给我零钱之后，司机对我微微笑笑，说了句："圣诞快乐。"我也对他说："圣诞快乐。"

　　目的地是一个住宅区。这里有很多公寓，我要找的人就住在其中某座。我根据他留给我的地址信息，最终来到了一座公寓跟前。找到楼宇对讲机上对应他家门牌号的按钮，按响后不久我就听到了他的声音："到了？"

　　"嗯。"我简短应道。

　　"快上来吧。"他远程打开了公寓大门的电子锁，我便走了进去。

　　走出电梯，来到他家门前，我深吸一口气。此时我的心里非常紧张，甚至想立即转身逃走。不过考虑到我是乘坐飞机来到新千岁机场，又从机场搭乘快速电车赶到札幌车站，费了如此周折才到达这里，就这样离开实在是得不偿失。我拼命压住内心的不安，敲了敲门。

---

①这是一首圣诞歌曲，中文译名是《噢，圣诞树》。

"来了！"他从屋中喊道，然后打开了门。

对视的时候，两人都倒抽一口气。

我们实在是太像了，如同照镜子一般。

过了一会儿，他同我握手道："我就是中田一夫，请多指教。"

"我就是高桥薰，请多指教。"

我走进他的公寓。公寓里面布置得非常简洁，起居室有一张长沙发和木质茶几，有一个大大的橱柜，没有电视机，也没有其他杂物。餐厅也是这样，有一张木质餐桌和四个木椅，不大的餐具收纳柜摆在一旁。这是一间以实用性为主要目的，却也不显得冰冷的公寓。

和我那间在文京区的公寓颇有几分相似。也许我们的性格也很相似吧。

我坐到沙发上，中田一夫一边为我倒大麦茶，一边说道："火鸡还在厨房的电烤箱里慢慢烤着，等做好后咱们一起吃平安夜晚餐吧。"

"麻烦你了。"我不好意思地点点头。

"那么……你就是我的克隆人？"他也坐到沙发上，然后盯着我看个不停。

"正是如此。"

接近三十年前，中田夫妇在欢天喜地中迎来了自己孩子的诞生，但很快就发生了一件令人倍感痛苦的事情——婴儿得了新生儿坏死性小肠结肠炎，肝和胃也缺血坏死。由于当初没有

保存脐带血①,主治医生向在东京大学从事干细胞研究的高桥彻
也教授求助,当时高桥彻也教授因为将iPS细胞(诱导性多功能
干细胞)②用于体外器官培育而享誉日本。

一般来说,如果婴儿得了新生儿坏死性小肠结肠炎,首先要
考虑的就是禁食、体外输液和对症治疗,情况特别糟糕的话还要
考虑器官移植。中田夫妇的婴儿就属于后者,可惜适配的器官
很难得到,所以在等待的时间里,高桥彻也教授准备在iPS体外
器官培养上做文章。

他通过基因技术,培育出数十个猪的受精卵,这些受精卵有
的不能生成肝脏,有的不能生成胃,有的不能生成肠道。这些受
精卵还通过CRISPR/Cas9基因编辑技术③把猪基因组中携带的
PERVs(猪内源性逆转录病毒)———一种可能感染人类细胞的逆
转录病毒———全部干掉了,这样就可以进入下一个环节。

高桥彻也教授通过婴儿的体细胞制作出数个iPS细胞,然后
将这些iPS细胞植入到这些受精卵中,随后又将这些受精卵植入
母猪的子宫中。经过一百二十天左右的怀孕周期,几头携带着
适配器官的健康小猪被产下,所需的器官在摘取后被马不停蹄
地送往婴儿所在的医院。

---

① 脐带血是指胎儿娩出、脐带结扎并离断后残留在胎盘和脐带中的血液,
其中保有大量的造血干细胞,可以被用来治愈多种疾病。故现在多会在婴儿出
生之后保存其脐带血。

② 这是一种在分化后的组织细胞(如皮肤细胞)中导入特定基因而使细胞
变得像胚胎干细胞一般、重新获得干细胞的功能,可分化为各种细胞的技术。

③ 这是一种可使基因编辑变得简便快捷的技术,2020年其发现者凭借这
一技术获得了诺贝尔化学奖。

主治医生利用非手术疗法来延长新生儿的性命。在饱受腹胀、呕吐、便血、黄疸，甚至是休克的折磨后，他还是撑到了器官送来的那一天。经过一段时间的恢复，大夫对他进行了多次复查，移植的器官不仅未发生任何排异现象，而且也没出现大家担心的癌症问题——iPS技术存在使体外培育的器官发生癌变的潜在可能，所幸这个小患者身上并未出现这两个状况。于是，名为中田一夫的婴儿度过了他人生中最凶险的鬼门关，进入无忧无虑的童年。

按说故事应该就此结束才对。可惜并非如此，高桥彻也教授的一念之差改变了很多人的命运——包括他自己的，包括我的，也包括中田一夫的。他在未征得中田夫妇同意的情况下，私自用iPS技术制作了中田一夫的克隆人。

其二

"没想到我身上还发生过如此九死一生的情况啊……"中田一夫感慨道。

"嗯。不过，当初我用电子邮件联系到你的时候，你吓到了吗?"我问完后啜了一口大麦茶。

"彻头彻尾地吓坏了。"他撇着嘴笑道。

"其实不只是你。当我知道自己是你的克隆人时，我也吓得够呛，心想老爸这是开的哪门子玩笑啊。他让我从保险柜里取出当时所有的资料，我阅读过后才发现这一切都是真的。"

"那可真是辛苦你了。"一夫摇摇头。

"彼此彼此啊。"

"其实……"他一副欲言又止的样子。

"嗯？"

"自从之前你通过邮件告诉我你是我的克隆人之后，我一直在想——这个技术很难实现吗？因为好莱坞的电影里经常能见到克隆人这个概念，但现实中却没怎么见到过，这是怎么回事呢？"

"嗯，其实现实中克隆人的技术还是很难实现的。"于是我用自己所了解的情况向中田一夫简要地说明了我诞生的来龙去脉。

灵长类生物的克隆非常困难，尤其是人类的克隆，远比在猪体内培养人类器官困难得多。这是灵长类生物的排卵周期长，而且排卵个数非常少造成的，所以这方面的实验举步维艰。也许是受这次器官培养成功的激励，也许是他很想知道山的那边有什么，也许是一种无法诉诸语言的缘由，高桥彻也教授带领自己的实验小组开始秘密进行人体克隆实验。

他们重新制作了数个中田一夫的iPS细胞，让它们分化了五天，然后使其退出快速的细胞周期，并对细胞使用组蛋白去乙酰化酶抑制剂，这样能够让用于制备iPS细胞的外源性基因表达沉默，之后取出细胞核。高桥彻也教授通过个人的威望搞来了近百颗人类志愿者捐赠的卵子，而这个数量可以让任何一个从事类似研究的团队垂涎三尺。来自同一个志愿者捐赠的两个卵细胞在显微镜下被超薄刀片分别切为两半，他们通过特殊的染料找到其中含细胞核的那一半卵细胞并将其丢弃,将两个被保留下来的不含细胞核的半个卵细胞和iPS细胞中取出的细胞核进行短暂的电流轰击融合,并用咖啡因做了处理,最终形成了克隆胚胎。近百颗卵子就这样被很快地耗费殆尽,而被做成的不到五十个克隆胚胎中最终只有一个能正常发育。

高桥彻也又找到一名愿意代孕的志愿者,将这个克隆胚胎移植到她的子宫中。经过长达十个月的精心呵护,婴儿被正常产下。

这个婴儿就是我。

"没想到你跟我一样,简直是九死一生。"中田一夫感慨道。

"是啊,之前没有这种实感,现在想想的确是如此。"我不禁赞同地点点头。

在我出生后,高桥彻也想尽办法将我收养,并将我取名为高桥薰。不知为何,他和他的研究小组并未将克隆人的事情公诸于众,明明这是一件不得了的科研成果。是因为伦理道德方面的压力吗?还是他对于这件事始终心怀愧疚呢?

总之,我在毫不知情的状态中度过了接近三十年的时光。

从我记事起,我们两人便相依为命。小时候我的身体不是很好,经常会发烧,我还记得他带我去医院,哄着哭闹的我接受治疗的事情。上幼儿园之后,我想是我的身体状况开始好转起来,对于幼儿园的排斥成了我生命中的头等大事。老爸实在拿我没辙的时候,会把我带到他工作的地方。

比起幼儿园，我更喜欢他的研究所。老爸所在的研究小组的成员对我都很好，现在我大概能猜到原因了，但那时的我并不知道。于是那里成了我孩童时代的乐园。

跟同龄人相比，我很早就知道"干细胞"是什么，知道 iPS 细胞和 CRISPR/Cas9 技术的作用，也知道手工克隆是一种什么样的技术。从小对这些前沿技术耳濡目染的我一直对理科偏爱有加，因为我从一开始就知道冷冰冰的数字和公式背后所蕴含的有趣现象和无限可能。

我顺利地从幼儿园升入小学，然后是中学，最后考入东大的生物专业。这些年不能说是顺风顺水，学习和交友时遇到的挫折自然不在少数，和老爸吵架翻脸的事情总归也是有几次的，但基本没有碰到过很严重的问题。

也许"单亲家庭"这点多多少少算是个问题吧。在小学的时候，我甚至为此和嘲笑我的同学打过架。不过那只是因为他们嘲讽的语气激怒了我，实际上，"单亲家庭"和其他家庭有什么不同，我对此毫无概念。两个人的家庭也很好，我一直没有体会到什么不便。所以这只是孩童时代的一个小小注脚，从未在我的人生中掀起过多大的波澜。

若要提起什么波澜，恐怕老爸去世前跟我说的话才算是吧。他在医院的病房里把我和中田一夫的事情慢慢告诉我，然后交代我把家中保险柜的文件一份不落地看一遍。保险柜的钥匙和密码都放在信封中，和他的遗嘱放在一起，由他当场交给我。在听了自己的身世之后，我整个人都置身于恍惚之中，再加上老爸又昏迷过去，我甚至觉得这一切只是一场噩梦。我的灵魂从躯壳中跳脱出来,站在一旁看着自己和周围的事物。那是一种接近于无限通透的视野,使我更觉得自己的人生都被罩上一层怪诞的薄纱。我的人生根本不是我曾经理解的那样。

原来我是一个克隆人。

也许那是一段无比黑暗的时光,不过保险柜里的文件却给我带来了意想不到的救赎。那些文件详细记录了当初中田一夫罹患新生儿坏死性小肠结肠炎的事情。老爸和他的小组成员竭尽全力拯救中田一夫,最终从冥河的渡船上将其夺回。后来他们又用中田一夫的iPS细胞创造了我。

于是,在一个本来没有我立身之地的世界里,我诞生了。

是的,就是这样。

原本我的灵魂没有可以栖宿的肉体,但他们创造出来了一个。

老爸在自己的日记中写道:"当第一个克隆婴儿在这个世界上诞生时,我的心里激动万分。我相信不管对于谁而言,这都是一个了不起的科学成就。不过当我看到他的笑容时,'高桥薰'这个名字就像闪电一般划过我的大脑。突然间,我们所获得的成就感烟消云散,取而代之的是我想收养他的愿望。为此我和小组里的同伴们推心置腹地交流过,他们也支持我的决定。我的孩子,我们的孩子——高桥薰诞生了。我们发誓不会让这个世界伤害他分毫,所以他的身份将是我们严守的秘密。"

这时我才开始明白,他们之所以没有把这项科研成果公诸于众,只是因为想保护我。对于这个世界而言,我是一个克隆人,大概我的存在本身就是一种不能言说的禁忌,这是没有办法的事情。可是老爸和他的同事们并未将我视为禁忌。对于老爸他们而言，我只是他们的孩子。

想通了这点，我度过了人生中最惊涛骇浪的时光。

"那么，你是怎么想起要联系我的？"中田一夫问道。

"因为我觉得这么重大的事情，还是不要瞒着你比较好。"我回答说。

在给老爸扫墓的当天我才下定决心，要与世界上唯一一个细胞核内的 DNA 和我基本一致的人联系一下。我根据文件中关于中田一夫的资料在社交网络上进行搜索，很快便找到了他的电子邮箱地址。我尽可能用简洁的语言把这件事的来龙去脉写清楚，然后发送过去。

我能想象中田一夫在收到邮件后的表情。这一定是件很不可思议的事情吧！不过我觉得一定要先把情况写清楚，如果当面告知的话，可能会更令人难以接受。

经过几次电子邮件的往来，中田一夫开始相信我的存在，并希望我在圣诞节期间去札幌和他见面。

就这样，我此时此刻正坐在他的公寓中。

其三

"某种意义上，你算是另一个我。"中田一夫笑着说道。

"对。不过咱们过上了完全不同的人生。"

"的确是这样。"

厨房里传出"叮"的声音,看来烤箱里的烤火鸡已经做好了。他戴上一副厚厚的棉手套,将烤箱里的火鸡端出来。

"我去做个蔬菜沙拉,你能帮忙摆一下餐具吗?餐具在餐桌旁边的橱子里。"

"没问题。"我点头道。

我摆好两人份的餐巾,在上面各放一个大大的白色瓷盘,然后摆好刀、叉子和勺子。然后我又去帮他盛锅里煮好的粟米忌廉汤,而他把装在不锈钢餐盘里的烤火鸡抬到餐桌的正中央。

待他用刀把烤火鸡切开,洋葱、胡萝卜、芹菜、黄油、肉豆蔻、迷迭香、鼠尾草、胡椒和柠檬的香气混合着烤火鸡本身的气味一起弥散开来。

"准备品尝我做的圣诞大餐吧。"中田一夫露出爽朗的笑容。

饭后,我们交换了圣诞礼物。因为事先交流过,我们多多少少知道彼此的爱好,于是我送给他一本精装彩页的料理书,而他为我准备了一本悉达多·穆克吉的《众病之王》[①]。

"时间还早。公寓旁边有家居酒屋,今晚应该不会关门。咱们去那里喝点酒吧,如何?"他对我说道。

"好啊好啊。"我觉得这个主意很棒。

走到楼外,雪已经停了。寒冷的冬夜寂静无比,只能听到我

[①] 这是一本讲述癌症历史的科普读物,从医学的角度全方位展现出人类与癌症的斗争。

们走在雪地上发出的"扑扑"声。厚厚的雪让这声音沁人心脾，别有一番快意。

"喜欢北海道的雪？"他冷不丁地问道。

"喜欢！"我猜自己脸上一定挂着灿烂的笑容。

不一会儿我们就来到那家居酒屋。居酒屋装着日式的和纸拉门，白色的和纸透出橘黄色的光。拉开门，一个女招待迈着小碎步走过来，身上的蓝色和服非常整洁。她一边向我们露出清爽的笑容，一边说："欢迎光临。"店里也充满了圣诞气氛，角落里放着一棵大小适中的圣诞树，下面有数个用绿色和红色彩纸包着的漂亮礼物，树的顶端立着金属材质的五角星，而漂亮的小彩灯围在树上，发出五颜六色的光芒。店中有个独立的吧台，调酒师穿着西式的调酒师服装，在居酒屋中并不特别显眼，而他背后的洋酒一应俱全。他能制作的调酒也非常多，得其利和金汤力自不用说。我们下单要了两杯艾莱岛波摩12年威士忌，1:1兑热水，然后到店中的一角坐下。不一会儿，女招待端来两杯酒，酒杯是厚实的岩石杯，杯壁上雕着深深浅浅的花纹，握在手里感觉非常舒服。

我们聊起了各自的情况。他一边在料理店打短工，一边攻读哲学学位。我也在忙我的学业，打工的事情还没考虑过，不过我可能会申请去老爸生前所在的研究组进行实习。他和女友在两个月前分了手，而我至今扑在学业上，对于恋爱这件事相当苦手①。他知道老爸的事情后向我表达了哀悼之情，我们为他碰了杯。后来，我们谈到了各自的身份。

---

① 这是一个日语汉字词汇，意为"不擅长某事"。

"话说，作为世界上唯一存在克隆体的人类，你有什么感想呢?"我问道。

"嗯……说实话，没有任何实感。作为这个星球上唯一的克隆人，你呢?"他举起手中的酒杯，让店中的灯光透过酒体，他的眼中闪烁着威士忌那焦黄色的光芒。

"我也是。知道自己是克隆人之后，多多少少受到了打击。但现在已经恢复了。在知道这件事之前，我是存在于世界上的一个微不足道的角色，在知道之后，依旧是这样。"我也学他的样子，看着光线透过杯壁和酒，朦朦胧胧地洒在自己的眼前。

也许对于学术界而言，我们两人的关系是不得了的事情。但对于我们自己而言，我们只是普通人，想要过上普通的、幸福的生活，仅此而已。

即使要竭尽全力，即使要在无聊的生活中遭遇命运的诘难，我们也只能如此度过。

不知不觉中，店里落地钟的时针、分针、秒针重合于一处，而它们三者很快又向下一波征程各自出发。只是在出发前，落地钟那厚重的金属报时声响彻店中，女招待和调酒师在半空中举起彩纸拉炮，随着几声啪啪的响动，彩纸纷纷落下，大家互相说着:"Merry Christmas!"

在这欢闹的气氛中，我们也不禁笑了出来。

"圣诞节快乐，高桥薰。"他对我说道。

"圣诞节快乐，中田一夫。"我对他说道。

(本文发表于《科幻世界》2016年03期)

英雄

其一

此刻，石田伸夫正坐在一家装饰考究的酒吧里。

因为不常来这种地方，所以他总觉得非常拘束。毕竟平时只和同事去公司附近的小酒吧喝着角头鲨的合十礼白啤或者罗格的榛子棕啤，借着酒精的作用谈天说地，旁边的人都吵吵嚷嚷，他们便也抬高嗓门说话。而这里，只有几位穿着得体的客人坐在酒吧的一角，说话声音也不大。一台穿着考究的机器人服务生把调酒师调好的酒端到客人那里，它的外表和行为举止很像人类，但内核还是功能有限的AI，所以很容易被识别出来。

当木质吧台后面的调酒师问他要点些什么的时候，他觉得自己的舌头就像打了结，拿着厚厚的酒单翻看半天，最后才要了一杯VOSS矿泉水。不同的基酒和辅酒在调酒师身后的橱架上排得满满当当，不太明亮的灯光打在通透的瓶身上面，令人眼花缭乱。

见到她之后再点调酒吧，他想道。

过了一会儿，他听到酒吧的木门被推开，有着一朵大大的白色鸢尾花图案的黑色大理石地面上传来高跟鞋的哒哒声。

她来了。

"惠美子，晚上好。"他转过身去，然后向她打招呼。

"晚上好。"她微笑着回答说。

她变了，这是他看到她后的第一印象。身穿白色晚礼服的她露着双肩，锁骨的线条非常迷人，而晚礼服也和她的身材非常贴合，在款款而至的步履中将她衬得风韵十足。在她的秀发中巧妙地别着一个发卡，发卡的做工很精致，宛如一件艺术品，不过他一眼就看出那是一个脑电波扫描器。他刻意忽视这一点，然后将她的身姿尽收眼底。她出落得如此成熟，使他怀疑自己记忆中的那个少女是否已经彻底消失。不过她时不时撩起耳边头发的姿势又和当年别无二致，这令他安心不少。

那个少女还悄然藏在某处，会在不经意的举手投足之间出现在他的面前。

"打算点些什么呢？"惠美子问道。

"想为你点一杯白色佳人。我自己要一杯朱拉小岛的威士忌。"这是他刚才浏览酒单时记住的两款酒。见到她之后，他确信白色佳人会跟她很配。

石田伸夫完成下单，调酒师先调白色佳人。他将自己凿的三枚大块冰球夹入雪克杯中，用盎司杯分别量取 2.5 盎司①的添加利 10 号金酒，1.5 盎司的君度力娇酒，1 盎司的鲜榨柠檬汁，依次倒入雪克杯后又滴入几滴鸡蛋清，充分摇晃，直到杯壁上挂霜为止，将混合均匀的液体过滤到马天尼杯中，放上柠檬皮做的旋

---

① 盎司为液体的体积单位，1 盎司大约 29.5 立方厘米。

花,一杯白色佳人就做好了。调酒师在杯子下方搁了一块杯垫,一并推到她的面前。她小心擎着马天尼杯的细杯梗,然后看着酒体在吧台的灯光下反射出银白色的光辉。石田伸夫觉得这纯净冷艳的调酒的确宛如眼前的佳人。

"浓烈的金酒口味和悠长的橘香搭配平衡,的确非常好喝。"她轻轻啜一口调酒,然后对调酒师说道。

"您合意就好。"调酒师微微点头。

然后又做伸夫点的威士忌。在水晶岩石杯中加自己手凿的大块冰球,然后兑2盎司朱拉小岛预言新单一麦芽威士忌,酒单就完成了。

石田伸夫啜了一口,感觉四溢的酒香充斥着自己的味蕾。他微笑着向调酒师点点头,调酒师也点点头,便去清理刚才用过的器具了。

"最近过得如何?"惠美子问道。

"只能说是得过且过。自从工作之后,每天既没有特别开心的事情发生,也鲜有让人特别痛苦的事情。可能磨损的事情会很多,但习惯之后也没觉得怎样。或许,最令人痛苦的事情就是'习惯'二字了吧。"伸夫慢慢说道。

"嗯,我对这一点特别感同身受。等习惯生活中的一切磨损之后,每天在盥洗室照镜子时,会发现镜子中的自己非常陌生。"她摇摇头。

"是啊。也许镜子中存在的只是一团混沌。"他苦笑道。

"嗯。"她点头回应。

"话说,有时能在电视中看到坂上广,没想到他真的以打棒球为生了，而且还很出色。"

"毕竟是一份工作，所以其中还是有很多磨损人的事情发生。"惠美子看着手中的调酒，然后转过头来看着石田问道，"你结婚了吗？"

"没有。"他不好意思地笑了。

"为什么呢？"

"大概是没有碰到合适的人吧。"他摇摇头，然后问道，"你和坂上广呢？现在过得怎么样？"

"刚离婚。"她抬起左手，看着无名指上残留的戒指痕迹，接着说道，"我的姓名也从坂上惠美子改回了小松惠美子。"

这个突如其来的变故让石田伸夫不知道说什么好。

"嗯，不必担心我。我还好。"

"哦？"石田伸夫听出了她的话外之意。

"如果可以的话，希望你去和广见见面。他的状态不太好。"惠美子的微笑中带着若隐若现的阴翳。

"你知道我的工作，莫非是和这方面有关系？"

"嗯……是的。他这段时间一直在用那个。"

那个啊。伸夫的脸色不由得阴沉起来。没想到自己曾经最好的朋友也会和那个扯上关系，他不由得将右手握成拳状，然后抵住太阳穴。

"去帮帮广吧。我想他现在需要你。"惠美子伸出双臂，握住他的双手。伸夫感受到惠美子的右手明显是冰凉的。过往的时光就像山涧的溪流，缓缓流进他的心里。

"嗯，好的。现在已经太晚了，明天一早我就会跟他联系。"

伸夫答应下来。不管是惠美子还是坂上广，他和他们之间已经有十多年没见过面了。

他同她聊了很久。到了午夜时分，惠美子准备起身回家。石田伸夫为她拦了一辆出租车，自己则慢慢走回到公寓中。结果他躺在床上久久没有入眠。

他想起小时候的事情。那时他看到坂上广不管是在作业本上还是在试卷上，总把自己姓名中的"广"用片假名"ヒロ"①来写。他问坂上广为什么要这么做，坂上广笑嘻嘻地回答说："因为我想成为'ヒーロー'（英雄）。"

从小就一起玩耍的他们三个人天天黏在一起，尤其是在放假之后。喜欢棒球的坂上广经常扛着一个大大的球棒，而惠美子和伸夫会跟在他的身后。三个人形影不离，在暑假里会一起去河边钓鱼，去附近山上的林子里捉独角仙和蝉，然后在棒球场陪坂上广练习挥棒和传接球。那时候广已经开始有意识地研究各种变化球的投法，比如弹指球、滑球、指叉球和变速球，然后看这些变化球的球路究竟有什么区别。但由于力量训练还没跟上，直球依旧是广的主要投法。临近假期结束时，广和伸夫会一起去借惠美子的作业来抄。两个人拜托惠美子的样子总让她忍俊不禁，于是她每次都败下阵来。三个人会轮流去广和惠美子的家里，两个男生狼狈地同作业交战，而惠美子会在一旁看书。

突然，伸夫想起了他们一起在林中唱着的儿歌。那首儿歌

---

　　① 读音为"hiro"，下文"ヒーロー"为英语"hero"在日语中的对应词语，两者读音近似。

的名字叫作《手掌伸向太阳》：

> 我们大家都活着，因为活着，所以要唱歌。
> 我们大家都活着，因为活着，所以会感到悲哀。
> 把手掌伸向太阳，仔细透视一下，
> 可以看到，我鲜红的血液流动。
> 不管是蚯蚓，还是蝼蛄，或是水蛉，所有这些生物，
> 大家都活着，所以都是朋友。

想到这里，他不由得在自己黑暗的房间里发出长长的叹息。

其二

石田伸夫晚上睡得并不好，不知为何，他不断从睡梦中醒来。这样折腾到了早晨，反而睡意尽失。他看枕头边的闹钟显示着6:10，只得从床上起来，喝一杯水来缓解喉咙里的干涩。

到办公室之后，他拨通了从惠美子手中拿到的电话号码。在对方接通前，他深深地吸了口气。

"你好，请问是哪位？"对面传来了熟悉的声音。

"是坂上广吗？我是石田伸夫。"明明对方看不到，伸夫还是摆出了平时面对患者时的笑容。

"啊，是你小子啊！好久不见！"那边传来了爽朗的问候。

"嗯，好久不见。"

"看来,惠美子去找你了吧?"

"嗯……是的。"伸夫本想不置可否,不过最后还是如实回答。如果真想帮助别人的话,诚实是最重要的方法。

"那么,石田大夫,我会成为你的治疗对象吗?"

"昨天听了惠美子的描述,感觉还不至于此。不过,如果你有时间的话,我还是想和你见见。"

"嗯,好啊,没问题。今晚怎么样? 我一会儿把我的公寓地址发给你。"

"好的,我大概八点左右到。"确认地址之后,伸夫回答道。

"那么到时候见了!"双方互道再见,之后挂断电话。

伸夫翻看着手边的资料。他所在的小组一直在研究某种大脑交互装置的副作用。这种交互装置在伸夫出生以前就已被发明出来,它的外形像一个头戴式的大耳机,罩在耳朵处的部分也的确起到耳机的作用,只不过起主要作用的是两个耳罩之间的连接部分,该部分可以对人的脑电波进行扫描,同时发出微波来促使人的大脑产生视觉。后来改进的型号甚至取消了耳机,五感均由该设备产生。另外,这个设备的末端会伸出一根线,这条线既提供电源,又提供网络,使用者可以直接通过这个交互设备上网冲浪。当然,由于是通过微波来使大脑产生对应的感官刺激,所以这个设备的穿戴时间不可以太长,不然的话,不但会引起大脑的热效应和能量沉积,也会造成脑组织钙溢出增加、细胞膜破裂以及酶活性变化之类的非热效应。不过,这只是副作用中不太重要的一种,使用者完全可以通过控制使用时间来规避。令人头疼的是一种特殊的状况——通过使用设备登录某些网址，这些网址可以自动修改微波发生装置，使其产生直接刺激人脑内阿片受体①的微波，促使抗痛神经元分泌内啡肽等物质，阻止痛觉传入神经通路。这就像在人体内注射了吗啡一样，刺激阿片受体不仅能够发挥镇痛的效果，还可以产生快感。在这种状态下，该交互装置就会带来非常麻烦的副作用——成瘾性。

这种交互装置不仅有成瘾性，而且使用它不会在现有的尿检中被检测出来。实际上，因为这些副作用，全世界的政府都将该交互设备封杀，后来的改进型只被允许保留对脑电波进行扫描的功能——就像惠美子的"发卡"一样，那是一种小巧如发卡的交互设备，可以用于对设备的单向控制。但瘾君子们就像发现了新大陆。不必受制于坐地起价的卖家，不用在交易的时候担惊受怕，带有微波功能的交互装置横扫整个地下交易市场。

于是，伸夫想起了那个人。

"那个人"是伸夫对他一直使用的称呼。他是石田伸夫生物学上的父亲，但伸夫从不称他为父亲。他是一个瘾君子，早年喜欢飞叶子，后来注射甲基苯丙胺②。因为政府对苯丙胺类毒品的严厉打击，找不到货源的他不得不从地下黑市搞到一个带有微波功能的交互装置。这自然不如注射甲基苯丙胺来得爽快，但也聊胜于无。每到那个人毒瘾发作的时候，母亲就会赶快把伸夫支出去，因为那个人每次都会把母亲暴打一顿，然后才戴上交互装置快乐一番。

---

① 阿片即鸦片，阿片受体则是人类体内自然存在的一种物质。鸦片吸食者即是通过鸦片来刺激自己体内的阿片受体，并最终成瘾。

② 飞叶子即抽大麻；甲基苯丙胺俗称冰毒。

对于伸夫而言,这简直是地狱一般的时光。他独自坐在公园的秋千上,周身就像隔了一层材质不明的薄膜,将阳光和其他孩童的欢声笑语通通隔绝。到了晚上八九点,他甚至不再能感受到饥肠辘辘的痛苦,才慢慢起身回家。那个人不知所踪,母亲故意把家里的灯都关掉,这样他就看不到母亲身上的伤痕。令人作呕的月光透过公寓的窗户照到屋里,母亲凭着这点微弱的光芒在狭窄的厨房简单热着食物。他忍不住哭了起来,但又不想让母亲听到。

后来,他试图反抗那个人。有一次他故意待在门口,等他暴打完母亲戴上头盔之后,他冲进公寓,跑去厨房拿起菜刀。

"如果你受不了这样的生活,那由我来动手好了!"倒在地上的母亲死死抱住他的腿,然后对他说道。

伸夫不忍自己的母亲成为杀人犯,于是只好作罢。两人抱头痛哭,而那个人却堕入极乐的云雾中,对公寓里发生的事情丝毫没有察觉。也许,在这个世界上再也没有比这幅光景更具有讽刺性的事物存在了。

这充满霉湿气味的小小公寓是禁锢一切幸福的牢笼,成了离神明最远的地方。

更让人难以忍受的是,他在学校里还受到了同学的欺凌——孩子们从自己的家长那里知道了那个人是瘾君子的事情,所以伸夫毫无疑问地被他们孤立起来。由于学校的某些课程需要戴虚拟现实的VR设备,这种诞生于前世代的装置可以通过栩栩如生的视觉来帮助学生去理解书本所不能传达的知识细节,比如美术课,或者是生物课,对于引发学生的兴趣起到了一定的作用。但由于这套装置和大脑交互装置过于相似，每次上这类课程的时候，伸夫都会把这个装置偷偷摘下来，被同学得知后，他被孤立得更厉害了。有时他的桌子上会被涂上"瘾君子"的涂鸦，有时他的鞋橱中会被人堆满垃圾。老师对此也束手无策，伸夫只能麻木地忍受着。

他诅咒着世界上的一切——他诅咒着自己的同学，他诅咒着那个人，甚至诅咒着自己的母亲。

如果自己没有被生下来该有多好！为什么自己的母亲会遇上那个人？为什么还要把自己带到这个该死的世界上？这是伸夫在孩童时期每天都在反复想的事情。

最终，伸夫想到了死。生活的泥潭深处潜伏着名为"死"的存在，石田每天都注视着"死"，而"死"也从那里注视着他。幸运的是，他并未尝试迈过那条线。如果非要去找这份幸运的源头，也许正是广和惠美子。

即使听说过那个人的事情，广还是会像以前一样拉着伸夫到处玩。知道伸夫在班上一直被人欺负之后，广拿着球棒来伸夫的班里大闹了一番。那次闹得实在太厉害，广的父母和伸夫的母亲都被叫来，两人差点被退学。广的父亲在老师面前呵斥了广，出校门之后却单独带着广和伸夫去了附近的家庭餐厅。在路上，他笑着拍了拍广的肩膀，然后牵着伸夫的手，之后三个人开开心心地饱餐一顿。

伸夫觉得自己沉入的泥潭中还是有一缕阳光洒下。惠美子和广一样，两个人毫无保留地接纳了伸夫。和他们一起玩耍的时候，伸夫总能忘记每天缠绕在自己身边的不幸。有时候广的父亲会直接把伸夫留在他们家过夜,但他实在是挂念自己的母亲,不得不回去。于是在晚上回到那个暗无天日的家之前,他还是度过了一段快乐的时光。

后来,事情出现了转机。

那是伸夫在小学最后一年发生的事情。大概是装置出现了故障,那个人的大脑被烤熟了。在学校里得知这件事情时,伸夫忍不住笑出声来。即使知道同班同学都在用害怕的眼神看着自己,他还是大声笑着,一边笑着一边用拳头砸着桌子。走出教室后,他又哇哇哭起来,狠狠打着墙壁。

当广过来找他的时候,他对广说道:"为什么这一天不来得更早些呢?"

广拍着他的肩膀,无言以对。

那个人的葬礼那天,天气一片晴好,就像伸夫的心情一样。不管将来发生什么,都不会再出现比之前更痛苦的事情了,伸夫如此认定。

其三

下班后,伸夫开着银色的卡罗拉,穿过大半个城市来到一座高档公寓的门口。

"我来了。"他按动楼宇对讲机上的按钮。

"嗯,上来吧。"老友的声音通过扬声器传出来。

不一会儿，伸夫来到他家的门口。当门被打开时，伸夫觉得自己的老友比电视里的形象更加壮硕，而年轻时的稚嫩像被锋利的刀刃完全剜掉，脸上留下的只有三十多岁的人所特有的成熟感。

两人握住了手。那份令人怀念的力量跨过时间的长河一点一点渗透进心中的一个角落，于是两人给了彼此一个大大的拥抱。

"伸夫，这么长的时间你也不来看看我们。"广的眼睛湿润了。

"抱歉……"伸夫拍拍广的肩膀，然后说道，"我来了。"

"来了就好，来了就好。进来吧。"

伸夫打量着体育巨星的房间。会客室非常宽敞，透过一排巨大的落地窗可以看到城市那璀璨的夜色，银色绸面的沙发看起来舒适异常，而 B&O 的落地式 LCD 电视机传出的声音不同凡响。虽然屋里的细节彰显着高级公寓的奢华，但处处又带着往昔的味道。这令伸夫想起了以前广和惠美子的房间。这里果然是他们共同生活的地方，一切都是如此整洁有序。

"惠美子不在？"伸夫问道。

"不在，她回去跟父母住了。"广从厨房的冰箱里拿出了几瓶比利时的勃艮第女公爵啤酒和布鲁门鲜花啤酒，又一一用起子打开。

"开车来的，不能喝酒啊。"伸夫说道。

"今晚就住在这里吧。毕竟很久没见了。"

"好吧。"伸夫点头道。可能明天上班会迟到。但那又怎样？两人不用酒杯，而是直接抓起酒瓶来干杯。这两种酒的味道很独特，带有香槟和鲜花的香气。

"惠美子顶喜欢这两款酒，所以冰箱里储存了不少。还合意吗？"

"味道不错。"

在这个充满惠美子气息的房间里，伸夫不禁想起了她的事情。

惠美子在读书时总会用左手撩起头发的姿态。

惠美子和自己跟在广的背后在山中玩耍的样子。

惠美子的右臂。

伸夫还记得第一次见到惠美子时的事情，那时候他们的年纪都很小，还没上小学。他和母亲外出时看到了刚搬到附近的小松一家，一个和他年龄相仿的女孩子尽可能地躲到父母身后。他以为她只是一个害羞的女孩，但实际上并不是这样。后来他才知道，她想隐藏的是她空荡荡的右臂。

惠美子在很小的时候遭遇了一场严重的车祸，所以她失去了右肩胛骨以下的整条手臂。她很少出现在同龄人面前，而只要一出现，她总是被欺负得最惨的人。那时已经初尝被孤立之苦的伸夫非常同情惠美子，但没有足够的勇气去做些什么，甚至会祈祷惠美子不要出现在大家面前。就是这个时候，他认识了坂上广。

有一次，惠美子在公园里被男孩子们扬了一身沙土，她一边用自己的左手徒劳地阻挡着，一边哇哇哭着，而其他女孩子也在一旁嘲笑着惠美子。伸夫被挡在这些人之外，想要制止却不得，一副干着急的模样。广看到这一幕，于是挥着球棒杀了过来。"你们这些家伙，怎么可以这么欺负人！"广对着他们喊道。那时广的声音还很稚嫩，但已经喜欢在肩上扛着大大的球棒。大家见状一哄而散。

从那天起，惠美子和伸夫两人只跟着广一起玩耍。

当大家该上小学的时候，惠美子决定跟广和伸夫一起就读普通学校。很久以前，残疾儿童只能去特殊学校就读，后来文部科学省①修改了这项规定，残疾儿童可以根据自己的意愿选择去普通学校。伸夫担心她在普通学校会被孤立，但惠美子笑着摇摇头。也许，有了广这样的人存在，那种无聊的事情已经不再是什么噩梦，伸夫如此想道。

因为他们那阴霾的天空中出现了大大的太阳。

在他们读小学期间，只保留了脑电波扫描功能的交互装置被发明出来。对于大部分人而言，这只是一种上网更加便捷的设备而已。但对于惠美子，它提供了方便操控配套义肢的功能。这种机械臂型的义肢是由钛合金制成的，减轻了机械臂的重量，减少长时间使用给人们带来的不适。精巧的传动马达可以使各个关节完成精确的动作。多节锂电池内置在手臂中，晚上睡觉时使用者可以摘下义肢，并进行充电。不过由于义肢外面包裹的医用硅胶太过明显，人们还是可以看出这是一条义肢。对于需要这种义肢的人而言，这并不是最需要在意的事情。惠美子一直很独立，只要是自己能做到的事情就绝对不会

---

① 日本政府行政机关之一，负责教育、科学技术、文化等事务。

推给别人,对她而言,这种义肢如同上天的馈赠。他们三人一起上学时,惠美子都会戴好有着脑电波扫描功能的发卡,用机械臂向两人招手。

伸夫担心的事情也发生了。惠美子一入学就因为独臂而被人孤立,而使用机械臂后他们变本加厉——大家都在背后叫她"机械女孩"。好消息是,广和惠美子同班,没人敢特别嚣张地欺负惠美子,尤其是在广跑去伸夫的班里大闹一场后。每到中午,伸夫就会拿着母亲做的便当来找自己的好友,然后三人一起到学校的中庭吃饭。中庭的柳树下有着漂亮的长椅,三个人有说有笑地在那里吃着午饭。他们成了学校里一道非常奇妙的风景线。

后来三人上了同一所中学,他们的人生也掀开了新的一页。棒球男孩坂上广选择进入校队,放学后开始训练,没法和其他两人一起回家了。伸夫会把惠美子送回家,然后自己也直接回家。如果周末没有校队集训的话,三个人就又会凑在一起。这时的伸夫发现,广的身材变得越来越魁梧了,而惠美子身上的女性气息也已经生根发芽,就像春天的小草一般从土地里倔强地冒出来。伸夫每每照镜子时,总觉得自己只是个头长高了,其他方面却变得越来越平庸。平淡无奇的外貌,平淡无奇的性格。唯一值得欣慰的是,自己长得并不像那个人。也许这只是自己的心理作用也说不定,但伸夫打心底里想把关于那个人的一切都抹掉。魔鬼在这个世界上留下的不仅仅是恐怖的爪痕和凄厉的叫声,那些痛苦得难以磨灭的记忆才是它制造的最大创伤。

一旦人生步入了正轨，时光便如白驹过隙。进入高中后，伸夫和惠美子面对更加繁重的课业，而坂上广的目标则是甲子园优胜①。伸夫多次看到广和同伴们训练的样子，运动强度之大和之前不可同日而语。热身时进行传球和强化肌肉的专项训练，诸如三头肌、胸大肌、腹肌、前臂的小肌肉群、大腿的四头肌等。那是一些伸夫很少会听到的名词，甚至这些名词所代表的事物是否好好地长在自己的身上也未可知。热身结束后，每周还要进行三到四次有氧呼吸训练，比如五公里的中速跑，或者到附近的山上进行爬山训练。而广在投球方面的天赋使其成为队中投手群的一员，他投出的变化球十分刁钻，可以轻松将打者三振出局，而进攻时他也能打出令对手忌惮三分的强打。上到高二之后，广已经成为校队的核心，同一群志同道合的少年为了相同的目标发奋努力。最终这所高中取得县优胜，获得了在夏季进入甲子园的门票。

后来，这群少年顶着炎炎夏日，来到兵库县西宫市。他们一路过关斩将，杀进了决赛。伸夫和惠美子去看了这场比赛，当广作为先发投手上场时，两人会目不转睛地看着他的身姿。双方队员的球服上泥渍斑斑，身上汗如雨下。毕竟走到了这一步，于是队员们都使出了吃奶的劲头争取赢下比赛。对方的投手擅长切球和上飘球，成为打破本方打者时机的利器。打者尽可能打出球，但很容易被防守队员封杀。作为回应，广作为先发投手上场。他的轴心脚和伸踏脚的姿势变换得当，然后根据场上的情

① 指代日本全国高等学校棒球选手权大会，参赛学校为日本各个市（县）的优胜学校。春夏各一次，通常来说，夏季的比赛更加激烈，也更重要。

势投出不同的变化球——如果对方无人上垒,争取用弹指曲球握法的变化球将对手三振出局;如果对方已经有人上垒,那么广就会投出压低球路的伸卡球,这种投法针对右打者,可以使其打出内野滚地球,方便己方的队员将对手双杀。比赛的分数一直非常胶着,技巧的比拼逐渐变成耐力的斗争。但就那场比赛而言,广的体力和技术都略胜一筹。对于对方的球员而言,智勇双全的广宛如绞索一般,将他们一点一点逼往绝境。但对于己方的队员来说,广是他们的英雄。经过长达三个多小时的鏖战,广和队友们成为甲子园的冠军。

伸夫忘不掉广捧着优胜旗,被队员们围在中间的情景。执着的棒球少年在长达数载的付出后,成为真正的英雄。伸夫看着头顶上大大的太阳,开心地笑了。

其四

在伸夫的人生中,以某一个时间点作为开始,他离自己的朋友越来越远。那个时间点究竟是什么呢? 伸夫不得而知。

也许是两位挚友留在了故乡,而自己去东京读大学的那天。

也许是收到两人结婚的请柬,心中五味杂陈的那一刻。

也许是想从英雄的庇护中毕业,打算让自己好好面对险恶人生的不眠之夜。

也许三者兼而有之,又或许全都不是。

也许那个人还在泥潭深处盯着他,让他永远都甩不掉过往背负的痛苦。那份痛苦就像锋利的刻刀，彻底改变了他内心的面貌。不管自己在课堂上还是公司里表现得多么自然，伸夫总能察觉到自己和其他人的不同——他们是相信自己可以争取到幸福的，而伸夫从来都不信。幸福是一种随时会被外力打破的脆弱状态，他打心底里如此认定。

所以伸夫从来不想追求幸福，仿佛幸福对他而言是一种累赘。他在人生中总是喜欢把幸福拒之门外，然后沉浸在孤独的轻松之中。这样的心结让伸夫超然物外，而且他觉得自己的选择不会有错。所以他完成学业回到故乡后，也没有跟自己的朋友们联系。

直到他看到旧友的眼神，他才知道自己是多么想念他们，也知道自己彻头彻尾地做错了。他们之间的关系宛如锚上的铁索，深刻的羁绊并不容易被风浪折断，可是一旦断掉之后，又很难恢复如初。伸夫此刻多少有些懊悔，但和广拥抱过后，又觉得怎么都好。

回来就好。

讽刺的是，心结又把他带回到朋友身边——他在人生的新阶段里学习和研究的正是成瘾的行为与戒断。和老友见面时的感动令他差点忘记了自己的使命，不过似曾相识的感觉又把他从往昔中拉了出来。他敏锐地感觉到惠美子和广身上有着微妙的心结，这个心结使他们下意识地避开某个话题。也许这个话题与广使用的那种交互装置有关。不能着急，要等广自己说出来，伸夫暗自下定决心道。

两人陆续喝掉了七八瓶啤酒，醉意却像躲在云中的胧月，不愿显出身形。

"今天月色不错。一起出去转转，如何？"广说道。

"好啊。"伸夫点头道。

两人各自提着半打易拉罐装的啤酒走出公寓的大门，然后漫无目地在街上逛着。后来，他们在几条街外发现一处小小的公园。公园里面没有路灯，一片漆黑。他们借着微弱的月光看到一对并排挂着的秋千，于是走进公园，坐了上去。两人一边沉默地喝着啤酒，一边看着月亮。

"露水的一世，只是露水的一世，然而啊然而。"广突然咏出一首俳句，这让伸夫感到非常意外。在他的印象里，古文之于广犹如拿铁之于哈雷彗星，两者并无任何关联。高中时代的广最头疼的科目也是古文。广顿了顿，然后问道："觉得这首俳句如何？"

"嗯……我不是很懂呢。这首俳句是在感叹时光易逝吗？"伸夫问道。

"算是吧。果然你的脑袋一直比我好使呀。"广咧嘴笑了起来，又接着说道，"这首俳句的作者是小林一茶。听说过吗？"

"没有。"伸夫仔细想了想，但脑海里对于这个名字毫无印象，只好摇摇头。然后他喝了一口啤酒，静听朋友的讲述。

"小林一茶是个很超然的俳人。他小时候被继母赶出家门，于是一边讨饭一边云游四方。虽然生活很苦，他却不以为然，写的俳句既直率又有趣。写这首俳句的时候他已经五十多岁了，刚结婚几年。"说到这里，广将手里的啤酒一饮而尽，顺手把空空的易拉罐捏扁。伸夫借着月色看着广做完这些动作，可惜看不清广脸上的表情。这时，广接着说道："这首俳句是为他两岁的女儿写的，那时她刚刚夭折。"然后广站起身来，借着微弱的月光，用一记直球的投法把捏成团状的易拉罐精准地投进二十米开外的垃圾桶中。

"我的女儿，坂上优子，在两岁的时候死于儿童急性淋巴细胞性白血病。"听到这里，伸夫感觉自己的脑袋彻底懵掉了。

"这是一种治愈率高达80%的癌症，预后比较好。但，优子没有挺过治疗的过程。"

广再次坐了下来，又开了一罐啤酒。"露水的一世，只是露水的一世，然而啊然而。"他又轻轻咏着。伸夫的眼眶里充满泪水，于是低下头，轻声抽泣着。

沉默弥漫在两人的身边。空气的滞重感让伸夫呼吸困难，一种似曾相识的感觉迎面而来。

不一会儿，广打破了沉默，说道："伸夫，我从小就觉得，人是可以咬着牙度过一切困难的。我不仅是这么认为，也是这么做的。棒球是我的梦想，我为我的梦想付出了血肉，付出了一切我可以付出的，而且从来没有后悔过。我甚至觉得人生也是如此，只要努力奋斗，只要咬牙拼命去做，就没有不能实现的事情。我从打进甲子园那一刻就明白，自己选择的道路都是正确的。我一直以为自己真的就是英雄。直到这件事发生，我才明白不是如此。此前只是我运气好，不管是生活还是棒球都碰巧是称手的营生。我只是恰到好处地让自己的船航行在风平浪静的海上而已。但当台风到来时，我才明白自己是多么渺小，多么风雨飘摇。"广的语调跟平时听起来不太一样。这是一种毫无感情色彩的声音,就像为自己朗读宣判书的法官。

"广,对不起。"伸夫泪眼婆娑地说道。

"不是你的错,伸夫。错在我自己身上。我从来都觉得棒球可以这样打下去,打整整一辈子。但现在我突然发现,自己对于这个行业而言已经太老了。年轻时不计后果的拼搏所带来的伤痛一直在积累,而且打一场球消耗得太厉害,体能只能勉强跟上。现在我上场的时候基本都是凭着经验去跟年轻人竞争,但即便如此,我也觉得心有余而力不足了。"广抬头看看月亮,然后接着说道,"现在的我仿佛掉进了井底,处理不好生活上的事情,闹到跟惠美子离婚的地步,打球对我而言也越来越难了。明明还没到中年,身心却像破落得不成样子。过不了多久,我大概就要退役了。将来的人生该怎么走,我心里完全不知道。现在唯一能让我感觉好受点的东西,就只有酒精和那个该死的头罩了。"

"但你并未到中年,人生又长得吓人,还是好好过下去为妙。"伸夫用手背擦了擦眼泪,对广说道。

"你说得没错。但我无法从井中爬出来。空有一身力气,却爬不出来。左突右撞也出不来,虽然这种无谓的挣扎能让自己好受一些。可是没用啊。"广摇摇头,说道,"人生一下子落入这般田地,该如何是好?"

这时,伸夫拍拍广的后背,说:"从井中出来很不容易,这是我在小时候就明白的道理。你要做好心理准备,如果你觉得待在那里是件错误的事情,那就不要放弃。而且我会帮助你。别看我没什么本事,在这方面我可是专家。"

月从淡淡的云中露出圆润的身姿，伸夫这才可以看清楚广的表情。广听了伸夫的话后，咧嘴笑道，然后说："好的，就交给你了。看来大家真的变了。"

令人怀念的笑容让伸夫有些发愣，仿佛一切都回到了从前。从前哪有那么好回去啊！他在心底里感叹道。

但英雄依旧会是英雄，伸夫如此坚信着。

其五

人生很短，我却嫌长。

这是伸夫长久以来的座右铭。

由于心结的缘故，他从事了成瘾与戒断方面的研究，但这个研究方向本身就非常磨损人。那些病患的思考回路已经被成瘾彻底改造了，有些病人的问题比较严重，他们的前额叶皮层处于停摆状态，做事不计后果，理性思维被侵蚀殆尽，即使在伸夫这里戒断成功，用不了多久也会被再次送来。伸夫只要观察一会儿他们的眼神，就知道有谁注定会戒断失败。伸夫考虑了很多办法，在他们身上用了非常多的传统戒断策略，诸如自然戒断、递减疗法和非药物戒断等，结果依旧是无效。对此，伸夫感觉束手无策。说不定，自己也一直待在井底，他这么想道。

更令伸夫懊恼的是，成瘾病人的数目在增加。科技为人类带来了便利，大部分人都在享受着便利所带来的舒适感，一部分人借此机会将科技的前沿向更远的彼方继续推进，而又有一部分人自甘堕落,成为某些科技带来的副作用的牺牲品。对于极乐的感官追求成为他们填补空虚感的手段,不过一旦达成的话,不会变得更加空虚吗?难道接下来要变本加厉地追求更加醉生梦死的快乐吗?对此,伸夫根本想不明白。

好消息是,他从广的身上看到了恢复的可能。虽然广还待在井底,但他眼神里的光芒依旧耀眼。毕竟,他并不是那种放任自流的人。只要使用那种交互装置的时间没那么长,戒断的概率就不会低。另外,广的社会关系也处于一个令人放心的水准之上。根据和惠美子以及广的交谈,伸夫发现广并未结交有成瘾倾向的人群。如果和那群人泡在一起,戒断后再次成瘾的概率依旧会很高。起码这些情况还是令人感到欣慰的。

只是老友的神经被往事磨损得厉害,我还是要想尽办法来帮助他。伸夫想道。

由于那个人的关系,伸夫一直对科学技术有些排斥。在潜意识里,他一直认为是科技把那个人和整个家庭都拖进了泥潭。但工作以后伸夫才明白,事情并非如此。有些人注定会向泥潭深处走去,这与科技本身完全无关。而且这回,科技可能会帮到自己的朋友。

第二天一到办公室,伸夫就仔细考虑针对广的戒断方案。此前伸夫经常使用美沙酮维持疗法来治疗交互装置成瘾的病患。这是最常见的替代和递减疗法,使用低成瘾性的美沙酮替代高成瘾性的毒品,逐步将药量递减,降低成瘾者在戒断过程中的戒断反应,使得戒断过程可以顺利实施。这种策略的效果在三种传统戒断策略中是最好的,但戒断维持住的成功率不超过

40%。伸夫也用过自然戒断法，这是一种通过让成瘾者直接摆脱毒品来完成戒断的方法。这种戒断方式的速度最快，但过程非常痛苦不说，毒瘾还容易复发。非药物戒断方案也曾被使用过，不提供美沙酮这类药物，直接戒断毒品供给，但会配合心理疗法，效果只能说比自然戒断法稍强一些，仍不是一个保险的策略。这次伸夫打算使用一套新策略，为此伸夫拿起办公桌上的电话，打给在东京求学时的导师。师徒二人就新策略的可行性进行了讨论，最后在实施的细节上补充完善。伸夫觉得胸有成竹，那就放开手脚大干一场吧。

晚上，伸夫把大体的流程告诉广。

第一步要做的是把交互装置带到河边。夜里的月色不错，缓缓的溪流上波光粼粼。把交互装置放在一片鹅卵石组成的岸边，广和伸夫各执一杆长木柄的铁锹，使尽全身力气，轮流砸向交互装置。交互装置在噼里啪啦的声音中逐渐变成碎屑，失去了原本的形态。然后两人将碎屑和鹅卵石一并铲进黑色的垃圾袋，丢进回家途中碰到的垃圾箱中。

这是戒断过程的最初一步。宛如一道仪式，宣告着与过往决裂的开始。

由于广的公众身份，伸夫不打算让广住到自己所在的医院。如果被他的粉丝发现个中缘由，那可是不得了的事情。但他还是必须过来——伸夫打算利用医院里的功能性磁共振成像技术（fMRI），了解广的前额皮质的活动状况，然后对连续九十天的治疗效果进行跟踪，能有效提高戒断的成功率。另外，主要被用于癫痫症治疗的氨己烯酸也被伸夫大胆地用于此次治疗中。

氨己烯酸可以增加大脑中γ-氨基丁酸的含量，而这种物质可以抑制诸如多巴胺等能够愉悦大脑的化学物质变化，使神经元的活跃趋于平缓，减轻成瘾者对交互装置或者毒品的渴求。

在这个基本策略之上，伸夫还有很多工作要做。因为不打算让广住院，所以他的身边还是需要有人来监视，跟心瘾做斗争是一件长期的事情。为此，伸夫在征得广的同意后，带着行李箱，直接在广的公寓里住了一段时间。公寓里的酒精和香烟全被伸夫处理掉了，因为它们都能刺激心瘾的发生。

每天傍晚，伸夫会载着广去自己预约的心理医师那里。这不仅是治疗心瘾的方法，也是打开心结的必要手段。广单独接受心理医生的辅导，而伸夫则在外面等着。要么看会儿书，要么小憩一会儿。辅导结束后，两人就找一处家庭餐馆，坐在无烟区，远离烟草和啤酒的气味，然后大快朵颐。

即使有氨己烯酸的使用，广的身上还是出现了一定的戒断反应，头晕、焦虑、失眠和寒战时有发生。每到夜里广大概会犯瘾的时候，伸夫就会陪着广聊天，还会拉着广去打桌球，通过分散注意力来缓解广的戒断反应。但广那种沮丧无助的表情让伸夫非常难过。硬挨了三天之后，伸夫打通了惠美子的电话。

广看到惠美子出现的时候，一瞬间的表情非常复杂。他们彼此僵硬地点了一下头，然后各自远远地坐在客厅的沙发里，一言不发。伸夫看气氛不妙，便主动跟惠美子搭话。之前伸夫知道惠美子从事新型机械义肢的设计和研发的工作，她的右臂就是自己公司的杰作。外表完全看不出与正常肢体的区别，动作起来也十分连贯。现在这些机械肢体也广泛应用在机器人管家和服务员身上，这些在公共场所为人类服务的机器人拥有以假乱真的外貌和举止动作，渐渐成为这个少子化社会的新支柱。看来心结彻底改变了我们，但也不全是坏事。伸夫如此想道。一边和惠美子聊着，一边把话题引导到小时候。

小时候的事情，其实是聊不完的。三个人一起度过了太长的时光，一点一滴都渗透在记忆的深处。随便采撷一处，就会有一串往事呼之欲出。伸夫一边和惠美子聊着，一边和广搭话，不一会儿三个人就顺畅地聊了起来。他们聊着两个男生小时候做的各种蠢事，聊着被老师罚站或者被家长责骂的窘态，惠美子总是在一边笑着。他们聊被广的父母一同拉去海边城市的水族馆，大家看着千奇百怪的鱼群在巨大的亚克力窗后面游过，惊叹着造物主的神奇。大家在夏夜跑到山上的空地，用惠美子的天文望远镜观察木星。大家为了完成暑期报告跑去图书馆，结果广和伸夫看着无关的书入了迷，只字未写，最后又只得抄惠美子的报告才算了事。

聊着聊着，惠美子哼起了儿歌：

我们大家都活着，因为活着，所以要欢笑。
我们大家都活着，因为活着，所以会感到高兴。
把手掌伸向太阳，仔细透视一下，
可以看到，我鲜红的血液流动。
不管是蜻蜓，还是青蛙，或是蜜蜂，所有这些生物，
大家都活着，所以都是朋友。

伸夫和广也一同唱了起来。三个人越唱声音越大，一边打着拍子一边开心地笑着，夜晚的房间里充满了一缕缕阳光的味道。

夜深之后，惠美子会离开，但每到第二天的夜里她都会再来。就这样，三人一起坚持了整整三个多月的时间。戒断反应在第一个月之后就从广的身上慢慢褪去。不过为了巩固效果，伸夫还是坚持再留守两个月。在最后一个月里，伸夫通过fMRI技术观测到广的前额皮质的活动已经稳定在正常状态，于是松了一口气。基本可以认为广摆脱了成瘾。

除了心结外，广的身上还有着伤病。由于氨己烯酸的使用抑制了多巴胺的分泌，所以伤病的状况会比之前更明显。对此，伸夫感到无能为力。谨遵医嘱，坚持不懈地自我保养和慢慢恢复是主要的方法。但这种看不到尽头的抗争，伸夫想想就心痛。

"不用担心。"广咧嘴笑道，然后拍拍伸夫的肩膀。

两年后。

年近不惑的广在退役前的最后一场棒球赛。

与广复婚的惠美子坐在看台上，伸夫陪在旁边。一切都宛如二十多年前的甲子园。不过天上多了几架搭载AI的无人机，大赛承办方使用它们来对赛事进行更加清晰的航拍。由于它们能够自动灵巧地躲避高飞的棒球，而且可以贴近地面对选手进行特写式跟踪，它们正逐步成为各类运动的直播利器。

比赛开始了。

　　对手同为太平洋联盟[①]球队的强手，比赛立即就进入白热化的状态。对方的投手通过球速高达160km/h的快球和滑球三振己方的打者，而作为先发投手上场的广也不甘示弱，屡屡用变化球钓得对方打者打出高飞球或地滚球而被接杀和封杀。三上三下，攻守不断变换[②]，双方都很难从对方身上拿到分数。投完第五局之后，双方投手的体力都在下降。进入第六局，对方更换了投手，但是广还在继续投球。

　　伸夫能看出广的变化。当年打进甲子园的时候，广可以毫不疲劳地投到第六七局，坏球也非常少，但现在的广多用经验来对付打者，有时会故意投多个坏球[③]来打乱对方击球的节奏。第七局的时候，广的投球发挥下滑得厉害，对方的打者中已经有人占了一垒和二垒，幸亏坏球之后的一记弹指曲球让对方打者打出高飞球，然后被己方外野的防守队员直接接杀，加上之前三振的两名打者，这才保证对手没有拿下分数。

　　第八局，广作为投手上场的时候，对方的强棒在两记好球后紧咬着广，一直打出界外球，逼迫广不断消耗体力。最后对方在已经有人攻占二垒和三垒的情况下打出一记高飞牺牲打，己方外野手虽然将其成功接杀，不过为了接球撞到全垒打墙上并摔

---

　　①日本职业棒球联赛分为太平洋联盟和中央联盟，此处并不是指两队为同一队伍。

　　②棒球为回合制运动，累计三名打者出局后，双方转换攻守身份。三上三下即无人成功上垒。

　　③好球坏球的区分通常是根据投手是否投进好球区（本垒前一块固定的区域）而言，累计四颗坏球则打者自动上垒，累计三颗好球则淘汰（三振）打者，两颗好球之后击出的界外球不累计好球坏球。

倒在地,延误了回传时机,导致对方拿下两分。伸夫看不到广的面容,但能想象到此刻他一定非常困苦。可惜自己只能远远地为他加油,其他什么都不能做。惠美子紧张地握住了伸夫的手。"没事的。"伸夫如此安慰惠美子,好像也在安慰自己。好在己方打者打出一记全垒打,加上之前攻占一垒的打者,队伍拿下两分。

第九局。

一直在磨损自己的广踏上投手板。但伸夫却从广的身姿上看到些许从容,也许这是他职业生涯中最后一次投球的缘故。对方的打者被这种姿态所威慑,眼神中露出微妙的怯意。投球的时候,广投出了162km/h的快速球。伸夫仿佛听到了肌肉和骨骼散架崩坏的声音。连续九个162km/h的快速球,没有坏球,广干净利落地解决了对方的三名打者。

己方开始进攻。对方也解决了己方的两名打者,无人上垒。广作为打者上场。对方投手投出两个坏球,两个好球。原本人声嘈杂的球场变得鸦雀无声。广戴着黑色的棒球头盔,手上拿着球棒,眼中捕捉着对方投手的准备姿势。无人机在空中拍摄着广,并将他的面部特写传送到球场的大屏幕。那专注的神情让伸夫想起了小时候的广,那个永不言败的棒球少年。捕手做出了滑球的暗号,对方的投手稳住了呼吸之后点点头,然后全力投出了一记在进入好球区前迅速下坠的滑球。广预感到对方的投球方式,使劲力气,让球棒的击球点比预计的进球路线还要低。

"叮"的一声。

　　球沿着一条美妙的抛物线向全垒打墙的方向飞去。广扔掉球棒，不顾一切地沿着一垒—二垒—三垒—本垒的场地奔跑起来。球已经飞到半空中，场上的观众们开始尖叫沸腾起来，但广好像什么都没听到，奔跑的速度越来越快，就像要把此生所有的力气都用尽一般。他一边跑着，一边怒吼着。那撕心裂肺的叫声穿透了队友们鼓劲的声音，穿透了观众们的呐喊声，传入伸夫和惠美子的心里。

　　看到这一幕的伸夫不禁笑了起来，虽然笑着，泪水却从眼眶中不断涌出。然后他对着自己小声说道：

　　ヒーローは、ここにいる。（英雄，就在这里。）

（本文发表于《科幻世界》2016年12期）

冰
原

其一

　　能忍受极寒的狗群拉着雪橇在木卫二的雪原上急速奔跑，吐出的呵气迅速凝结成齑粉状的冰晶。遥远的太阳高悬在这颗小小卫星的上空，暂时还未被巨大的木星遮蔽，但气温依旧低得要命。而立之年的尼古拉斯挥舞着皮鞭，抽在跟不上队伍的狗身上。极寒的大风吹得脸颊生疼，于是他压低了水牛皮做的牛仔帽，又理了理蓝色骑兵冬装制服下的卫星狼皮衣。在下场风暴来临之前，尼古拉斯要抓紧时间返回营地。饥饿的卫星狼暗中跟在狗群后面，等待天黑或者风暴来临时向雪橇队下手。

　　尼古拉斯抬头看着远方的地平线喷出高达两百千米的冰晶喷泉，那是巨鲸群拱裂了赤道冰层的缘故。羽状的喷泉被裹挟在风暴中，从一小时前就开始往尼古拉斯这里奔涌而来。看到这个阵势，尼古拉斯开始担心自己脚底下的康纳马拉混沌区会被撕裂开来。不过这里的温度如此之低，冰层应该还很坚固。

　　开始的时候，他在犹豫着是应该让狗群离开这阵风暴还是就地驻扎下来，结果他发现自己和狗群被卫星狼们盯上了。没有办法,他抓紧时间赶着狗群向风暴杀去。即使是这些喜欢趁着风暴时分对雪橇队下手的卫星狼也在这遮天蔽日的力量面前瑟瑟发抖。但它们已经被饥饿逼疯了,于是继续追击着尼古拉斯的雪橇队。狗群被皮鞭驱使着,而且狼群还在后面不断追击,所以不得不硬着头皮向风暴进发。绝望笼罩在狗群、狼群和这个人身上。

必须停下了!尼古拉斯大声喝停了狗群,风暴的隆隆声在这些生灵面前愈来愈近。看来风暴和狼群是都躲不过去了。于是尼古拉斯解开狗脖子上的绳索,拿起两枚小型的凝固汽油弹扔到雪橇队的后方以阻挡狼群,然后又在队伍的右侧扔了三枚铝热剂燃烧弹。狗群已经不像以前那样害怕铝热剂和凝固汽油燃烧时的冲天火光。它们知道卫星狼们更加害怕这些火光,于是自然而然地把这些火当成了保护神。

铝热剂燃烧殆尽后,平整的冰原有了难看的疤痕。在这些疤痕上铺好皮垫,然后支起皮顶,人和狗们就会在这里面躲避风暴。三枚铝热剂燃烧弹烧蚀了三个连在一起的圆形区域,将狗群分散在这些区域里面,人则拿着枪,待在正中间。这是每次尼古拉斯外出未归时的选择。一般来说,这样的阵势可以挡住卫星狼的进攻。但面临如此巨大的风暴,而且只有一个拿枪的人类,这个方法可能并不管用。不过恐怕现在也没有更好的办法了。

卫星狼想在风暴来临前攻入雪橇队的阵地。由十多只狼组成的狼群分为三三两两,围在阵地四周。耐不住饥饿的狼趁火势减弱试图杀入阵地,结果被尼古拉斯用M1895杠杆式步枪打

退了。他用三指推动扳机护圈杠杆来抛壳和推子弹上膛,然后
射击。狗群也冲着卫星狼攻入的方向狂吠着,帮助尼古拉斯预
警。如果尼古拉斯打光子弹,就要将.30 WCF无烟火药弹填装
进M1895的盒式弹仓中,狗群在这段时间里会跟冲进阵地的卫
星狼厮杀,为主人争取时间。卫星狼无法轻易攻入这个临时阵
地。如此一来,它们只得强忍饥饿感所带来的焦躁,躲在远处观
察着阵地里的动静,准备等风暴来临时再发动突击。

　　尼古拉斯坐在阵地的中间,将散落在皮垫上的子弹排列好,
分别装进自己防寒服的衣兜里。这样抓取子弹进行填装会更容
易一些。用木卫二上切薄的巨鲸皮缝制的手套轻便保暖,不像
初来木卫二时戴着的厚厚的手套,不仅填装子弹很困难,而且无
法进行射击。说起巨鲸来,它们全身都有巨大的价值。除了鲸
皮具有超乎想象的保暖作用以外,鲸脂可以用来合成地球上的
人类所无法制造的独特化学品,而鲸的肉与内脏是木卫二上人
们的主要食物来源。于是人们冒着巨大的风险,在木卫二的冰
面上开船捕猎巨鲸。

　　眼看风暴越来越近,狗群开始坐立不安,向着那巨大的力量
狂吠不已。尼古拉斯一边安抚着狗群,一边观察着卫星狼的动
向。相比卫星狼的攻击,尼古拉斯觉得那些巨鲸才更让人恐
怖。地面的颤动和远方隆隆作响的回声交织在一起。

　　这让尼古拉斯回想起十四年前,那时候他跟爷爷在捕鲸船
上天天直面这些巨大死神的威胁。

　　当太阳照射到木卫二的时候,赤道处的冰层很容易被巨鲸

拱破，这时它们会集体浮上来换气。埋伏在赤道冰层处的破冰捕鲸船会趁机向着鲸群驶去。鲸的吐息混杂在一起，形成了从地面贯穿到太空的巨大喷泉。如果站在木卫二的地面上，就能看到这遮天蔽日的壮观景象。喷泉会形成巨大的风暴，席卷至少半个星球。就像尼古拉斯即将面对的那样。

数艘装备精良的捕鲸船在风雨飘摇中到达鲸群的位置，然后同时攻击同一条巨鲸。这里的巨鲸比地球上的抹香鲸长十倍，体重也大得惊人，所以木卫二上的捕鲸船也更加庞大，排水量达到了数千吨。木卫二的表面重力远小于地球，便于建造体型硕大的船。这些庞大的船上配备有威力巨大的捕鲸炮，带有倒刺的巨大钢矛可以穿透巨鲸的表皮，扎入厚厚的鲸脂中。愤怒的巨鲸会撞破冰层，拖着这些捕鲸船在木卫二的表面上奔游。

在和巨鲸的战斗中，那些披着厚厚钢甲的舰体依旧面临极大的危险，要么被坚硬的冰壳刺穿，要么被巨鲸那充满力量的尾巴打弯折，被击破的捕鲸船很有可能在木卫二冰冷的海洋中沉没。

尼古拉斯还记得自己第一次见到捕鲸船沉没的场景。那艘倒霉的船就在自己所在的船旁边。冰冷的海水迅速注入船体中，隔离舱的舱门还没来得及关闭，船体就已经发生了严重的倾斜。不到五分钟，一艘排水量足有五千吨的捕鲸船就整个没入水下，海面上翻滚着巨大的漩涡。船上只有五六个船员坐着可以自动充气的逃生筏逃了出来，其他船员要么冻死在海面上，要么淹死在船中。

那艘船跟着受伤的巨鲸沉入海底，为了避免自己的船也遭殃，幸存的捕鲸船都抛掉了连接捕鲸矛的钢制绳索。沉船的漩涡消失后，海面上的暗红色迅速冰封起来，仿佛充满不祥气息的冰血墓地。尼古拉斯还记得自己当时的恐惧感，那种浸入脑髓的恐怖令他无法控制双腿，差点就瘫倒在地。当时还真没有出息。

接着，他做了更没出息的事情。

"跟我去别的星球吧。"尼古拉斯央求道。

"难道要回火星吗？那些杂种还在那里。"爷爷摇摇头。

"但在这里待下去的话会被巨鲸吞掉啊！"

"毕竟这里是太阳系，你死我活的纷争是躲不过去的。"爷爷没有看他。尼古拉斯知道，这是出于爷爷的怜悯。否则，他一定会看到爷爷流露出瞧不起自己的眼神。

在同巨鲸的搏斗中，人类并不占优势。为了猎捕巨鲸，人类想了很多方法。早期地球上捕鲸船单打独斗的方法并不适用于木卫二，一艘捕鲸船会被巨鲸轻松地拖入海中，数艘船同时发起进攻才是不二法门。这些船的捕鲸炮射出巨大的钢矛鱼叉，刺中巨鲸后，船只会被拖行数百海里①。由于这些船的浮力相当可观，巨鲸无法潜入海底，只能四处突进。为了避免捕鲸船在拖动中相撞，这些船长们大都积累了丰富的航海经验，而且船的舵叶更加宽大，方便控制船的方向。爷爷操控的船就在这些船之中，虽然并不起眼，但水手们都很信任爷爷的技术。

这艘捕鲸船叫作"极地之星"。主船体在水线之上的部分为蓝色，水线之下则为红色，而舰桥建筑是白色。一门巨大的捕鲸

---

① 1 海里约为 1852 米。

炮被安装在舰艍,为对付木卫二的巨鲸所特制的钢矛鱼叉安在里面。船身有些粗短,和那些修长的船完全不可相提并论,但这样可以带来较好的稳定性,纵摇及横摇应力较小。

尼古拉斯第一次看到这艘船是在一个专门整备捕鲸船的船坞里,爷爷带他来参观这艘正在被清理的船。这种浮动在冰海之上的巨大船坞是月球人帮忙建造的。作为最早的殖民者,月球人非常善于在太阳系内的各个行星和卫星上搭建性能高效的据点。进入船坞那天,尼古拉斯正好十六岁。

"我们一直都依靠它来捕鲸。"这船的年龄大概并不年轻,但表面部分被处理得焕然一新。"极地之星"再次下水后,尼古拉斯带着一部分行李来到船上。船的里面也被打理得干干净净,不过船舱里一直充斥着血的味道,或浓或淡。

即使这些巨兽诞生在木卫二上,它们的体内也流淌着血液啊。尼古拉斯心里想道。

第一次在暗淡的日光下航行,尼古拉斯觉得惬意极了。旗舰捕鲸船的破冰功能正在运行着,爷爷的船和其他几艘船跟在后面缓缓前进。站在甲板上可以看到巨大的木星高悬于近处,众多天然卫星点缀着远方的太空。这样的景象是自己在火星上时根本看不到的。日后,每当尼古拉斯目睹同行的捕鲸船被巨鲸撞沉,总会想起第一次随船航行时的心情。仿佛是命运之神对于无知的自己施加的嘲讽。

从那时起,尼古拉斯就跟着爷爷学习捕鲸的知识,然后在"极地之星"的陪伴下度过了三四年的光景。每天尼古拉斯都会和其他水手一起擦拭上甲板,清洁船舱内部。有时他会陪大副检查冷藏室的运行状况，或是和二副一起养护航海钟和操舵仪。虽然人身安全无法得到保障，不过船上总有一些新奇的东西去学，尼古拉斯从来不觉得无聊，尤其是捕鲸这件事。因为目睹那般景象的时候，即使是早已麻木的水手们也会胆寒。

捕鲸即将开始的时候，人总会非常紧张。"准备——"不远处的旗舰用无线电向其余四艘捕鲸船发出指示。水手们迅速将防水服套在身上，避免落水后衣服浸入冷水中，自己很快会失温死去。船在巨鲸的吐息中摇晃着，捕鲸炮的矛尖反射出刺眼的寒光。"进攻！"钢矛鱼叉一个接一个地射了出去，刺中旗舰选取的目标。吐息变成了剧烈的咆哮，船员们也在这撕心裂肺的声音中战栗起来。

当巨鲸拖动捕鲸船前进时，爷爷会根据左右两侧船只的位置小心地控制舵机。这五艘中比较好操控的船只是最左侧、最右侧和最中间的三艘，选择左满舵、右满舵以及正舵即可，次左和次右两艘最难操控，所以它们从舵手的手中分别交由旗舰的舰长和爷爷。

在灾厄般的嘶吼声中，爷爷始终不为所动，双手稳稳地扶好船舵。无法潜入水中的巨鲸撞碎了木卫二表面的冰壳，浮冰不断冲击着被拖在后面的捕鲸船。水手们的神经绷紧，生怕船体上多出无可挽回的洞。爷爷却面无表情，仿佛生死与己无关，脑子里大概只想着如何保证船走在正确的路线上。而实际上这艘船也的确走在完美的路线上，一直处于中间和最左侧船只的中心位置。也因为爷爷临危不乱的心态，水手们才得以全身心地观察巨鲸的情况，试图对其发动致命一击。

　　巨鲸的速度从原来的18节①降到了10节左右，捕鲸船们也陆续放下了冰上快艇，水手们执起标枪，从血染的海面逼近巨鲸。数十枚标枪不停出手，标枪后端连着捕鲸索，小艇们让巨鲸前进的速度越来越慢，最终停在众人面前。趁海面还未结冰，水手们抓紧肢解巨鲸尚未死透的身体，血如泉涌。仿佛为自己同胞的命运哀叹一般，其他的鲸在远方奏起悠长的音调，只是比以往更加哀婉。

　　尼古拉斯走到濒死的鲸面前，它巨大的眼睛盯着水手们，在无可奈何中逐渐失去生的气息，变得空洞。众目睽睽之下，它失去了本来的形状，变成了人们手中的鲸皮、鲸脂和鲸肉。人们虽然什么也不说，但都在为这场成功的杀戮欢欣雀跃，庆祝自己成功捕获猎物，而不是沦为冰海中的尸体。就在这样的气氛中，人们把战利品分解掉，再搬回自己的船上。自那时候开始，鲸的眼神就一直在尼古拉斯的梦中出现，挥之不去。

　　如此顺利的杀戮并不常见，因为巨鲸本来就不是多么温顺的生灵。它们捕食木卫二冰层下巨大的乌贼，那些乌贼力大无比，巨鲸就是在同它们的厮杀中练就一身捕食者的本领。如果它们用巨大的头部或者尾鳍撞击捕鲸船，那么船只很有可能被撕裂。尼古拉斯的爷爷已经见证过太多捕鲸船的覆灭，却依旧在木卫二的海上捕杀巨鲸。

　　最终，灾难降临到了自己头上。

　　十年前，舰队以损失一艘船的代价猎杀掉一头巨鲸，当水手们坐着快艇靠近濒死的猎物时，另一只巨鲸突然从海底发起了

————————
　　① 每小时行驶1海里的速度为1节。

攻击。它瞬间掀翻了那些轻薄的快艇,水手们全都落入水中。然后巨鲸开始攻击捕鲸船,用头部猛地撞破船底。船上响起刺耳的警报声,水手们在甲板上慌乱地奔跑。同那些很快就沉入海底的船一样,估计这艘船也挨不过五分钟。即使已经裹上防水衣,水手们也只能在水中待十分钟,超过这个时间依旧会被冻死,所以尼古拉斯迅速往船上方的逃生筏跑去。这时的尼古拉斯已经见惯了捕鲸船的沉没,对于逃生路线也熟稔于心。也许心里早已做好准备,尼古拉斯很顺利地逃到船楼的驾驶台。爷爷在倾斜的舰桥上组织水手们将自动充气的救生筏抛到船外,当看到尼古拉斯跑过来时便对他点点头。

"抓紧进救生筏,然后去搭救其他的落水者。"

"好的。"尼古拉斯和爷爷在齐腰的水中向船外的救生筏走去。大家都跌跌撞撞地走着,尽量不让自己的身体全没在冰冷的水中。幸存下来的几个人相互帮忙进入救生筏。在这个过程中,巨鲸的杀戮还未停止。其他捕鲸船一艘一艘地沉入海底,最后两艘船的船长成功发射了捕鲸炮,让钢矛鱼叉刺穿了巨鲸的身体,但巨鲸依旧向着那两艘捕鲸船撞去,最后沉船连着矛上的捕鲸索,将巨鲸拉入海底。

五艘捕鲸船的救生筏总共只救上来三十多人。等幸存者划着救生筏赶去救之前在捕鲸快艇上的人时,已经来不及了。他们的尸体和已经冰冻起来的海面联结在一起,仿佛年代久远的雕塑。

这次捕鲸行动损失惨重,于是幸存者纷纷离开了木卫二。但尼古拉斯的爷爷继续担任着捕鲸船船长的工作。

"跟我去别的星球吧。"尼古拉斯说了跟之前相同的话。不过这次并不是要逃走。

"难道要回火星吗？那些杂种还在那里。"爷爷摇摇头。

"正是因为他们还在才要回去。该去收拾他们了。"尼古拉斯回答说。

"嗯，替我去吧。不用为我担心，这是我干了一辈子的行当。毕竟这里是太阳系，你死我活的纷争是躲不过去的。你要照顾好自己。"在祖孙分别前，爷爷对他说道。

"嗯，我会在火星上大干一场。"那时候尼古拉斯已经准备回火星了。他的好友发给他一封信，请他回来加入莽骑兵。

我会在火星上大干一场。尼古拉斯又对自己说了一遍。

其二

乘船去往南美的冒险家们不仅找到了巨量的白银，还发现了奇妙的门。这几个高大的门隐藏在雨林中的金字塔里，只要穿过它们，人类就能直接到达太阳系的其他岩石行星和卫星。地球上的第一个日不落帝国组织了大量的奴隶前去这些星球上开荒。和地球环境最为接近的火星是大航海时代的最主要目标，寂静的月球次之，而木星与土星的卫星们排在最后，只有真正的亡命徒和希望一夜暴富的掘金者们才会去那些地方。在这些缺乏空气的荒凉世界中，劳工们借着地球溢过来的稀薄大气苟活，经过数个世纪的垦荒改造，这些星球大多可以自己产生适宜人类呼吸的大气。而门的货运量太小，所以人们制造出巨大的星舰，将遥远星球上的货物运到各处的目的地。地球殖民军的长官和富贾们在繁荣的贸易中收获了巨量的财富，但平民和奴隶们始终挣扎在贫困痛苦的生活之中。不满一直在积蓄，火山注定要将巨大的怒火迸发而出。

　　那时，起义的钟声在火星表面上四处敲响。矿工们在普罗米修斯地的矿坑里受尽虐待，黑暗狭窄的矿道里充满了工友们的冤魂，他们不堪凌辱，最终打死了工头，夺取了大量用于开矿的炸药；劳工们在阿西达里亚平原上的甘蔗种植园中备受剥削，他们不是奴隶却胜似奴隶，每天在烈日下忍受闷湿的气候，不断死于流行病，尸体和病人被关进木屋付之一炬，所以到最后他们也把庄园主和他们的打手们关进洋房里，四周浇满甘蔗渣酿造的酒精，让他们随着冲天的火光变成焦炭；当玉米歉收时，在阿拉伯地居住的自由农民们却依旧要缴纳重税，他们本想和平解决问题，却被治安官们当众吊死在自己的家中，于是剩下的人愤怒至极，烧光了自己的田地，跑去被起义军占领的地方加入他们。矛盾已经不可调和，各地独立的声浪越来越振聋发聩。起义军的武器装备参差不齐，仅仅是凭借着一腔蛮勇的魄力同来自地球的殖民官进行抗争。

　　愚钝的地球殖民官到处搜捕起义者，让他们面朝土墙，然后将他们当众枪毙。这样的恐怖行径更加燃起民众的反抗情绪，其他太空殖民地的人们也被地球殖民者的暴行激怒了。月球人一向嗅觉灵敏，他们闻到了一直梦寐以求的气息——各个太空殖民地即将掀起独立的浪潮。务实的月球人离地球太近，即使把地球殖民军挡在门外，他们也会驾驶着星舰前来镇压。知道自己无法同地球的军队抗衡，所以他们显示出顺从的姿态。地球人在太阳系里四处扩张，将自己殖民的足迹踏到各处，而月球人一直为他们提供便利。不管是技术还是人员，太阳系的各个殖民地里都有月球人的身影。他们一直隐忍着，就是在等各个殖民地揭竿而起的机会。

不过毕竟离地球太近，月球人无法直接同地球人撕破脸。而且火星人能否取得独立还是一个未知数。所以他们同各个殖民地的月球人串谋，召集义愤填膺的志愿者们组建远征军，并在私下里为这些远征军提供资金、弹药和其他补给。这些乌合之众们经过了短暂的训练与磨合，便纷纷从驻地开拔，抵达火星。尼古拉斯准备参加的莽骑兵便是其中的一支。

月球上的星舰部队司令偷偷跑到土卫六上，召集了一伙在太空中开货船的船员，一起组成星舰远征军。他们开着在小行星带偷偷建造的各型太空战舰，在月球教官的训练下成为摧毁地球殖民军舰队的急先锋。火星同步轨道上的太空防御工事被地球人吹嘘为坚不可摧的堡垒，结果被这伙人成功突防。

由于他们远离小行星带的母港，弹药储备无法及时补充，所以他们先压制了太空防御工事上的岸防炮，然后冒着枪林弹雨，驾驶星舰抵近敌舰开火。地球人本以为只对付地面的起义军即可，没想到会有星舰的进攻，所以太空港内多是老旧的太空舰，而且人员疏于训练，很快就被这支远征军全歼。受此鼓舞，火星人的干劲更足了，他们组成的起义军牵制了地球殖民军的所有精力。

莽骑兵就是在这种情况下组建的。

月球星舰部的代理部长递交了辞职信,并在月球和其他殖民星球召集了一票莽夫,带着自费购买的一大批军火杀到了火星上。拿着朋友的介绍信,尼古拉斯加入了他们。

"小鬼,你为什么要加入莽骑兵?"说话时喷着浓重烟味的教官问道。

"四年前,我的父母都被地球的殖民官杀掉,那时候我跑去木卫二投靠爷爷。莽骑兵有一笔不错的报酬,还能干倒地球殖民军,我当然要来参加。"尼古拉斯回答说。

"木卫二啊,那么你这样的娘娘腔跑去抓鲸鱼了?"教官嘲笑道。

"嗯。抓住过几百只。"尼古拉斯慢条斯理地说道。这回答引得其他人纷纷侧目。

"还不错。不过捕鲸和干倒地球殖民军是两码事。"教官露出了意味深长的笑容。

火星上的训练非常艰苦。这里的温度比木卫二上的高很多,还有要命的沙尘暴。当沙尘暴袭来时,遮天蔽日的样子让尼古拉斯想起巨鲸的吐息。他们头戴牛仔帽,身着轻薄的深蓝色莽骑兵队服,为了抵挡沙尘暴,全队还佩带牛仔领巾来掩住口鼻。尼古拉斯跟身边的牛仔们学会了牛仔领巾的系法,学会了如何快速拔出腰间的柯尔特M1873单动式转轮手枪。他完全没有射击的经验,拿到温彻斯特M1895杠杆式步枪之后只得从头开始学习如何使用枪支。而且,一个外行人的骑马水平不可能迅速提升,所以参与火星殖民拓荒的月球牛仔们承担起骑兵冲锋队的职责，尼古拉斯则加入了莽骑兵的步兵军团。

不过，即使有种种不便，尼古拉斯也觉得这里比木卫二上的生活好太多了。如果不是父母拒缴重税，被地球殖民官当众吊死，自己怎么也不会逃到木卫二上讨生活。但这样也好，经过这些年的磨砺，尼古拉斯已经不再是当初那个面对灾祸时手足无措的少年。他可以在恶劣的天气中毫无怜悯地杀死巨鲸，所以现在也能够轻松拧断敌人的脖子。

经过三个月的训练，这伙莽骑兵被派往塔尔西斯高原，这里有太阳系中最高耸的山峰，还有三座一字排开的盾状死火山，后来他们进攻的帕弗尼斯山就是这三座火山锥中间的那个。塔尔西斯高原还挨着富庶的水手号大峡谷，地球殖民军的陆军部队就驻扎在这三座死火山锥上，拱卫着峡谷地带。由于这支军队的存在，起义军无法突破这里，也就无法进入水手号大峡谷。莽骑兵的任务就是协助起义军和各路远征军夺下这三座火山。

在那次行动中，他生平第一次杀人，可异乎寻常地顺利，这让他意识到自己的改变。莽骑兵的指挥官清楚队伍还处于磨合期，于是先派他们攻打防卫力量落后的亚拔山。这是一座位于塔尔西斯高原北方的火山，覆盖范围极其宽广，但是海拔不比那三座火山，地势的起伏比较平缓，骑兵正好能派上用场。不到一百人的骑兵队冲破了亚拔山的哨卡，步兵军团随后跟进。奔跑的马卷起大片飞扬的尘土，莽骑兵的步兵们就在尘土的掩护中突破了亚拔山的防线。

尼古拉斯冲锋在前，手持M1895冲入一个又一个堑壕阵地，发现地球殖民军的士兵就会毫不迟疑地开枪。地球殖民军装备的毛瑟M1893型步枪射速不比温彻斯特M1895，所以抵近作战时地球殖民军非常吃亏。而且这些士兵多是老弱病残的殖民地驻防军，战斗力较差，战斗意志也非常薄弱，作为莽骑兵用来试手的软柿子再好不过。打光弹仓里的子弹又来不及填装的时候，他就掏出柯尔特M1873转轮手枪，将试图用枪上的刺刀发动攻击的敌人击毙。就在第一场同地球殖民军的战斗中，他一口气杀死了七个敌人。

　　也许是杀红眼的缘故，他有些记不清当时的战况。反正在木卫二上见过了太多的杀戮与死亡，他对于死去的敌人没有任何感觉。既不蔑视，也不怜悯。他心里也十分清楚，并不是这些人绞死了自己的父母，所以连报仇雪恨的快感也没产生。但面对敌军攻击时，他内心产生的恐惧却与面对巨鲸时的战栗基本相仿。肾上腺素在加速分泌，大脑和心脏在剧烈地颤抖着，手里的枪也有些握不稳。而见惯杀戮的自己又总能做出冷静的判断，冷静到令人作呕。什么时候该推动扳机护圈杠杆来退壳上膛，什么时候该射击，什么时候该往手枪与步枪里填装子弹，这些事情都深深刻录在大脑皮质的沟回里。

　　和那些常年驰骋在火星那荒凉土地上的牛仔们不一样，自己对于运用枪支并不熟悉，毕竟父母只是老实巴交的农民。大概是有什么事情彻底改造了自己的大脑吧，尼古拉斯如此想道。不管是父母的死，还是和爷爷一起同巨鲸搏斗，抑或是重回故乡，加入莽骑兵，有什么事情彻底改造了自身的思维回路，让自己成为现在这般冷血的存在。这多少是无可奈何的事情。

　　但这样正好。硝烟还弥漫在火星的上空，斗争远未画上休止符。所以这样正好。

莽骑兵在拿下第一个军事成果之后，就在整个塔尔西斯高原突进。起义军的探子们每发现一处敌人增设的据点，莽骑兵就前去将其洗劫一空。这支部队就在低烈度的作战中一点一点磨合起来，直到指挥官判断他们攻击帕弗尼斯山的时机成熟了。

地球殖民军地面部队的主力精锐就聚集于这座山上。他们在山腰处设立了诸多防御工事，壕沟、坑道、碉堡一应俱全，可以有效防止敌人的榴弹炮进攻。远征军中的水牛兵团已经在此同地球殖民军鏖战了许久。由于水牛兵团使用的还是老旧的.30克拉克-乔根森步枪，该枪的子弹在击发时初速慢，侵彻力①低，而且子弹填装速度缓慢，要比守军装备的毛瑟M1893型步枪差很多。两个由1.5万人组成的兵团在白白损失掉1400多人之后无功而返，对方却只有区区700人。即使如此，水牛兵团也让守军部队吃尽了苦头。轮番的攻击让敌人得不到充足的休息，远征军阻隔了帕弗尼斯山与水手号大峡谷的联系，守军部队无法得到持续的补给。在这样的条件下，莽骑兵的进攻开始了。

由于这座山的海拔很高，不适合发动骑兵冲锋，只能靠步兵爬坡攻打山头。巨大的山坡上缺乏掩体，而敌军修筑了数道防线，守军就据守在高处，各火力点皆可俯射，很容易将进攻者压制在爬坡的路上无法动弹。远征军征召了很多老旧的黑火药炮，但根本够不到守军的阵地。莽骑兵的指挥官却让水牛兵团留下了这些火炮。

"这些老爷炮没有什么用处啊。"他的副官说道。

---

① 指弹头在一定距离上贯穿物体的能力。

"没事,发动进攻的时候就进行连续炮击,让炮火阻挡敌军的视线,妨碍他们的射击。"

于是尼古拉斯就在漫天的炮火中发动冲锋。指挥官吹响代表发动进攻的哨音,队友们四散开来,避免被敌军的炮火击中。老式炮不断轰击着山体,激起一阵阵烟尘。而地球殖民军的炮兵布置在最高处,进行防卫作战时不能准确打击到爬坡的敌人,但也让很多士兵受了伤。

"只能不断前进,除此以外没有别的路可走。"在发动攻击前,指挥官对大家这么说道。

是的,只能前进了。尼古拉斯看到了巨鲸愤怒的眼神。水手们都看到了,但捕鲸船依旧在向巨鲸群驶去。除此以外没有别的路可走。

"冲啊!"尼古拉斯露出了狰狞的表情,和队友们一起往山上的各处掩体杀去。老式炮还在不停发射,受烟尘的影响,守军无法精确瞄到进攻者,但也能猜出大概。尼古拉斯听到子弹在耳边呼啸而过,不时会有队友应声倒下。根据莽骑兵的命令,这时候队员必须继续冲锋。医护兵会在后面救治伤员,所以把伤员交给他们即可。如果这时候停下进攻的脚步,就很容易被敌人的火力压制到进退不得。那就不断冲吧!

尼古拉斯和队友们冲出了老式炮的射程,接下来将没有任何人能掩护他们,剩下的路就全靠他们自己了。也就是说,对于莽骑兵而言,真正的考验这才刚刚开始。守军开始精确瞄准进攻者,很快莽骑兵的伤亡人数就开始飙升。不断有队员在尼古拉斯身旁中弹,山坡上水牛兵的尸体也多了起来。看来他们也大都在这里被击退。莽骑兵的队员们一边小心山路，以防被崎岖的山石或者尸体绊倒，一边开枪还击。M1895 的射速不错，这对于他们而言是件非常幸运的事。队员们三三两两开枪还击，剩下的人或者装填子弹，或者继续冲锋。这种仰射很难全面压制敌人的火力，守军居高临下，继续对进攻者开火。尼古拉斯左右看去，发现一起冲锋的队友已经少了一大半。几只诞生在火星上的秃鹰被死亡的气息吸引而来，它们那不祥的身影在阵地上空盘旋着。

　　队伍的指挥官并未吹响撤退的哨音，当然他是否好好活在兵荒马乱的战场上也不清楚。那就只能继续冲了。汗水浸湿了尼古拉斯的军服，牛仔的皮帽子让他脑袋更觉得闷热。但摘下来就会被太阳直晒，所以还是戴着吧。他擦了擦眼睛里的汗水，看到有的队友正在填装子弹，他便向着敌人的阵地连开了五枪。这时他的左手臂中枪了。

　　尼古拉斯有生以来第一次中弹，就发生在这帕弗尼斯山攻防战之中。子弹贯穿了手臂，不知道是否打断了骨头，左肩膀稍微一动就会产生剧烈的疼痛。血让深蓝色的袖子变成浓浓的黑色。尼古拉斯脸上的汗水更多了，中枪的感觉实在是太糟糕了。抓紧应急处理一下吧。他趴到山体上，摘下了牛仔领巾，将伤口处包扎起来，又在伤口上方多扎了两圈。剧烈的痛感让尼古拉斯产生了幻觉，一瞬间他还以为自己还在木卫二的捕鲸船上，愤怒的巨鲸已经开始冲向自己所在的船只。心脏猛烈地跳动着，左手臂随着心跳有节奏地阵痛着。没有消毒水，没有医疗兵，没有撤退的命令。敌人的子弹依旧在自己耳边呼啸而过，战斗还在继续。尼古拉斯用M1895撑起身子，然后掏出柯尔特M1873继续冲锋。毕竟已经没法用左手托枪了，所以步枪就被尼古拉斯留在了山上。令他意想不到的是，敌人的阵地已经近在咫尺。

"冲啊！"莽骑兵们高喊着，不断跳入敌人的阵地，和守军展开近战。敌人在毛瑟M1893上装好刺刀，眼睛里透着必死的寒光。尼古拉斯手枪里的子弹也打光后，就掏出随身的巨鲸骨匕首，向着敌人杀去。这是临行前爷爷送给尼古拉斯的礼物。巨鲸的骨骼坚如钢铁，再由熟练的工匠磨削处理，做出来的匕首深受猎人们的喜爱。尼古拉斯躲开敌人的刺刀，然后将整个身体压在敌人身上，只用右手，把匕首插进敌人的胸膛。敌人那惊恐眼神令他想起了濒死的巨鲸。敌人的双手狠狠地掐住尼古拉斯的脖子，身体在剧烈地挣扎。

"不用担心，给你个痛快的。"尼古拉斯喃喃低语。他将匕首拔出来，然后精准地再次插入敌人的心脏。敌人左右手的力气逐渐消失，身体也不再颤动。

"喔！——"像是给自己鼓劲一般，尼古拉斯嘶吼着。一边喊着，一边站起身来，继续向敌人杀去。阵地各处都在发生白刃战，趁敌人无法组织有效的反攻，大量的友军不断向山顶冲锋着。很快，起义军和莽骑兵在帕弗尼斯山上竖起自己的旗帜。

"战斗还没有结束。我们要加强防守，敌人随时可能会反攻过来！"指挥官对大家说道。尼古拉斯在山顶上接受医疗兵救治的时候才知道，指挥官是第一个冲进阵地的人。

不愧是莽骑兵。

尼古拉斯的伤势不算很严重，所以和队友们继续在山顶上防守。他们日夜守卫打退了敌人的数次进攻。不过敌人的主力部队已经被歼灭，对方的斗志也没有那么强烈。又过了几天，增援的友军替换下莽骑兵的队伍，尼古拉斯安心回去养病了。

"干得不错。"教官再次见到尼古拉斯的时候，对他说道。那时尼古拉斯穿着军装，左手臂缠着绷带，在营房外的空地上晒着太阳。铁皮的收音机播放着近期的消息，水手号大峡谷已被起义军和远征军攻占，起义军同地球殖民军的谈判也在继续。

"嗯。"尼古拉斯笑着点点头。

其三

帕弗尼斯山被莽骑兵们攻占下来的当日，尼古拉斯又找回了自己的那把M1895杠杆式步枪。这把枪他用得非常顺手，在后来的日子里尼古拉斯与它形影不离。左手臂还没恢复的那段时间里，尼古拉斯抓着枪去靶场，但不知道怎样才能提高射击水准。

"你可以这样试一下——在不用左手托枪的情况下进行射击。"教官对他说道。

"好的。"尼古拉斯就用右手装弹，右手上膛，右手射击。没有左手托枪，枪身的重量全部落在右手上，瞄准的时候非常费力，射击的精度也很低，摆在靶场的十个空酒瓶中能击碎一个都是奇迹。装弹也是，毕竟只能用一个手装填，速度很慢。

"别着急。现在就只用右手来使用这杆步枪,等左手痊愈之后再恢复到以前的射击姿势就行。"教官说完之后就转身离开了。

"好的。"尼古拉斯点点头。

使用这种射击方式在一开始还是非常吃力,不过起义军和远征军在同地球殖民军的战斗中捷报频传,自己应该不会很快回前线吧,尼古拉斯想道。于是他一边进行康复治疗,一边每天都在营地的靶场里泡很长时间。

每轮射击时,第一发子弹还能轻松击中目标,但后面的几发并不容易打到空酒瓶上。由于在参加莽骑兵之前没有射击经验,所以尼古拉斯还在慢慢同自己的步枪进行磨合。随着臂力的提升,瞄准过程也就不那么辛苦了。然后他再慢慢控制好射击节奏,在最初的单手射击练习中保持很长的瞄准时间,之后将其逐渐缩短。等到左手痊愈之后,他再用左手去托枪,整个射击流程就变得又快又准了。

战争结束之前,尼古拉斯已经成为莽骑兵中数一数二的射手。战争宣告结束之后,莽骑兵完成了自己的历史使命,就地解散。指挥官和很多人回到了自己的星球,而尼古拉斯留在了火星上,回到曾经的故乡当起了治安官。

就在大家都以为这颗星球将会迎来美好明天的时候,噩耗卷土重来。屠龙的勇者也变成了龙,起义军因为利益问题爆发出尖锐的矛盾。猜忌和尔虞我诈逐渐变成了暗杀,后来战乱再临火星。

很多和尼古拉斯打过交道的起义军成员相互之间反目成

仇，他所在的小镇很快又变得血迹斑斑。上级下达了镇压叛乱的命令，但尼古拉斯已经分不清谁才是真正的叛乱者。在他心里，住在镇上的所有人都无罪。可是，不断有人被拉到自己家的后院被枪毙，或者被吊死在镇子中间的十字路口旁。曾经被统治者蹂躏的镇子没有长任何记性，起义者们做出的恶行也变本加厉。尼古拉斯根本没有任何办法去阻止这一切的发生，即使他是本地最厉害的射手也没用。他对这颗星球上的一切都失望透顶。

就在这困顿无助的时候，尼古拉斯又看到了巨鲸。在他的梦里，巨鲸的吐息朝着他所在的捕鲸船奔涌而来。单纯的暴力敲打着他的大脑，让他在半夜时分猛地醒来。他的额头上全是汗珠，但他摸着自己扭曲的脸，发现上面残存的是自己狰狞的笑容。

"回去吧。"他对自己说道。第二天一早他就简单收拾好行李，在镇公所留下了一封辞职信，然后带着自己的M1895式步枪和M1873转轮手枪远走高飞。

尼古拉斯偷偷溜过了门，回到木卫二后，发现爷爷所在的舰队已经出发一个月了。由于人们滥捕滥杀，捕鲸船开始越来越难发现巨鲸群。有时候他们出发半年都一无所获。偶尔从赤道处发现巨鲸的吐息，等舰队赶到之后，就只剩下刚又冰封住的海面。估计爷爷他们不会很快回来了。尼古拉斯对自己说道。

于是他找了份邮差的活计。木卫二的北方更加寒冷，冰层更不容易开裂，于是很多人在那里放牧。浑浊的冰层可以长出密密麻麻的驯鹿苔藓,人们赶着从地球上带来的驯鹿,在木卫二上过着艰苦的生活。尼古拉斯就是要给这些人送信。这些人在长久的放牧生活结束之后会回到自己驻扎的人类聚集地,尼古拉斯就是要把信送到那里。

一开始,尼古拉斯作为邮差的助手随行,学习狗拉雪橇的驾驶方法,记住去各个人类聚集地的路线,预估怎么对抗风险,比如卫星狼。捕鲸的时候尼古拉斯没有受过卫星狼的袭扰,不过这些狡猾的畜生早已是水手们闲暇时的谈资。它们给放牧的人们带来怎样的灾厄,尼古拉斯对此熟稔于心。

因为邮差得了严重的风寒,而又有一批急件要送到人类聚集地去,所以尼古拉斯自告奋勇,驾着狗拉雪橇独自一人前往北方的人类聚集地。结果回来的路上,尼古拉斯就碰到了风暴与卫星狼的夹击。

当风暴从狗群上方过去的一刹那,所有生灵都颤抖了。

铺天盖地的轰隆声震耳欲聋。风暴随着巨鲸的吐息一起嘶吼着袭来,狗们停止了吠叫,在皮顶下瑟瑟发抖。卫星狼们却发出了特有的嚎叫声,尼古拉斯知道,这是它们进攻的前奏。

尼古拉斯向着阵地外下风口的位置扔了一颗凝固汽油弹。风暴如此之大,只能扔在下风向,不然阵地有可能被点燃。原本猛烈的火焰被风暴压倒,贴着地面肆意燃烧着。那么这个方向不用担心卫星狼的攻击了。

火焰在尼古拉斯的背后不停晃动着,让他和狗的影子看起来就像乱舞的群魔。就着这飘忽不定的光芒,尼古拉斯向自己的前方举起M1895。

忽然，几只狼就像高速的加农炮弹丸一般冲进阵地之中。风暴的威力太大，这些狡猾的卫星狼每每都会借助风暴的力量突入雪橇队的防线之中，只有两三个人的话根本防守不过来。

可是现在只有我一个人啊，真要命……尼古拉斯心想。

没时间迟疑了。尼古拉斯借助在火星上练就的射击技巧向卫星狼发起反击。自己手里的M1895是能轻松打死狮子和犀牛的杠杆式步枪，退壳和上膛速度很快，不要紧的。他一边给自己鼓劲，一边快速打死了这几只突入阵地的卫星狼。趁着它们攻击的间隙，要赶紧将子弹填装入M1895的弹仓中。狗们也不再害怕头顶上不断咆哮着的风暴，开始配合尼古拉斯进行防御。

但风暴越来越大，阵地到处都是漏洞。这样下去，这里迟早会被狼群击破。如果我是攻击者该有多好，就像在火星上一样。那样的话，我早就和队友们拿下这里了，这点毫无疑问。尼古拉斯在心里想道。

不过，这倒也无所谓。没有人能够永远都是进攻者。

"真他妈糟透了！"尼古拉斯咬牙切齿。不过没有办法，卫星狼继续围在他狭小的阵地周围，他与狗群在风暴结束前只能坐困于此。

"只能不断前进，除此以外没有别的路可走。"他想起了以前指挥官说的这句话。不过现在可不是前进的好时机。贸然出去的话，卫星狼们会在一瞬间就把这支队伍吞噬殆尽。

"杂种们，你们快来啊！"尼古拉斯露出狰狞的笑容。狗们仿佛也被主人的狂气感染，呲着獠牙，磨着爪子，等待卫星狼的进攻。

伴着风声,尼古拉斯听到了卫星狼长嚎的声音。又要来了!

突然,又有几只卫星狼在阵地各处同时冲杀进来。它们借着风速跃进防线,将狗们撞翻在地。尼古拉斯迅速开枪还击,击毙了几只咬住狗脖颈的狼之后,一边填装弹药一边检查狗的伤势。那些凶恶的畜生已经咬断了狗的气管和颈动脉,而狗躺在自己的血泊中,发出呜呜的叫声。

不得已,尼古拉斯吹响口哨,活着的狗回到他的身边。再被卫星狼突围一次,狗就不剩几条了。卫星狼从远处观察着阵地的情况,判定这是最好的机会,便一起冲进阵地之中。狼与狗杀作一团,双方都竭力用自己的獠牙去咬对方的脖颈,阵地里顿时杀气腾腾。尼古拉斯继续射击和装弹,不断有狼倒地身亡。

看来卫星狼没有撤退的打算,孤注一掷的决定让它们更加残暴,终于有一只卫星狼冲破了狗群,一口咬住尼古拉斯的左手手腕。它的獠牙狠狠刺穿军服的袖子,然后使劲蹬着后腿,想把尼古拉斯拖出狗群。尼古拉斯用枪托猛砸卫星狼的脑袋,但它就是不松口。左臂的旧伤隐隐作痛,就在这极寒的天地里,尼古拉斯的身上汗如雨下。不得已,他朝着这只卫星狼的身上开了一枪。开枪之前,他看到了狼的眼神,充满了绝望与决绝。

狼牙还没松开,尼古拉斯继续射击。当这一轮射击完成之后,尼古拉斯推了推狼头,结果还是没有松开的迹象。没办法,他半蹲在阵地里,用右手填装子弹,上膛后继续射击。狗们拖住了卫星狼的攻势,但它们的身体也早已遍体鳞伤。阵地中已经不剩几只活狼和活狗了。最后的三只卫星狼看尼古拉斯还在准备射击,于是赶紧逃出了阵地,头也不回地钻进风暴中。

　　看来终于能歇口气了。尼古拉斯将枪上膛，放在一边，把巨鲸骨刀伸进狼的嘴巴里，用力撬，才把自己的胳膊拉出来。然后他去检查狗群。狗们舔着自己的伤口，但很多狗已经被凶猛的狼群开膛破肚，恐怕是没救了。只有三只受了皮肉伤，没有大碍。尼古拉斯拄着 M1895，缓缓站起身来。

　　风暴的势头在逐渐减缓，巨鲸的吐息已经飘到远方。必须赶紧动身了。三只狗根本拉不动从人类聚集地收来的信件，只能暂时把邮局的雪橇车留在皮顶之下。狗和狼的尸体也只能暂时留在这里了。尼古拉斯把自己的手腕包扎好，给狗的脖子上绑好绳具，在脚上穿好滑雪板，然后由三只狗拉动着，开始回程。

　　当风暴彻底平息之后，太阳也将消失。木卫二转到木星巨大的身影背后，光线逐渐黯淡下去，气温愈来愈刺骨。清澈的星空展现在人和狗的面前，但他们对这通透的美景置若罔闻，只想赶紧回到邮局所在的人类驻地。按照以往，车队早就准备生火休息了，可在今天这绝对不可能发生。那些逃走的卫星狼对他们的安全来说是巨大的隐患，必须赶紧离开这个是非之地才行。

　　狗也深知这个道理，不用尼古拉斯催促，它们便以搏命的速度狂奔不止。狗吐着舌头，呼出的空气在这极寒之地变成白色雾气，而尼古拉斯握着枪，注视着前方。

　　突然，狗们发出了近乎呜咽的悲鸣——人和狗都看到了三十多条卫星狼，它们正盘踞在回人类驻地的路上。尼古拉斯摸摸兜里的子弹，数量已经不够二十发了。铝热剂和凝固汽油燃烧弹也早就用光了，不然刚才的防守战不会那般辛苦。

　　"毕竟这里是太阳系，你死我活的纷争是躲不过去的。"

"只能不断前进,除此以外没有别的路可走。"

爷爷和指挥官的话就像诅咒一般在尼古拉斯的脑海中不断盘旋。狗们也彻底理解了自身的命运,不再悲鸣,而是在喉咙深处发出低沉的吼叫。

尼古拉斯用左手牵着狗的绳具,右手抬起M1895,瞄向越来越近的狼群。狼们看到了枪的寒光,于是集体向着木星嚎叫。

不一会儿,木卫二广袤的冰原上响彻着狗与狼厮杀的叫声,在这之间不时穿插着缥缈的枪响。驻地里没有人知晓这里的战况,大家都沉湎于令自己焦头烂额的琐事之中。那些失败者的尸骨将被厚厚的冰雪覆盖,成为木卫二的一部分。而生者还没来得及为自己的幸运沾沾自喜,明天的战斗就已悄然临近。木星上的大红斑注视着这些生灵所经历的厮杀,沉默不语。

冰原上的死神们唯一拥有的东西,大概只可能是永恒。那些跟命运相抗衡而注定失败的生灵们,却拥有着让死神们也要眼红的事物——生命。

也因为它的存在,在冲入狼群之前,尼古拉斯察觉到自己是笑着的。

(本文创作于2017年3月)

耳语

其一

昨天,他被击败了。

没有任何借口,他被一个初出茅庐的毛头小子打得满地找牙。对手将他的自尊连同金腰带①一起夺走了。所以现在他才会待在这间病房里,即使闭着眼睛也能感受到天旋地转。

"能看清楚我伸出了几根手指吗?"刚被送来的时候,医生用刺眼的手电检查完他的眼睛,然后伸出两根手指向他问道。

"四。"其实他一个字都不想说。

"轻度脑震荡,他需要静养。"医生对他的教练说道,等他们同意之后医生又问道,"这个调整人叫什么名字?"

"哈里。"

于是他被安置在这里。他浑身伤痛,不时滑入浅浅的睡眠。短暂的梦也在折磨着他,梦中全是自己被那个年轻的纯种人类暴打的场景。

"哈里,你在干什么! 那家伙只是个人类啊! 快点防守下

① 代表着职业拳手最高荣誉的奖赏。

来！然后进攻啊，见鬼！"老教练在拳击台下冲着他吼道。

他在拳击台上一直处于守势。那个年轻人类的拳头像雨点一样打过来，他无处可躲。他的年纪在拳击台上算是偏大的，不过他很擅长防守。防守到位，然后寻找反击的机会，这是他在遍地都是年轻选手的拳击台上挨过来的不二法宝。但昨天面对这个人的时候，他完全找不到破绽。

他已经很久没被人打成这副德行了。上次他被送到医院来已经是十五年前的事情了。那时候，一个战地医生对抬他的医护兵说了完全相同的话。

"这个调整人叫什么名字？"

"哈里。"

他是哈里。

失败者哈里。

一个被命运像狗一般暴打的哈里。

一枚太空作战用的穿甲弹击中了哈里所在的防空炮台，舱室内发生了猛烈的爆炸。有两个战友都受了不可挽回的致命伤，而他却很幸运，在舱门被封锁前他就被其他战友抬出了炮台。经过几天的治疗，他总算挨了过来。哈里在战地医院的床上静养，窗外的土星抖擞着巨大的行星环，让哈里头晕脑涨。

第四天的时候，哈里的长官来看望他，带来了鲜花，还有食之无味的营养液，然后跟他寒暄了几句。

哈里当时的双眼肿得像两个拳头，只能透过狭窄的缝隙看到长官的模样。但他猜自己当时像现在一样头晕，所以一个字都没说。

然后他应该又昏睡过去了,就像现在一样。

其二

哈里在半夜醒了过来。

月光透过窗帘,使他的眼睛感到阵阵灼痛。这月光让他想起当初在战地医院里看到的土星环。他真想叫护士过来,帮他用木板把这该死的窗户封死。不过哈里猜叫她们过来也没用,而且他一句话也不想说。他努力闭紧眼睛,结果这让他的头更难受了。他只好做深呼吸,让肺里的积郁慢慢疏解。

不要管那月光了。他对自己说道。

哈里,想想别的事情吧。

他想到了自己的出身。

人类创造了调整人(coordinator),用基因编辑工具对人类的受精卵进行基因修饰,再由人工子宫孕育,身体的构造与人类相似,但是又经过了复杂的基因增强,身体更加强壮灵活,反应速度要大大优于人类。而且调整人有个和人类区别很大的生理特征——他们的耳朵很尖,就像传说中的"狼人"。所以他们得到了"狼人"的外号。

恐怕是为了便于分辨人类与调整人才这么做的。

这些诞生于太阳系殖民时期的生灵是人类试图弥补自身弱点的产物。他们被用来代替人类去月球和火星的殖民地从事各种危险行当,比如在太空中组装设备,比如在月面挖掘氦-3矿,还有参与后来的战争。战争结束后，很多留在地球上的调整人涌入体坛。由于身体被强化过，他们成为体育赛场上的宠儿。"狼人"们快把普通的人类选手都赶走了——那时大家纷纷如此议论着。

哈里就是这些留在地球上的调整人中的一员，在十年前进入赛场也是自然而然的事情。比起黑暗的太空，哈里更喜欢待在重力充足的地面上，所以那时的他在拳击训练中格外卖力。努力最终有了回报，他成功地留在了地面上，而且逐渐爱上了拳击。

不，也许自己爱的并不是拳击，而是在拳击场上胜利时的狂喜。在战场上苟活下来的喜悦被严重压抑着，也被同伴死去的惨状狠狠磨损掉，但这种狂喜不会。哪怕它随着时间的流逝逐渐变淡，也不会随着一次战役的失败化为太空中虚无的漂浮物。

就这样，哈里在拳击场上彻底脱胎换骨，也在这颗蔚蓝的星球上找到了自己作为调整人的生存之道。如今在上场前，哈里都会充满自信。在这十年的拼搏中，他拥有了一条WBC轻量级①的国际金腰带，而且他自知实力的天花板在哪里，所以他从来不向世界金腰带发起挑战。如此一来，他在拳击场上已经有十年未尝败绩，他觉得自己会像过去一样战胜对手。

比起那些年轻的选手，他更担心年纪偏大的选手们。想在这个遍地是年轻人的竞技场上熬下来，没有自己的套路基本是不可能赢的。他们会先用铜墙铁壁的防守挡下年轻人的进攻，

————————
① World Boxing Council，世界拳击理事会。拳击是按照拳击手的体重划分参赛组别，轻量级是指61~63公斤这个范围。

观察他们的进攻方式,伺机反击,而且反击的次数要少,但是力度要大,争取每一拳都能取得有效的战果。所以同这些老兵厮杀的时候格外费劲,消耗的时间要更多。老兵们仿佛是伺机用自己的毒牙咬中对方要害的蛇,狡猾而残忍,耐心而致命。

他上场之后,先观察这次同自己对战的年轻人。哈里仔细看他的耳朵,确认他不是调整人。虽然只是纯种人类,但那人的眼神里充满自信。这倒没什么值得担心的,哈里对自己说道。他每次都能看到那些自信的年轻人被自己掀翻在地。年轻意味着经验的欠缺,而他就像在小学时代做数学题一般寻找着他们的盲点究竟在哪里。一旦哈里找到,他的心跳就会加快,就像在军队的考试结束前写完所有题目时的感觉。这次他也沉得住气,慢慢寻找。

但哈里这次考试的过程格外不顺。他很有耐心,而年轻的纯种人类则全力进攻。那人很擅长攻击哈里的左侧,于是他切换着身体的重心,没承想正中了那人的圈套,当刺拳打在哈里的右臂上时,他感觉自己一个趔趄,差点就摔倒在地。顿时哈里的冷汗就从头上冒了出来。不妙啊不妙,他的直觉在警告着自己。

于是他后退到拳击台的边上,围着弹性绳索组成的边界稳步退着。纯种人类的进攻持续着,当哈里自以为找到那人的弱点时便进行反击,他却总能敏捷地躲开。这个纯种人类和哈里碰到的那些年轻选手都不一样。

真是活见鬼了,哈里心里说道。

其三

哈里断断续续梦到这场败仗时，太阳已经升起，这光芒比月光更刺眼。好在他感觉好多了，证据是他知道教练又来看他了。

"慰劳品。"这回教练也拿来营养液，是一种装在塑料瓶中的饮料。教练费了好大劲才把那个塑料瓶的盖给打开，看得哈里都想坐起身来帮他。但哈里的右臂还打着石膏，左耳朵嗡嗡作响。所以他只能难受地看着教练难受地对付瓶子。最后教练终于搞定了瓶子，把吸管插了进去。

"医生说你最好只喝类似的东西，专门修复调整人受伤的组织。"教练撇了撇嘴，然后把吸管递到他的嘴边。

他顺从地用舌头勾住了那吸管，虽然他什么都不想喝。不过他的喉咙就像着了火，凉凉的饮料正好安抚他的饥渴。

待他喝完，教练把瓶子扔进了病房里的垃圾桶。

"要不要跟琳达说一声？"教练坐到他的旁边，然后问道。

哈里艰难地摇摇头。他们已经离婚很久了，而且他没有再婚。调整人虽然不能生子，但还是可以享受婚姻。他猜这是为了安抚调整人的手段。不过这段短命婚姻带来的唯一结果是，他并不想见到她，他猜她也一样。

"那么，你需要些什么东西呢？"

哈里又摇摇头。他需要的是回到过去，然后替那时候的自己拒绝掉这场比赛。但谁又能实现他的愿望呢？

"我得回去了。医生有我的电话。你有什么需要的话就让医生联系我。"

哈里点点头。

教练必须回去，那个年老失修的拳击训练馆主要由他们两个艰难地支撑着。穷困的拳击训练馆在哈里拿到国际金腰带之后才有些起色。哈里一直很想去 WBC 总部所在的墨西哥城看看，拳击手的圈子里一直盛传那边有着非常不错的训练条件。但哈里不可能抽身而去，而且现在的成绩还不错，没必要浪费那个钱财。想来多多少少有些遗憾。不过没有办法，毕竟不是财大气粗的大训练馆。

馆里的训练者们临时来当助手，但他们也不能一直耗在医院里。教练是一个纯正的人类，因为他想要让这门营生继续下去，所以他在十多年前雇用了哈里。而哈里为了还有可以回去的地方，也认为教练应该先去打理好训练馆。对于他们两个来说，这是优先事项。

于是他又孤身一人躺在病房里。阳光越来越刺眼了。

在这阳光中，他又陷入不踏实的睡眠之中。

"哈里你在干什么！那家伙只是个人类啊！快点防守下来！然后进攻啊，见鬼！"当他听到教练喊这句话的时候，他知道自己正身处险境。

雨点般的拳头让他双臂的防守越来越吃力。前几轮中，他每次反击都会被那个纯种人类击中身体，而哈里对那人的有效攻击接近于零。

看台上的观众们看他如此狼狈不堪，于是沸腾起来。他们嗅到了他身上的败相。

有着不败传说的"狼人"哈里终于要失败了。

于是这些人类齐声高呼着他对手的名字，好像他已经成了一条落水狗。

哈里的心里开始越来越慌乱了。但作为老兵，长期积累起来的经验成了他最后的救命稻草。他拼命咬着牙，眼睛里冒着血丝，想着如何克服这份羞辱的怒气，对那个纯种人类发动有效的进攻。

根据几轮比赛下来的经验，哈里发现那人非常擅长躲开他的防守，然后发动进攻。每次他使用这个策略的时候都会得手。不得已，哈里只能采取一个破釜沉舟的方式来对抗那个纯种人类了。

他假装准备反击，然后打出了右勾拳。那人迅速后撤，然后就像弹簧一般蹿到哈里的面前。他站稳右脚跟，然后左勾拳使劲向那个纯种人类身上打去。没承想那人的右手已经打出了速度很快的直拳，直接命中哈里的左脸颊。下一个瞬间，他已经倒在地上，不省人事。他唯一能记得的事情就是人类观众们欢呼起来，连自己左耳那剧烈的耳鸣声都盖不住他们的声音。

哈里又在午夜醒来。经过太阳的洗礼，他觉得月光真是温柔。他不再嫌它刺眼，便直愣愣地盯着月亮看。他的耳鸣好多了，不过身上还是到处都疼。他想动一下麻木的右臂，结果石膏阻碍着他的动作。

"这个调整人叫什么名字？"月亮在哈里的尖耳朵边轻轻问道。

"哈里。"他回答说。

他是哈里。

失败者哈里。

一个被命运像狗一般暴打的哈里。

但他就像老教练一样平静。平静地躺在病房里,看着月光嘲笑着他。

他很平静,因为他的心里空留愤怒。

其四

出院之后,哈里坐上地铁回家。地铁上的人们盯着他看个不停。调整人耳朵的特征过于明显,所以经常会被人类盯着看。哈里假装看着地铁的窗外,但这些微妙的视线还是让他坐立不安。

"欢迎回来。"到了和老教练一起合租的狭小公寓,老教练就给了哈里一个大大的拥抱,然后接着说道,"快去洗澡吧。你身上的味道快把街区里所有的苍蝇都引过来了。"

"回家真好。"哈里拍着老教练的肩说道。

"可不是嘛。"老教练咧嘴笑道。

"对了,那小子叫什么来着?"哈里一边脱掉自己的衣服,一边走进狭窄的浴室。

"比尔,那个毛头小子的名字叫比尔。"

比尔。哈里在花洒下默念这个名字。水温很合适,哈里沉浸在淋浴的快感里。疲乏一扫而空，心情也变得好起来。

"我需要他的资料。包括他的出身信息，还有他比赛的实况录像。"洗完澡之后，哈里一边擦着自己的身体，一边对老教练说道。

"你以为你在床上躺着的这几天我在干什么？"老教练翘起自己右侧的嘴角。

在对战之前哈里很少看对手的比赛录像，因为他认为这样会带来先入为主的印象，反而不利于自己的发挥。但比尔是个特例。

比尔已经将他战胜，所以他必须对比尔知根知底。

"他真是一个纯种人类？"哈里一边翻看关于他的资料，一边问道。

"嗯，百分之百的纯种人类，我托人找到了他的出生证明。里面还有他的基因测序结果，他和他的父母都是纯种人。"

"那他怎么会有那么快的反应速度和那么强的力量？"哈里更加疑惑。

"看了他的资料和比赛录像，我觉得他可能是不世出的天才。"

不世出的天才啊。如果搁在调整人还未出现的时代，他应该可以凭借自己的才华横扫拳坛，轻松拿到四条世界金腰带吧。

哈里继续翻着他的资料。

"他的父亲也是拳手？"

"嗯。正好是调整人出现在竞技赛场的时候。一个初出茅庐的调整人不慎把他打成了重伤，后来他死在了医院里。"

"那小子是为了报仇才打拳的?"

"倒也不是。我之前派人去过他老爸的训练馆,他们都说比尔的老爸是个酒鬼,整天嗜酒如命。赛场上厮杀多年也就混个勉强糊口的奖金,这笔钱除了要应付一家老小的吃喝,还会被他拿去买酒喝,喝完之后会虐待比尔和他老妈。训练馆里没人喜欢比尔的老爸,但他们都挺喜欢比尔,觉得这小子挺地道的。"

"哦? 比尔还在那个训练馆里训练?"

"嗯,他爸死后他就到训练馆里打工挣些钱,后来也就在那个训练馆里进行拳击训练。"

哈里想起自己刚进入训练馆的事情。当时哈里一边做着清洁场馆的杂务,一边开始拳击训练。毕竟在残酷的战争中都存活下来了,拳击总归要比那种事情轻松一些,当时的哈里是这样想的。实际情况并非如此,这门营生对技术和体能都有很高的要求,不扎实学习的话根本无法在赛场上坚持到最后。作为完全的新手,老教练一点一点把知识教给自己。

在手上绑好绷带,然后戴上拳套。压低自己的脑袋,要让头部处于两拳的保护中,只有视线露在外面,紧紧盯住对方。当对方的拳向自己的脑袋打来时,除了要挡住以外,还要学会用压低身体重心和头部的方式躲开。要感受场地,空间感要深刻烙印在脑海里,这样在紧张的对战中才不至于被对手逼到角落。要用梨球①训练自己的打击节奏,用耳朵倾听梨球撞击安装板时的声音,算准出拳的时机,然后连续击打它。要学会用腰部的力量出拳,只有这样才能打出有分量的一拳。步法要稳健,向前向后

---

① 拳击和武术的训练工具。

向左向右，这是最重要的基本功，另外配合跳绳练习，提高手脚的协调能力，提升全身的弹性，每天要重复很多次，直到身体上半身和下半身配合得当。当然，还要配合增强力量的训练，如果想让自己的身体变成赛场上的利器，那么力量训练恐怕是绕不过去的。要跑步，要仰卧起坐，要练杠铃，要在拉单杠的时候转动腰肢以锻炼腰部肌肉群。

这一切训练的目的都是让身体的各个部位协调如一，让每一拳都能打出巨大的威力，也让每一次防守都变得更加有效，只有这样才能应对赛场上的激烈对抗。再后来，经过一系列的实战训练，哈里成了在WBC注册的职业拳击手。

想必比尔也是这么一步一步走过来的吧。

其五

中午，老教练和哈里一起出去吃饭，算是为哈里的出院庆祝一下。但路上因为调整人的身份问题惹了些麻烦——几个小混混看到哈里的耳朵之后就挡住了两人的去路。

"狼人滚出我们的社区。"带头的人满脸胡茬，把自己的墨镜摘下来，凶相毕露。

技术上来说，我是调整人。哈里一边在心里默默想道，一边攥紧了拳头。

"年轻人，我们只是来附近吃个饭，吃完我们就走。"老教练对带头的人如此说道。

"你们在哪里吃都行,就是别来这里。"有人拿出了铁链和钉着钉子的木棍。

哈里见状打算和教练离开这里。如果不顺利的话,那就只能动手了。哈里静观眼前这些人的状况,在脑子里构想要怎么尽快击倒他们。结果两个警察来到这里,平息了这场骚动。

"那几个人是战争孤儿,他们的父母有不少是死在战场上的。所以他们一直很仇视调整人。"其中一个警察对老教练和哈里说道。

但他们的父母不是我杀的啊,哈里再次默默想道。呃,这也不一定。因为究竟有多少性命结束在自己手上,哈里也说不准。在昏暗的土卫六轨道中操纵着星舰上的小型防空炮,哈里并不清楚自己消灭了多少敌人,他们究竟是纯种人类还是调整人也无法确认。现在他们的尸体大概也还在低温中冰冻着,随撕裂的小型太空快艇碎片一起漂浮在土星环中。

调整人就在这场战争中一战成名。

本来调整人的数量是很少的,某些深空探索公司会秘密制造一批调整人去从事这些风险极高的工作,如果他们在事故中报废了,那么再生产一批就是了。民众和媒体并不知道他们的存在,他们所处的世界与普通民众并无交集,直到战争爆发。参战的国家根据多年积累的经验,在各种生化公司里拼命制造调整人,这样一来调整人的存在便公之于众。毕竟是战争时期,民众只得接受这个事实。可是战争一旦结束,调整人的存在就让所有人都尴尬起来。

要求赋予调整人公民身份的激进派和声称把他们扔去太空

地区继续做苦力的保守派每天都会吵成一团。调整人对于政府而言只是一种兵器，但他们毕竟有肉身和自己的意志，总不能随意销毁掉。人类已经进入文明社会，所以民众无法把调整人视为奴隶。但民众对于让这些杀戮兵器进入到自己生活的社区也有强烈的抵触情绪。很多人在社交网络上大肆宣扬调整人的危险，告诫民众小心这些耳朵跟普通人不一样的生灵，并将他们直呼为"狼人"。

博弈的结果是，调整人大都拿到了公民身份，却被各种政策驱赶着回到太空深处。而留在地球上的调整人被视为二等公民，也主要从事危险的活计，或者某些依靠身体机能的事业，比如体育竞技。

调整人在体育竞技方面的优势非常明显，而这也是调整人在地球上所能找到的最体面的工作。他们短跑时的爆发力是纯种人类的四倍，马拉松的速度和跳高的高度起码有两倍，而且反应速度也非常快，甚至连枪械和复合弓的射击精确度都远强于人类，所以在竞技场内，纯种人类根本无法与他们匹敌。拳击也是如此，作为一项对抗非常激烈的运动，调整人占尽优势。

但这些优势快要到头了。

其六

下午，哈里随老教练来到训练馆。年轻拳手们有的在切磋技艺，有的在用健身器材进行力量训练。空气中充满酸臭的汗水味,这让哈里非常怀念。

"嘿,你终于回来了!"几个给哈里做过助手的年轻人围了过来。看来也不是所有人都不欢迎调整人,哈里心想。

这些年轻人是纯种人类。战争结束了,政府不再生产调整人,而且调整人无法生育,所以他们将会逐渐退出竞技场。过段时间,人类将再次取代调整人,成为赛场上的主人,直到下一场战争爆发。老教练和哈里一起训练这些新人,看着他们逐渐成长起来,成为训练馆里的中流砥柱。

也许比尔的胜利正是一种预言,宣告着纯种人类正在重新夺回赛场的控制权。

但这是跟自己无关的事情。无论比尔是不是不世出的天才,哈里都想要战胜他。哈里只想一雪前耻,全部的心思也只扑在这一件事上。胜利才是证明自己有资格继续留在赛场上的鉴定书。想到调整人在拳击赛场上占尽优势,哈里第一次感觉到了幸运——也许自己作为调整人诞生在这个世界上不是什么好事,但现在看来也不是什么坏事。

老教练托人调查了很多关于比尔的事情,然后一一告诉哈里。

"比尔的教练并没想到他能走这么远。以前的训练馆里经常会有冠军诞生,后来调整人杀进了体育场,结果训练馆沦落为单纯的健身房。"

比尔能从这样的训练馆中脱颖而出,而且战胜了数个调整人,这是谁都没有想到的。比尔年纪轻轻,却拥有拳击的天赋,斗志也异常饱满,每天都会进行高强度的训练。

　　曾经有体育报刊的记者采访比尔，拍摄了他在训练馆时的片段。老教练把这段 3D 影像找来，和哈里一起观看。比尔将绑着负重的左右臂轮番挥出，让拳头像雨点一样打在梨球上。手臂和拳击手套上的汗水随着打击的节奏四处飞溅，身上的每一处毛孔都蒙着若有若无的水汽。这样的训练他坚持至少五十分钟，到了不得不休息的时候比尔才会坐到训练馆的一角，瘦削的身体上披着大块的毛巾。即使这样也不闲着，他会去看那些调整人之间对抗的录像。3D 录像可以如实还原对战双方所有的细节，包括他们出拳时全身的动作，他们防守时后退的姿势。这时他一边休息，补充水分，一边和教练一起根据这些录像商讨战术，有时候会一帧一帧慢放录像，寻找调整人身上那些稍纵即逝的弱点。交流结束后又会继续高强度的训练。

　　"他是一个用脑子打比赛的选手。"老教练说道。

　　"身体条件也好得惊人。"哈里点头道。

　　"要不要交白旗？"

　　哈里尖尖的耳边响起这样的声音。

　　他是哈里。

　　失败者哈里。

　　一个被命运像狗一般暴打的哈里。

　　"不。我要战胜他。"哈里攥紧了拳头。

　　"嗯，就该这样。"老教练点点头，接着说道，"去墨西哥城吧。"

　　"怎么突然说起这个了？"哈里有些不解。

　　"因为墨西哥城的海拔在两千米以上。在空气稀薄的地区训练能有效地提高身体机能。那个场馆里有个教练是我的老相识，我跟他联系好了，直接去吧。"老教练回答道。

"嗯。"仔细考虑之后，哈里接受了老教练的好意。复健期结束后他就收拾好行囊，跟老教练和助手们告别，然后去墨西哥城的拳击训练馆。

其七

一到墨西哥城，哈里就受到了极大的冲击。从机场到目的地的地铁站里挤满了人，好不容易挤进的地铁车厢里也是如此。等哈里到了中心广场后，墨西哥城炽热的人流快把哈里的心熔化了。中心广场旁边就是一个繁华的步行街，周围着装各异的人们熙熙攘攘，空气中充满了欢快的味道。扮演着古代阿兹特克士兵的人类赤裸上身，站在旁边的摊贩卖着西班牙风味的美食塔帕斯，混血的当地人和游客挤作一团，不时还有尖耳朵的调整人在人流中穿行。到处都是新奇的东西，大家对哈里的尖耳朵见怪不怪。

哈里在一处小摊停住脚步，花二十多比索买了塔可，又品尝了口味独特的仙人掌汁。不管在土卫六还是老教练的训练馆里，自己都想象不到哪里会有这么多人。不过他有自己的使命，没法在市中心长期逗留。

哈里来到坐落于墨西哥城贫民窟中的训练馆，馆里褐色皮肤的本土教练热情地拥抱了他，然后说道："Mi casa es su casa

（我家就是你家）。"

　　有很多调整人和纯种人类在这个场馆里训练。他们大都来自国外，就是为了这里的训练条件而来。馆中设施的水准明显高于哈里自己的训练馆，饮食搭配也根据拳手的情况进行过优化。馆中的混血教练们个个眼光毒辣，很容易看出拳手身上的问题，并提供眼光长远且具有可行性的建议。在这里，哈里每天都进行地狱般的训练，就是为了得到赛场上的一线生机。

　　他每天跳绳，在跑步机上长跑，通过仰卧起坐和单杠训练腰肌，教练会用篮球击打哈里的腹部，提高他的抗击打能力。地处墨西哥高原，这里的氧气含量要低一些，所以体内的肌肉每天都在发出悲鸣。但挨过开始的一段时间之后，他已经习惯了这里的训练。除了高水准的体能训练，临时教练都会安排年轻的选手上场配合哈里训练。

　　"你要连续进攻，不许停止，直到把对手打倒为止。"教练对年轻的选手说道。

　　"你只许防守，不许进攻，直到把对手累倒为止。"教练又对哈里说道。

　　这个没有尖耳朵的年轻选手也有很多比赛经验，打出的拳头快速有力，屡屡击穿哈里的防守。而哈里根据自己的经验和教练的指导一直跟对手周旋，每天都会打满十局。

　　十天后，教练叫来一个防守经验老到的选手跟哈里配合，不过这回哈里是要连续进攻的那一个。

　　"当你进攻的时候，要学会让试探性的刺拳和威力巨大的左直拳随时切换，打出的拳头可以瞬间从刺拳变为左直拳。如果预感对手接不住你的拳头,就要立即把腰部的力量送给左拳。"教练把诀窍告诉哈里,然后让他在实战中不断掌握。

每天依旧会打满十局,而连续进攻让哈里筋疲力尽。

教练会陪哈里一起看之前跟比尔对抗的3D影像,观察他是如何躲开进攻的,然后根据这些来调整哈里的训练方向。"你的进攻套路被针对了。"教练在哈里打出反击的时刻暂停了影像,将影像转动到他们方便看清的位置,然后指着比尔出拳的时机,接着说道,"他很会破坏你的打击节奏。你擅长防守,所以会寄希望于有效的反击。但如果对方能看穿你的攻击方式,他就可以轻松打乱你的进攻节奏。如此一来,你就根本不可能在赛场上战胜对手。你的攻击必须灵活多变,让对手猜不透你的拳是试探还是切实的打击。"

"嗯。"哈里点点头。

"我听老教练说过,你参加过太空战争?"

"是的。"

"那么不管你之前是不是在回避,我都希望你回想起那段经历。能在战争中活到最后的人都有一颗冷静的杀心。毫不怜悯地消灭对手的心,而且格外冷静,这将是你最强大的武器。"

"冷静的杀心啊……我试试。"哈里答应道。

哈里每天都在磨砺自己的进攻,巨大的消耗让他的肌肉叫苦不迭,但他还是坚持了下去。他已经让老教练向比尔下了战书,约定一个月后再打一场比赛,现在正在等待对方的回复。

如果对方同意和自己再打一场,那么自己只能获取胜利。

除此以外,不会有其他的选项。

其八

"之前被你打败的调整人发来了挑战书。"助手对比尔说道。

"哪个?"比尔一边在杠铃的器械旁进行臂力的锻炼,一边听着助手说的事情。

"叫哈里的那个。"

"噢,被我夺走了 WBC 国际金腰带的那个。"

"是的。"助手点点头。

"那就和他再打一场吧。"比尔想了想,然后对助手说道。

一个月后的对战时刻,双方做好准备,站上了拳击台。赛场下有很多观众在为双方呐喊,大部分人都在期待一场漂亮而血腥的较量。

裁判在两人象征性地碰拳之后,宣布长达十回合的比赛正式开始。

比尔依旧先发制人。试探性的刺拳不断击打,引诱对方发起进攻。就像是一只响尾蛇在晃动尾巴,哈里想道。他稳步后退,对比尔的挑衅不予理睬,时不时也在进攻中打出刺拳。三分钟的时间所剩无几,于是哈里突然发动起凌厉的攻势,左直拳和右勾拳轮番打过去,而比尔都挡住了。

接下来几局双方都在试探对方。或积极或消极,彼此都在灵活切换。比尔不时连续进攻,跟之前的表现一样。哈里知道比尔在针对自己的反击策略发动攻势,所以依旧以防守为主,就像他平时对付其他人一样。哈里故意将右侧的防御漏洞暴露给比尔,试图引他上钩。于是在第四回合时,比尔用刺拳引诱哈里打出右直拳,然后在扛下来之后迅速用左勾拳攻击哈里的右侧。哈里感觉到了机会,迅速躲开并发起进攻,没想到比尔利用步法迅速切换身体的重心,用右臂抵挡住哈里的进攻,然后用一记左直拳击中哈里的面部。哈里向后退了几步,比尔迅速对其发动连续进攻,轮番打出重拳。哈里被逼到角落,收紧双臂和身体尽可能挨过这轮疯狂的进攻。他透过拳套,盯着比尔的耳朵看,脑海中突然浮现出了月光。在医院里卧床不起时与自己相伴的月光。还有濒死时看到的土星环。

"可怜的哈里哟!"它们轮番在自己的耳边轻声低语,令人不快。

"坚持下去啊!"哈里对自己说道。

可以的话自己并不想再看到那样的景象。哈里将防守坚持到这回合结束的铃声响起,裁判将他们分开,两人分别走向各自的角落。

"哈里,我觉得你还是连续进攻比较好。"老教练一边为他更换牙套,一边说道。

"好的。这块骨头比我想象的更加难啃。"哈里吐了一口血水。

"那就多用刺拳钓他反击,然后寻找攻击的机会。"

"我试试。"

第五回合,哈里开始连续出击,比尔转为守势。不要去想月光的事情，想想自己参与过的那场战争，哈里对自己说道。

冷静的杀心，这应该是埋藏在所有调整人内心的底色。不然要怎样才能在空旷的太空战场上活下去呢？自己操纵的小型防空炮射出冷峻的激光，将昏暗的太空映亮。那些攻击型太空梭在激光的攻击下爆炸撕裂，不这样的话他们会携着强大的穿甲武器攻击过来。事实上，自己一共登上过的三艘星舰，其中前两艘都被敌人摧毁了。巨大的爆炸让整艘战舰震颤不已，自己能从那样的地狱中逃脱纯属幸运。所以哈里对待那些攻击性太空梭毫不手软。操作屏上映着简单的光点，显示着敌军太空梭的位置。当同僚们选定攻击的太空梭时，自己就选择未被选定的目标，然后消灭它们。为了不再见到那样的月色和土星环，自己必须以打败那些太空梭的方式来打败比尔。自己要攻击的部位都显示在操作屏上，然后不断选取，攻击，更换目标，再攻击。

哈里的攻击还在持续着。因为比尔对哈里的反击模式非常清楚，每次都能挡下或者避开。但哈里不急不躁，比起之前来更有耐心，选择反击的时机也更加审慎。战况越来越胶着，双方都大汗淋漓。

"他的体能消耗得很快。你能把他逼到绝境。"老教练在回合结束后对着角落里的哈里说道。来自训练馆的助手们用海绵蘸桶里的水，然后往哈里身上淋。

"但他的体能非常好，相比之下我这个调整人都不如他。"

"别管这么多，你只要记起在墨西哥城学到的经验就好。去好好教训他吧！"

比赛进入后半程，两人对决的火药味也越来越浓。

　　"我要把你们这些狼人都从拳击赛场上彻底赶出去。"比尔
在第七回合跟哈里对峙时说道。

　　"那就来试试啊!"哈里拿两拳擂着自己胸部。为了胜利,为
了以调整人的身份在这颗蔚蓝的星球上继续待下去,就让你见
识见识"狼人"的獠牙。

　　哈里对比尔打出刺拳的时候,比尔立即发动反击,不断连续
出拳。哈里挡下这些拳之后也迅速发起攻击。双方的头部不断
受到对方重拳的袭扰,等这回合结束时,两人的眼角和嘴角都挂
了彩。比尔的右眼和哈里的左脸颊都肿了起来,双方的助手都
给各自的拳手进行冰敷。

　　"哈里,你得好好防守。"老教练说道。

　　"嗯。我找到了他的进攻节奏。"哈里拿着冰袋敷脸。

　　"比赛还有两局就结束了。加油!"

　　"噢!"哈里大声喊道。

　　比赛快结束了,双方开始不加节制地挥霍体能。看台上的
观众也被这种气氛带动起来,呼喊着各自支持的拳手,声浪越来
越高。

　　比尔继续打出刺拳,配合自己的右直拳击打对手的面部。
哈里再次祭出铜墙铁壁的防守,并且伺机反攻。结果哈里故意
在打出右直拳的时候露出空档,比尔迅速跟进打出左勾拳,哈里
迅速下压身体并试图用左手打出上勾拳,结果比尔迅速后撤身
体躲避过去,又在哈里的身体正面施打一套组合拳,把他逼到角
落之后又用一记右直拳击中哈里的面部。这回哈里被击倒在
地,裁判隔开比尔并对哈里计数。在裁判数到六的时候,哈里扶

着拳击台边上的弹性绳，艰难地站起身来。很快第九回合结束，哈里坐到角落里，任由医务监督检查自己的脸部和眼睛。

"哈里，你还好吗？"老教练问道。

"还能打。"当医务监督用小手电筒照自己的眼睛时，哈里斩钉截铁地说道。哈里感觉自己的耳朵嗡嗡直响，就像上次被比尔暴打的时候一样。月亮和土星环围坐在他的身边，想要张口时，却被哈里狠狠瞪了一眼。

我知道的。

我是哈里。

失败者哈里。

一个被命运像狗一般暴打但还是得踏上战场的哈里。

除此以外，没有其他的选项。

没关系，自己还能站起来，喘口气，然后上场战胜对手。

其九

最后的回合开始了，哈里感觉自己已经冷静下来，于是走上前去。

"你觉得自己还能坚持住吗？"比尔冷峻地问道。

"我一定会击倒你！"哈里举起两拳，摆好进攻的架势。

"那就试试啊！"比尔拼尽力气向哈里攻击过去。

就像上一场比赛那样，比尔打出的快拳封堵了哈里反击的可能。这是他经过专门的训练来针对哈里进攻的打法。但是哈里利用从墨西哥城学到的技巧,在必要的时刻切换着身体重心,然后一边后退防守一边打出刺拳。比尔的进攻受到扰动,哈里看准时机用右手向比尔打出上勾拳。比尔向左躲开,然后向哈里打出一套组合拳。两人将疲乏身体里的最后力量全部挤干净,每一拳都让对方见了血。

还没结束。哈里对自己说道。

冷静的杀心。

哈里在用整场比赛来向比尔灌输自己的刺拳和左直拳的打法。刺拳发动迅速,但是伤害小。左直拳威力很大,但是速度较慢,比尔经常能够躲开。比尔熟悉自己的拳路,所以他非常清楚自己何时打出刺拳,何时打出左直拳。将刺拳转换为左直拳,就要在一击的后半程突然用腰肢加上力度,这是哈里在墨西哥城一直训练的技巧。试一下吧!

比尔还在打出连续的快拳,哈里防守下来之后用刺拳反击。在比尔打算反击的时候,就用刺拳袭扰。他会忍不住吧,哈里想道。

终于,比尔在哈里打出刺拳的情况下依旧发动反击。这样的机会转瞬即逝。哈里在刺拳的后半程突然用起腰肢的力量,这时他的身体姿势变得非常奇怪,仿佛身体发生了不自然的扭曲。比尔的眼中露出疑惑的神色,哈里没有错过这一瞬间,然后让左直拳打到了比尔的脸上。还不能停下,哈里接连打出了右勾拳和左直拳。这些拳带着沉重的打击感,都落到了比尔的脸上。

带着最后一记直拳的力度,比尔倒在了地上。裁判已经俯下身子在比尔的旁边大声读秒，而哈里的心脏在疯狂跳动，就好像他亲眼看到胜利女神在向他招手一般。仿佛过了一个世纪的时间之后，比尔在被判失败前站了起来。他扶着弹性绳，透过肿起的双眼盯着哈里。

在吃了自己的必杀技之后还能站起来，看到这一幕的哈里突然狂笑起来。原本，胜利所带来的狂喜对于哈里来说就是一切，就是自己生存的意义。突然间，他明白自己无论如何也不可能赢过这个名为比尔的纯种人类了。观众们被他们的对决彻底点燃了，声浪好像就要把比赛场馆掀翻一般。但不知为何，哈里觉得自己的耳边终于清静了。

他终于不再受到月亮和土星环的骚扰。他开始期待自己的结局将会是怎样的。

自己又要失败了。

但那又如何？

他不再注重防守，而是和比尔一道，把暴雨般的拳头泼到对方身上。两个人的站姿都已经岌岌可危，血迹沾染在拳套上，然后被甩到空气中。嘴里充满血的味道，随着沉沉的呼吸，自己的肺里也充满了这种味道。身上的痛感已经变得迟钝，拳头也开始不听自己意志的使唤，变得越来越沉。等哈里终于倒地时，他觉得自己身上受的伤可能比十五年前在战争中受的重伤还厉害。

又失败了。但他知道自己已经倾尽全力了。如果这都不能赢过对手，那么失败好像也没什么不可接受的。

"这个调整人叫什么名字？"

"哈里。"

他是哈里。

失败者哈里。

一个被命运像狗一般暴打的哈里。

但下次还会站起来的哈里。

（本文以《被打败之后》为题发表于《ONE·一个》）

小小的幸福

其一

　　老人靠咀嚼回忆为生。虽然这句话暗含讽刺意味，但他觉得很贴切。

　　自从人类开始在大脑中安装记忆辅助器——一种芯片类型的装置，可以帮助人们存储大量知识和清晰地记住过去——老人回忆起过去就更加简单了。

　　每天，老人都从清晰的梦境中醒来。梦里的自己总是年轻的，那时既有开心的事情，也有难过到哭湿枕头的事情。重回现实后，房间里轻微但确凿无疑的酸臭味时刻提醒着他——他已步入老年。他看着天花板发呆，感觉躺在床上的自己活像一出展览，衰老的器官被逐个儿摆放在床上——活力渐失的心脏、千疮百孔的胃、操劳疲惫的肝脏、行将就木的肺……他在年轻的时候，经常用不规律的饮食习惯、酗酒、尼古丁折磨自己的身体。于是，他时不时就会听到如同机械重度磨损的咔咔声，最终心脏将会为自身所累而停摆。

　　不过老人并不抗拒死亡。或者说，活到如今的他就是在努力迎接终点的到来。如果能见到她的话，死亡又不是什么坏事。

每天早晨醒来，老人的心情都有点糟糕。大概是由于低血糖，他想。于是他坐起身来，为自己准备早餐。他在厨房里煎好鸡蛋和培根，在中间夹上芝士片，放到切好的全麦面包片上，再放上点生菜叶，用另一片面包片夹好，拿厨房里最锋利的刀沿对角线切下去，美味的三明治就做好了。这是老人在年轻时学到的厨艺，由于一直很喜欢三明治的香味，即使没有记忆辅助器，做起来也全无问题。用热牛奶冲了燕麦片后，老人开始享用自己的早餐。

吃完后，之前的低落心情消失无踪。老人戴上眼镜，在卫生间一边打理自己的胡子，一边考虑要不要去自家饭店帮忙。性格温顺的儿子和泼辣能干的儿媳已经撑起了饭店的全部营生，不去帮忙也没关系。不过老人独居本就寂寞，去帮忙还能看看孙儿孙女。而且今天的天气很好，窗外湛蓝的天上不时飘过朵朵白云。

那就去吧，老人下定决心。

老人穿上浅色短袖格子衬衫和灰色亚麻材质短裤，再戴上一顶草帽，推开了屋门进到院子里。岛上有许多样式相似的房子依山而建，都是白墙蓝顶，都有独立的小院子，老人的房子也是如此。房门前的曲折山路通往山下的港湾。山路上铺着鹅卵石，老人穿着布鞋，踩上去觉得很舒服。岛上的猫占领了院外的白色矮墙，悠闲地趴着晒太阳。认识他的邻居对他说："卡利梅拉！"他便也客气回应："卡利梅拉！"

山脚下的港湾有很多船进进出出，渔船和渡轮居多。有不少旅客从雅典乘爱琴海航空的喷气客机飞到米克诺斯岛,再乘渡轮来到这个岛上。

老人的饭店开在港湾边上。他到店里的时候接近正午,这是一天里倒数第二忙的时段。最忙的时段要数夜晚,渔夫和旅客们都在店里吵吵嚷嚷,咕咚咕咚往胃里灌希腊产的葡萄酒。店里提供当天从渔夫那里购置的新鲜食材,肉质鲜嫩的白肉鱼和烤完后香气四溢的生蚝是店里的招牌美食,炭火上食材的香味令旅客和流浪猫们垂涎三尺。老人跟儿子儿媳打过招呼,偷偷塞给孙儿孙女各两块糖,笑着嘱咐他们吃完饭后才能吃。孩子的小脸上笑开了花,但儿媳忍不住抱怨老人宠溺孩子的行为。老人宽容地笑着,然后去帮忙端菜,收拾用餐后的木桌。旅客有时会在餐盘下放几欧元小费,老人就会收起来交给儿子或儿媳。

此时,烈日炙烤着一切生灵。今天的阿波罗对这世间依旧是一副杀气腾腾的样子。从蓝星慢船上走下来的旅客会躲到各个店里的廊阴里,向服务员要冰凉的啤酒和各式海鲜。当隔壁店里奏响热闹的希腊音乐,游客和本地人就又跳起了简单的佐巴舞,人们用结实的啤酒杯敲着厚厚的木桌,不一会儿又爆发出掌声。店里变得更忙了,游客们开始频繁催促上菜。

借助记忆辅助器,老人能说一口流利的英式英语,但他故意带着蹩脚的希腊口音安抚客人。

"时间够长才能带来好味道。"他总是面带微笑。

客人们不便再次催促。可当他们吃到烤白肉鱼或者鱿鱼沙拉时就会觉得自己没有白等,明明等了这么久,可一旦吃到嘴里就觉得非常值得，甚至给小费的旅客们都变多了，而老人绝不忘记向他们道谢。

以前，这些事情都由她来操持。现如今，自己却做起了她的工作。

一口气忙到下午三点，老人觉得腰有些难受，于是倚着门廊，眺望港湾的海。渔船随着蓝色的波浪有节奏地起伏，令人睡意连连。

打个盹吧，老人不再与习惯抵抗，静静地沉入短暂的梦乡。

老人梦见小时候的自己。

他被父母带去雅典的医院，向医生咨询记忆辅助器的情况。医生慢条斯理地解释那革命性的发明。使用纳米技术制作的记忆辅助器比米粒还小，医生可以利用一种很像冰锥的医疗器械，从人的眼窝伸入，将记忆辅助器贴在大脑的额叶处。这种无创的手术非常简单，风险几近于无。这个记忆辅助器会随注意力的强度自动工作，若用户认真读书，书的内容就会被非常牢靠地记在记忆辅助器中；如果只是随意浏览，那么记忆辅助器就不会起作用。

这个装置最初是为治疗阿尔兹海默症而被开发的，但阿尔兹海默症带给人的不仅仅是记忆力的衰退，还有整体思维能力的下降，可记忆辅助器并不能提高人的思维能力。

但谁都没想到，这个本没达到治疗目的的记忆辅助器竟然彻底改变了人类社会。

记忆力好的人不再具有社会竞争的优势，只要稍微认真去看书，一个十二岁的孩童可以用一年时间"记住"大学和研究生阶段的所有知识。由于效果显著而被大量开发,这一装置的成本大大降低,很多国家甚至大力补贴幼儿的记忆辅助器植入。

结果人类的教育方式被彻底改变。

本来,人类实现教育的手段是强记时配合深度理解,在这个过程中锻炼出抽象的思维能力。现在记忆力的限制已经消失,大部分国家的教育方向开始全面转向思维能力的提高。一个大学生毕业前可以轻松达到此前一个研究生的研究水平,甚至得到数个不同学科的学位证也成了最基本的要求。记忆力水平造成的鸿沟被技术填平,人类文明的科技突破此前的瓶颈——赤道上拔地而起的巴别塔连到了同步卫星,人们在月球上开采氦矿用于核聚变,甚至搭建阿库别瑞曲率引擎来深空探索的讨论也日渐热烈。

介绍完毕后,医生向那时的他笑笑,满怀期待地问:"如果有了很强的记忆力,你未来打算做什么啊?"

"开个饭店。"他的眼中闪着光芒。

其二

老人醒来时,感觉整个后背都汗津津的,视线有些模糊,喉咙也干涩得要命。去店里拿一瓶冰凉的矿泉水,旋开盖一口一口地喝着,燥热的感觉才慢慢褪去。

此刻店里没多少客人,老人拿抹布擦过所有餐桌,然后回到家中。害怕回去后无所事事,老人在附近的报亭买了份报纸。

报纸上登的全是些某国针对邻国发起了军事行动、联合国的要员在非洲视察干旱和饥民情况的新闻，令人徒生不快。

即使有了记忆辅助器，科技飞速进步，不变的依然不变。人类还是人类，并没有变成什么更文明的物种。想到这里，老人感到一阵忧郁。

没吃午饭的老人觉得有些饿了，于是去厨房准备晚餐。做了一份淋了橄榄油的卷心菜沙拉和蘸了柠檬汁的白肉鱼，一边吃着，一边看夕阳把西边那湛蓝的天空染成红色，而东边开始出现夜空，墨一般的幕布上缀满点点星光。远眺山脚，老人可以看到无数艘挂着帆的小船正回到港中，就像归巢的倦鸟。

这时，脑中某块区域仿佛被这奇妙的光线刺穿，他想起了她。

他想起年轻时，他和她一起去奥斯陆的蒙克博物馆的情形。年轻气盛的他只知道《呐喊》这幅画想表达画家爱德华·蒙克心中无法遏制的恐怖与绝望，但他对此视而不见，甚至学习画中人的动作，捂着自己的两腮，张着嘴跟她开玩笑。那时她宽容地看着他，脸上挂着微妙的笑容，记忆辅助器使这一切异常鲜活，让他莫名羞愧。

现在的他不禁对那时的自己发出哂笑——自己曾经多么荒唐无知啊！过了一段时间，画中振聋发聩到寂静无声的恐怖慢慢袭来，他开始自认为能够理解时值三十岁、在世纪之末画出《呐喊》的蒙克。再后来，画中场景就像一座摇摇欲坠的城墙向他压来。他屡屡因为战栗而动弹不得，画中诡谲的色调引起了他对夕阳的恐惧。

犹如一道诅咒,每天夕阳时分,记忆辅助器就会令他想起这幅画的一切细节,不管是那座桥,还是那人的线条,抑或身后夕阳。然后他会不可避免地想起她。过去每当记起这幅画,他就会抱怨记忆辅助器,而她会用小巧的手按着他的脑袋,带着微笑宽慰他。他感觉自己像一个撒娇的孩子,但在她面前,他乐得如此。

年轻时,父母希望他成为工程师,但他独爱研究菜谱,还有诗歌。不管是泰戈尔还是普希金,抑或叶慈,他都照单全收。他和她在游客稀少的沙滩上散步,当她依偎在他的怀里时,他便为她背诵那些先贤们的诗歌。只有在这时,他才由衷觉得记忆辅助器是个好东西。

年轻时的人生就像一首诗。

他们穿着泳衣,走过沙滩跳进海里。海水清澈见底,不时会有几条彩色的鱼儿游到他们身边。那里有一艘小小的单桅木质沉船,岛上的住民都说,那船从古希腊起就一直留在这片白沙构成的浅海海底。他们抚摸沉船那被水浸透的粗糙木船壳,看它静静躺在时间之外,与岁月共处。而他们则在平静的海中游着,肆意消耗着年轻的能量。

有了记忆辅助器,他能清楚记起她游泳时的样子。美妙的胴体线条和娴熟的泳姿使他想起优雅的海豚。兴致盎然的两人会一直游到筋疲力尽,然后回到沙滩上。一个卖冰激凌的本地大叔热情地招呼他们,借条大大的毛巾给两人擦拭身体,然后他们坐在遮阳伞下,品尝着由岛上酸羊奶制作的冰激凌。远眺蓝色的大海和天空交成一线,点点白鸥就像音符闪烁。不温不火

的海风吹拂在身体上，令人舒畅。两人视线交织，彼此一笑，有
很多快乐彼此心照。

　　婚后，两人一起开了饭店。这个岛并不大，游客也比不上米
克诺斯岛和圣托里尼岛上那么多，但在旅游旺季，旅店和饭店也
是爆满。操着德国和英国口音的旅客背着包，头上戴着旅行帽
和大大的墨镜，在热闹的饭店里和本地人一起跳佐巴舞。

　　他的厨艺逐渐精进，在木炭上翻烤白肉鱼和小羊肉，研究怎
样用蒜末和黄油做出味道恰好的烤生蚝，试着用不同的食材搭
配出可口的沙拉。在此之前，他还学过简单的调酒，做出的金汤
力和自由古巴味道不错，开胃消暑，深受顾客好评。两人婚前经
常到爱琴海诸岛上游玩，吃遍周边所有的饭店，一起研究店里应
该布置成什么样子，服务员如何接待顾客。开店之后，他每晚都
用记忆辅助器来回忆饭店里的情形，为菜品的口味打分，思考如
何改良。而她承担起服务员的职责，帮助顾客点单，把做好的饭
菜端到顾客面前，另外还要安抚那些等得急躁的顾客。

　　"时间够长才能带来好味道。"她用带有希腊口音的英语安
抚客人。语调中奇妙的余韵不仅让顾客放弃催促，也使他频频
回头。看着爱人在餐桌间穿梭的身姿，他觉得美极了。

　　太阳落山前的一段时间，港湾更加热闹。渔船满载战利品
归来，渔夫身上的鱼腥味让港口的猫们坐立不安。从隔壁沙滩
过来的游客也加入热闹的聚会。店里的人越来越多，不过两人
有条不紊地做着自己的工作。经过一段时间的磨合，她已经知
道他什么时候会把客人下单的饭菜做好，记忆辅助器也帮她精

准地记住客人的点单。最初开店时的小失误越来越少,他们配合得越发娴熟。在这个季节,客人们会玩到很晚,所以两人的体力被消耗得厉害。但那时的他们那么年轻,没觉得多劳累。

店里打烊后,他们会去沙滩散步。下半夜里海风习习,白天的热度彻底褪去。天空那么通透,以至于银河历历在目。温柔的月不时藏到薄云的后面。两人躺在沙滩上,看着壮绝的星河。有什么无法言说的情绪打动着彼此。他侧过脸去看着她,她的眸中清晰地映着星光,淘气的笑容一如既往地把他俘获。真想一直拥有她,直到地老天荒。于是他紧紧地抱住她,一言不发,体味着她在自己生命中的分量。这古罗马帝国的内海,景色如故,如诗如画,但只要她在身旁,很多美丽他也会视而不见。

在这片永恒之海,他收获了琥珀般的记忆。

后来,他们有了一个男孩。他们并不想把什么强加给孩子,只要他像岛上的橄榄树般自由生长便好。安装记忆辅助器已经成为义务教育的一部分,所以男孩也在小时候做了这个简单的手术。反正安装记忆辅助器也没有什么坏处,他想。

一家三口总是一起出发去饭店。男孩喜欢爬上矮墙,在上面行走。他提醒男孩不要摔倒,也要小心岛上的公路。宽敞的主干公路穿插在小路之间,主要供观光客们乘坐的巴士使用,而狭窄的公路也能容纳迷你型车辆通过。岛上有不少人买了Smart迷你车或者日系厂商的双门吉普车。当然,也有很多岛民依然对驴子情有独钟。

起码驴子不会造成什么交通事故,他想道。

到了店里之后，男孩会和港口里的其他孩子出去玩，去临近的沙滩上捡贝壳，或者去追对这些孩子们极不耐烦的猫咪们。而他俩一如既往地操持店里的事情。那段时间，他染上了烟瘾，休息时他会一支接一支地抽。有的夜里，他还会陪客人喝得酩酊大醉。结果，她为了他的健康问题而和他大吵一架。

"变成烟囱和酒鬼很有趣吗！"那天他切实感受到了女人的恐怖。

对她而言，自甘堕落是不可接受的。为此，她离开了他，躲回了父母的家里。他赌气一般地不去找她。他告诉自己，她不在的话自己也能过下去。他咬着牙，在繁忙的店里苦苦支撑。他要做饭，又要帮客人下单，还要端菜送过去，客人离开后还要擦桌子。他忙得晕头转向，不由得大动肝火，赌气咒骂着她，发誓再也不要见到她。

但在每个要与夕阳独处的时刻，他心里却难过得要命。这时，他不再想念烟草的香味，脑海里慢慢地都是她。他想念被她的小手抚摸着脑袋的感觉，一阵软弱与懊悔涌现。他扛了接近半个月，终究还是抛下了所谓的自尊，跑去岳父母那里，请求她回来。

那天下着大雨，他就站在外面淋着雨。

最终她相信了他的诺言，也原谅了他。

就像老电影里的经典情节。

她回来了，然后他们携手走过了半个多世纪，一起度过风和日丽和风风雨雨。

可现在，她已经不在了。

时光最终会磨损世间的一切，包括他们的身体状况。终于有一天，在亲友们的悼念中，在大家抛下那些白色的百合、玫瑰、康乃馨和马蹄莲后，她平静地离开了这个世界。

记忆辅助器使他沉溺于最后的送别。她最后安详的面容，还有人们试图宽慰刚成为鳏夫的自己。在醒来的第二天，意识到双人床的这头不再有她的温煦时，他就像初生时那般号啕大哭，哭到自己的肺都剧烈地抽搐起来。

那段时间，他打算摘除记忆辅助器。但医生摇摇头，表示有很多人在摘除记忆辅助器后产生了与脑前额叶切除手术类似的状况，丢失了很大一部分记忆，变得沉默寡言，如行尸走肉一般。所以记忆辅助器摘除手术是被禁止的。

于是，老人只能独自对抗夕阳。

此时此刻，夕阳的光芒掐住了他的脖子，使他呼吸不畅。他不得不挣扎着站起身来，整个人面朝下栽到床上，这样就看不到夕阳了。

其三

老人再次醒来已是凌晨。四周静悄悄的，好像全世界的空气都被抽走一般。夕阳已经不再打扰他，举目望去满是与寂静呼应的黑暗。他知道下半夜很有可能睡不着了，于是下了床。

出门转转吧，老人想道。

月色很淡，但足以看清脚下的山路。明明这个世界在白天还是一副热闹喧嚣的景象，夜里却如此安静。世界陷入沉睡中，为第二天的热闹蓄足体力。

老人沿着山路向下走，来到曾经和她一起散步的沙滩。他穿过沙滩外竖起的矮墙和门廊，走了进去。

远处灯塔发出的白光不时晃过眼前，海风吹散了白昼的酷热，而清澈的星空让这空气变得清冽可口。老人看了看在星光下波光粼粼的海，突然想去游泳。他脱掉了自己的衣服，一丝不挂，走到海边用手往身上撩着海水。等身体适应了水中的温度，他便向远处游去。

游到沉船那里，他看到海面上有很多条翻车鲀翻倒身体，伴着明亮的月色，闪着微微的光芒。它们的拉丁语学名是 *Mola mola*，意思是石磨。在阳光下，它们的确就像磨子一般。但在夜里，他用记忆辅助器调出法国人对它们的称呼——月光鱼。这个称呼非常精妙。这些温顺笨拙的鱼漂在海面上，俨然被月神祝福的模样。

我会不会被阿尔忒弥斯女神祝福呢？他想着。

他学这些鱼的样子，不再划水，而是面朝上漂在水中。

不知为何，温暖的海水带来了睡意。但他睁着眼，看着天上的月。

不经意间，他用记忆辅助器调出了自己年轻时看过的法语词汇——Le Petit Bonheur，是指小小的幸福。如果成为月光鱼的话，会不会就变得幸福呢？他想着。

之后，他的心里没有再思考任何事情。记忆辅助器没有来捣乱,没有蒙克的画,没有饭店,也没有她。

他就在那里漂着,宛如一条月光鱼。

过了一段时间,老人感受到明媚的光线,白昼正从天际展开。在这漫长的人生中,他还从没在海面上看过日出,这使老人感到非常新鲜。

光线越来越密,太阳也渐渐显出庞大的身躯。

突然,老人的记忆辅助器里传出了歌声。歌声是贝多芬《d小调第九交响曲》中的《欢乐颂》。年轻时他和她曾到雅典游玩,被一位开音箱店的朋友邀请到店里。店主用SACD机从头播放卡拉扬在1962年指挥的《d小调第九交响曲》,SACD机连着德国蜚声的Gaudi音箱,气势磅礴的音乐慢慢充斥在店里的每一个角落。

店主介绍说,这部交响乐是卡拉扬在柏林耶稣基督大教堂指挥柏林爱乐乐团和维也纳歌唱家合唱团的作品,并由DG唱片公司于1963年发行。后来在2003年又制成SACD碟片销售。虽然伯恩斯坦和富特文格勒对贝多芬第九交响曲的演绎各有特色,但这个版本的交响曲还是被视为史上最杰出的《d小调第九交响曲》。这部交响曲也是贝多芬音乐创作生涯的巅峰之作,是对其命运坎坷却始终不屈的一生的总结。第四乐章中加入了大型合唱,就是以德国诗人席勒的《欢乐颂》为歌词谱写的乐曲。

听到《欢乐颂》的部分时,店中鸦雀无声。徐徐引入的木管结束了序奏的刚毅,庄严辉煌的男声带来了快乐的气息。突然,他感觉自己的眼前出现了光芒。那光芒与此生常见的太阳的光辉截然不同，但他不知道究竟不同在哪里。

如今，成为老人的他终于知道这光芒来自何处。

这种既炽烈又温煦的光芒，是太阳初升时带来的。万物都感受到这光芒，生命力便源源不断地绽放出来。世间的一切都打着自己的节拍，向着这光芒发出了歌声。这歌声触发了记忆辅助器，于是老人的一生像走马灯一般出现在眼前。

他看到时间一点一点剥夺了自己的活力，身体垂垂老去，健康大不如前。那些生命中最重要的人就像潮水一般，来到自己的身边，又再度离开。但生命的内核还完美保存在老人的体内。这内核不是由活力构成，也与身边的人无关。它是由一切构成"自己"这个存在的过往组成。这些过往无不渴望着生命的温煦，无不炽烈地追求着快乐。

对，这就是那道光芒的本质。

"Freude！Freude！"老人合着从记忆辅助器里传来的歌声，用德语呼唤着欢乐。铿锵有力的歌声让那初升太阳的光芒更加刺眼，海浪的声音在老人身旁激荡着。回顾自己这平凡的一生，他确信自己一直在爱着别人，也一直在被别人爱着，大家一同热爱着生命。于是在风平浪静的过往里，每天都有小小幸福的踪影。虽然它们很小，平时根本察觉不到，但正是由于它们的存在，生命才真正是温煦的，是值得被追求的。

如果这样的一生都不能被宣称为幸福，那么世界上压根就不存在什么幸福。老人静静地想着。

于是他闭上眼，在沉船的旁边做了一个明媚的梦。

（本文发表于《科幻世界》2016年07期）

爱的话语

耕平篇

在耕平6岁的时候,母亲离他而去。

他还记得那时的一切,白色的医院房间,晴朗无云得不自然的天气,号啕大哭的父亲,不知所措地在一旁泫然欲泣的自己,表情严肃的亲戚们,母亲的指尖。

奇怪的是,临终前母亲对他说的话他完全没有记住,是要自己像个男子汉一样照顾好自己,还是要听父亲的话?耕平没有记住那些早已堕入虚空的话语,唯独记得自己的小手紧握着母亲右手食指的指尖。指尖没有变凉,但亲戚们最终拉着耕平离开了那间病房。到了第二天,耕平见到的母亲就只存在于凭吊死者的黑白照片中了。

之后的一年简直暗无天日。

不擅长操持家务的父亲还是做了些努力,虽说不是竭尽所能,倒也用心维护着家里的整洁与秩序。但是对于生活的琐事他向来是笨手笨脚的,母亲在世时家务与他完全绝缘,他便得以一门心思地埋头于自己的研究。母亲去世后,随着他在同家务的奋勇抗争中渐渐失利，最终他还是失去了耐心，而家里也就没有了原本的井井有条。也许这不怪父亲，可是耕平还没做好相应的心理准备。幼小的他先是失去了至亲，紧接着又看出自己心爱的家马上就要分崩离析的端倪，却无力阻止。即使耕平牺牲掉自己看动画片以及出去玩耍的时间来洗刷餐具，清洗自己和父亲的衣服，家里的状况还是一团糟，如同失去动力的锈迹斑斑的货轮在太平洋的中心慢慢下沉。本来父亲可以雇一个保姆来操持家务和照看年幼的耕平，不过那时他自有打算。问题在于——父亲根本不知道如何跟耕平沟通，自己的想法一直都埋在心里，没有了"母亲"这个两人交流的桥梁，他们时时刻刻都被厚重的沉默所笼罩。对于没有安全感的耕平而言，没有比这更糟糕的状况了。那个年纪的耕平差点认为父亲会弃自己而去，每每从幼儿园放学时，他惴惴不安地等着那个总是迟来的身影。看着其他的小伙伴跟父母兴高采烈地走在回家的路上，耕平总是抑制不住想哭的冲动。

揪心的一年度过之后，事情终于有了一丝转机。

在耕平进入小学之后，父亲带来一个名叫"莉莉"的仿生人女仆。

"这是耕平，我的儿子，以后他就拜托你了。"父亲对身旁的仿生人说道。

"好的，中村博士。"身着黑白相间的女仆装的莉莉用有些奇怪的女声回答父亲，并弯下身子，轻轻握住了耕平的右手。耕平看着她细腻却缺乏表情的脸庞，听见瞳孔处发出了相机调焦的声音，她有着纤细的脖颈和胳膊，皮肤看起来像是硅胶材质，但她的手却不是凉的。他闻到莉莉身上的香水，那是母亲生前常用的款式，一股淡淡的佛手柑的味道扑面而来。

"你好。我是莉莉。"虽然是普通的口音，但音调有些违和感。

"你好。我叫耕平。"虽然有些怕生，他还是壮着胆子和仿生人交流着。

莉莉就是父亲此前的研究成果——AI在仿生人领域中的应用。此前AI被广泛用于清扫机器人和工厂自动化生产机器人中，还是第一次搭载到仿生人平台。由于前者是专用型的机器人，性能单一，能够处理的工作有限，而后者属于通用型机器人，不论是其应用范围的广度还是实现其功能的难度，前者都无法比拟。想象一下在这个逐渐走向老龄化的世界，毫无疑问，仿生人将是未来最重要的劳动力。可以说父亲带到家里的仿生人是人类科技文明的重大进步——但这对于耕平来说并不重要，只要有人能处理好家务的琐事就好。而莉莉恰恰做到了这一点。

与顶级的管家培训学校合作，AI录入了大量家务处理的模型，所以莉莉包了家中全部的清洁与整理的工作。时隔一年，耕平终于再次见到了没有堆叠着大量碗筷的厨房、干净的衣服、一尘不染的地板，以及通透清爽的房间。一直提心吊胆的孩子终于放下心来，被父亲冷落的他也有了新的玩伴。

在工作日，父亲会开车送耕平去他就读的小学，而放学时都是莉莉去接他。那时莉莉会换上母亲死后留下的一些衣服，对于这点耕平有所抵触，得知是父亲的授意后还和父亲大吵过一架。不过如果穿女仆装出来的话，莉莉会被自己的同学围观，第二天小孩子们还会制造各种离奇的谣言，不得已，耕平只得对莉莉的着装睁一只眼闭一只眼。

被莉莉接到家，耕平便在自己的屋中写今天老师布置的作业，完成之后就去客厅看电视。有时耕平对莉莉在做什么更感兴趣，于是悄悄走到厨房的门口，看莉莉用灵巧的双手制作各种料理，这些料理的材料都是莉莉在白天买好的。耕平看到莉莉用肉眼跟不上的速度迅速将土豆去皮切块，或者将合适的奶油倒入锅中，做一道粟米忌廉汤，或是烤着白肉鱼。随着自我学习的深入以及主人们的信息反馈，莉莉的厨艺越来越好，炖土豆香郁美味，粟米忌廉汤爽口怡人，而烤白肉鱼更是无与伦比，刀口焦得堪称艺术品，淋上柠檬汁之后让人忍不住大快朵颐。

有一次父亲晚上加班，耕平自己在家中吃莉莉做好的饭，对莉莉说："如果你能尝尝自己做的料理该有多好。"莉莉并没有立即回复，而是微微低下头，好像她的大脑正在进行复杂的运算一般。过了一会儿，莉莉回复道："对不起，我现在还不具备该项功能，无法实现你的要求。"

"嗯……"对话进入死胡同，耕平只好继续默默地吃晚饭。

晚上，莉莉一般会陪耕平打游戏，或者为他推荐有趣的网络视频，有时也为他读一些有趣的书。耕平的兴趣很广泛，不论是天文还是恐龙，抑或是机械方面的知识，耕平都爱去了解一些，有了莉莉的讲解，耕平理解这些事情更快了。

"我们人类是从恐龙进化来的吗？"某天晚上，耕平向莉莉问道。

"不是,人类所从属的哺乳动物是从爬行动物中的合弓纲进化来的,而恐龙主要属于爬行动物中的蜥形纲。当然,根据种系发生学、亲缘分支分类法,'爬行动物'或者说'爬行纲'的含义都已经有所变化。现在有人主张将爬行纲并入蜥形纲,也有人主张将其废除。"莉莉回答道。

"它们之间有什么区别么?"

"合弓纲包含单孔亚纲,蜥形纲则包含无孔亚纲、调孔亚纲和双孔亚纲。"

"呃,即使你这么说我也不太明白……"耕平觉得这些名词如同天书一般。

"简单来说,合弓纲算是似哺乳爬行动物,蜥形纲则包含了现存的爬行动物和已经灭绝的恐龙。"莉莉尽可能用耕平已经了解的事实进行讲解。

"所以说人类不是从恐龙进化来的啊。"

"是的。另外,在二叠纪的时候,合弓纲是优势物种,其竞争实力全面压倒蜥形纲。结果二叠纪末期发生了一场生物大灭绝,合弓纲遭到剧烈打击,其中的盘龙目彻底灭绝,只有少数的兽孔目存活下来。进入到三叠纪后,蜥形纲逐渐占到上风。奇妙的是三叠纪末期又发生了一场大灭绝,合弓纲再次遭到摧枯拉朽般的打击,旗下的兽孔目也差点全军覆没,只有小巧的犬齿兽类存活下来,那时地球已经进入到侏罗纪,后面便是恐龙君临天下的时代。"

"可是,它们现在都已经灭绝了。"

"是的。迄今为止,从犬齿兽类,也可以说是从合弓纲进化而来的哺乳动物已经称霸地球。"

"但这个故事并不让人开心。"

"为什么呢?"莉莉不解地看着耕平。

"我觉得,人类总有一天也会消亡。那时候崛起的物种又会怎么看待我们的化石呢?"

"我想,他们一定会充满惊叹的。"

可问题是,"惊叹"对于已经彻底灭亡的生物而言,又有什么意义呢? 耕平摇摇头,将这句话留在心底。

等耕平上了床,莉莉便会进行充电。只要身体坐在一把专用的椅子上,就能进行无线充电,同时还可以与实验室的数据同步。即使这样,莉莉每周还要回实验室一次,中村博士需要对莉莉进行一次检查,并且在更新其系统后进行全面的测试,以保证仿生人的安全性。

周末是耕平最开心的时光。因为每逢双休日,莉莉都会带耕平去他想去的地方。以前都是母亲带耕平出去玩,父亲每天都耗在实验室,周末也是如此,晚上能够回家休息对他而言都是一种奢侈。所以莉莉承担起了母亲的职责,周末的时候陪年幼的耕平去博物馆,或者去图书馆,或者爬爬山,在春天那温煦的阳光中远足。在莉莉到来前的那一年里,耕平只得独自窝在家中。所以在各种意义上,耕平在心底里是很感谢莉莉的。

一个四月份的周末,天气晴好,春色洋溢在人们的身边。这是樱花蓄势绽放的季节,于是莉莉带着耕平到离家较远的公园去看樱花。公园中有一条清澈的河川,形状弯弯曲曲,通向公园里一处不大不小的湖。两人就坐在河与湖边界处的小丘上，小丘已被嫩绿的草所覆盖，而上面长着很多漂亮的樱树。耕平帮莉莉在初见绿意的草地上铺开白色的野餐布，两人脱掉鞋子坐在上面。莉莉将四四方方的日式食盒摆在上面，食盒外面涂着精致的黑漆，并在一角点缀着樱花花瓣的图案。打开盒盖，食盒内部则是鲜艳的红色，里面一个个小方格里放着昨晚莉莉制作的和菓子①。这些和菓子样式各不相同，但都显得晶莹剔透，如同一个个工艺品。

看到莉莉做的这些和菓子，耕平忍不住吞下口水。真不愧是莉莉的作品，只看一眼便让人胃口大开。

莉莉将一个个小巧的和菓子摆放到精致的长方形小碟中，小碟的表面也涂着黑漆，一角同样点缀着一朵樱花的花瓣，底部则为红色。然后她取出一盏透着樱色的玻璃杯，从保温壶中为耕平倒出了红茶。耕平一边慢慢吃着漂亮的和菓子，一边喝着莉莉做的红茶，欣赏美丽的景色。他们坐的位置可以看到湖心上的小岛，有的游人泛舟到岛上赏樱。春天那裹着一丝暖意的风不时抚摸公园里的千棵樱树，抚摸刚冒出头来的嫩草，抚摸游人的脸庞。此刻落樱纷纷，耕平便张开手脚躺在野餐布上，一脸惬意与幸福。

过了一段时间，父亲在送耕平上学时问道："你跟莉莉说过希望她能够陪你一起吃饭是吗？"

耕平无言地点点头。父子原本很少会进行交流，但最近两

---

① 即日本传统点心，通常为甜点。

人会稍微谈论些关于莉莉的事情。

父亲便接着说道："你的这个想法其实是很自私的。仿生人虽然有人类的外形，但有些功能就像累赘，最好不要有。给他们添加这种功能，其实只不过是让他们讨人类的欢心。"

"那为什么爸爸让莉莉负责家中的家务呢？本来这不应该是她承担才对。"耕平反驳道。

"不可否认，这的确是出于爸爸的私心。爸爸非常不擅长搞家务，于是在第一代实用性的仿生人身上重点加上了各种家务处理功能。但我觉得这是一种双赢的方式，能够提高仿生人在社会中的有效性，而且这也有利于仿生人理解人类的社会性。而吃饭的功能其实只是浪费饭菜，所以我的研究所不太可能会给莉莉添加这个功能。另外，这也并不影响他们越来越强大。"

"强大？"耕平竖起了耳朵，然后问道，"就像淘汰了恐龙的哺乳动物吗？"

"其实这是误解。淘汰了恐龙的是环境。选择物种生存与灭亡的力量永远都是环境。哺乳动物只是比较适合新的环境而已，而实际上哺乳纲的生物中也有很多大类在环境的变迁中灭亡。这是一个极其自然的过程，哪怕将来仿生人成为人类文明的代言人。"

"爸爸不害怕被仿生人消灭吗？"耕平接着问道。

"爸爸认为这个概率比人类文明毁于核战争的概率还要低。阿西莫夫的机器人三定律是现今大部分AI研究所的铁则，也就是说，AI在源头上不太可能视人类为敌人。而且，这是人类解决现存问题的方向。煤炭和石油给人类带来了污染问题，但也是人类文明迅速发展的重要保障,后来原子能的开发也是如此,既是人类未来能源的重要方向,也是人类头上的达摩克利斯之剑。但这些科技的发展解放了人,人类不再奴役同胞,而是通过科技的力量变得自由。AI是确保人类向下一个阶段发展的重要力量,不能因为潜在的危险就止步不前,爸爸是这样认为的。"

"如果爸爸创造的AI被其他人恶意对待和破坏呢?"耕平问道。

"如果别人在耕平面前破坏莉莉的话,耕平会怎么做呢?"

"我想,我应该保护莉莉。"

"即使她只是AI?"

"我不清楚AI和人的区别。即使有区别,他人也不能这么做。"

"很好。"父亲嘴角微微翘起。

爸爸早晚要干一件震惊世人的事情,希望那时候的耕平会支持我。中村博士在心中对自己说道。

耕平升入中学,莉莉也陪伴了他六年多的时光。这段时间里,他已经渐渐成长起来,在学校里有了关系很好的朋友,外出的话也不再依赖莉莉。每天晚上,耕平也要应付越来越繁重的课业负担,不能经常听莉莉读书。但当周末无所事事时,耕平还是会和莉莉谈自己的兴趣,并在莉莉的指导下看一些更加具体的书。他的兴趣已经从恐龙身上移开,克罗马侬人和尼安德特人的历史对他而言变得更有吸引力。在博物馆和书中能看到的科技介绍,以及网络上才能看到的科技前沿信息,使他更加深刻地理解人类的过去。

那是一段比任何人想象的都更惨烈的历史。从东非沿着海岸线或者通过内陆走到世界各地的人类先民们，被后来从东非走出来的人类所灭绝。人类自身也曾因为气候变冷而几近灭绝。随着狩猎和耕种技术的升级，人类在同自然和其他物种竞争的过程中逐渐崛起，直至所向披靡。人类符合环境的要求，成为这个时代中所有物种的王者。那么 AI 呢？并非自然造物的 AI，又会有怎样的未来呢？这是耕平一直在思考的问题，但暂时还没有得到答案。

时间在不断飞逝，转眼间，耕平的中学生涯就结束了。父亲和莉莉一起参加了耕平的中学毕业典礼。然后就是三年高中时光，最后耕平不费吹灰之力就考入本国 AI 研究相关的顶级大学。除了进行 AI 方面的学习和研究，他又报了人类学研究方向的第二学位。

当耕平的大学生活进入第二个暑假时，父亲宣布自己即将结婚，而结婚的对象正是莉莉。为此耕平又和父亲大吵一架。

倒不是因为耕平讨厌莉莉。其实，对于父亲的决定，他的心里并没有表面上那般反对。只是耕平不喜欢父亲自作主张的态度，另外也担心这段婚姻会让自己成为同学中的笑料。人类和 AI 的婚姻并非没有先例，但都被社会视为一种娱乐行为。AI 迄今为止并不享有人权，所以人类和 AI 的婚姻也就没有法律效力，政府中相关的职能部门也不会承认。这些状况被耕平提出来后，父亲不置可否。实际上父亲深思熟虑过了，只是身为一个不善言辞的男人，他宁可不再多说。

"老爸,你知不知道,其实莉莉是不懂爱的。"这是耕平最后的理由。

"知道。"父亲点点头。

"那你为何要娶不爱你的女人呢? 而且她还不是女人……"

"你喜欢莉莉吗?"父亲反问道。

"喜欢。"

"但莉莉作为AI,并不会喜欢你,对吧?"

"嗯。"

"这影响你对莉莉的喜欢吗?"

耕平哑口无言。

过了一会儿,耕平再度问道:"老爸,你爱她?"

"爱。"

"为什么呢? 你们之间其实并没有很多交流吧?"

"因为我创造了她。我知道她身上的一切秘密,而她也知道我的。并且她替我好好照看了你,这是我怎么也做不好的事情。"

"这本应是你的责任,而不是你爱她的理由。"

"我不否认这点。"父亲不好意思地笑了笑,然后说,"我的确把麻烦事都推给了她。不过我想告诉你一件事,其实我觉得她也是爱你的,只是她不知道而已。在你需要的时候一直陪在你身边,我想这也是一种爱的形式,而她一直以这种方式来表达着自己的爱意。"

耕平不再说话。不善言辞的父亲突然说出了令自己眼圈发红的话语,而且自己也认同这一点。也许这就是爱,莉莉爱我的方式。而我也爱着莉莉，这就足够了。去他的蜥形纲和合弓纲，去他的尼安德特人和克罗马侬人，去他的 AI 和人类。莉莉从一开始就是我的家人，现在只是承认这一点而已。

于是一家人开始好好筹备这场婚礼。

不出所料，新闻媒体也将这场婚礼视为一场闹剧，在举行婚礼的教堂外面围满了看热闹的人。另外还有许多有组织的反 AI 主义者，他们举着各种木牌和标语，站在场外进行抗议。而父亲邀请的嘉宾都是研究所的同僚，以及那些愿为 AI 争取权利的各界人士。同意为两人举行证婚仪式的神父也很难找，但最终他们还是找到了。

父亲穿着黑色的西装，而莉莉穿着白色的婚纱。她挽着中村博士的臂弯，一起向来宾致敬。对于 AI 而言，婚礼也许和吃饭一样，都是他们不需要的功能。但对于人类而言，婚礼是他们表达爱与承诺的必要方式。而且父亲想通过这种方式来为 AI 争取权利，耕平是知道这点的。看着外面的抗议者，他越来越支持父亲的想法。

耕平想起一天之前，身为新娘的莉莉被父亲同僚的妻子簇拥着去梳妆打扮时，他轻轻握住了莉莉右手食指的指尖。莉莉看着他，什么都没说。耕平也什么都没说。

但爱的话语无处不在。

十五年之后，在自己的婚礼仪式中，耕平为生命中的另一半的左手无名指戴上戒指。略显苍老的父亲和外貌一点都没有变化的莉莉坐在前排看着自己。耕平当着所有嘉宾的面吻小百合的嘴唇时,他感觉自己已经完全融化在幸福之中。

这么长久的时光都在哪里消逝了呢? 耕平自问道。

很多事情都没有变化,比如教堂外的抗议者,比如教堂里的支持者。愿意为他们证婚的神父还是那么难找,结果耕平请的是给父亲和莉莉证婚的神父。历史真是惊人的相似。

但也有很多事情发生了变化。小百合的表情要比父亲那代的仿生人生动许多,有时候也会生气,会开心地笑,也会偷偷从耕平的身后抱住他。其实小百合同样不能像人类一样真正理解爱的含义,但这对于小百合的发明者——耕平而言并不重要。在研究所里度过的无数个日日夜夜里,她一直陪伴着他。这就足够了。

"中村博士,为何要为新娘取名为小百合(Sayuri)呢?"一位研究所的赞助者向耕平问道。

"因为莉莉(Lily)在英语中的意思是百合花。"耕平回答道。

听罢,父亲和莉莉都偷偷笑了。

小百合篇

小百合被耕平带到酒吧时,心里多少有些惴惴不安。

耕平为小百合安装了味觉感受器,虽然在仿生人体内安装处理食物的胃袋暂时还不可行,但如果只是处理诸如酒精和饮料之类的液体的话,现在已经没有任何问题。

"去酒吧的话,我应该穿什么呢?"小百合在听到耕平提出去酒吧测试味觉功能时问道。

"嗯，一如既往的装扮即可。"耕平想了想，然后回答说。

耕平穿了一件黑色连帽卫衣，一条牛仔裤和一双白色的运动鞋，戴一块父亲在他成年时送他的精工贵朵表。而小百合穿着之前耕平陪她逛街时买的白色过膝连衣裙，一双粉色的高跟鞋，手腕上戴着圣诞节时耕平送她的施华洛世奇白色小牛皮表带的手表。从实验室出来时，小百合一直牵着耕平的手。

去到一家名为"誓言"的顶级英式酒吧时，耕平推开了酒吧那厚重的木门。

坐到吧台边缘，举止优雅的调酒师为两人送来厚厚的酒单。

"我一直很想试试玛格丽特。"小百合对耕平说道。

"好的。一杯玛格丽特，一杯波摩12年威士忌，1:1加热水。"耕平向调酒师下单。

"明白了，请稍等片刻。"调酒师点点头。

他先做玛格丽特，取一支冰镇过的玛格丽特杯，切了一角青柠，沿杯口边缘旋转一周，然后将杯子倒扣在盛着盐的小碟上，杯口的盐霜便挂好了。在雪克杯内加入四块自己手工切削的大块冰球，取一支培恩龙舌兰酒，用盎司杯取1.5盎司，倒入雪克杯，然后又分别加入量好的1盎司君度橙味力娇酒和0.5盎司的酸橙汁，再用力摇晃雪克杯直到杯壁完全起霜。最后将雪克杯内的液体倒入玛格丽特杯中，在杯口挂上新切的一角青柠，传统玛格丽特便做好了。调酒师将杯子搁在杯垫上，推到小百合跟前，轻声说道："请慢用。"

耕平点的酒做起来就简单多了，厚厚的岩石杯里倒入2盎司的波摩12年单一麦芽威士忌,兑入适量的热水,他下的单就完成了。

"味道如何?"耕平问道。

"嗯……感觉好复杂……既有咸味,又有酸味,还有酒精的味道。"轻啜一口后,小百合皱了皱眉头,轻轻吐了吐舌尖,便又问道:"话说,为什么要做盐边呢?"

"因为龙舌兰酒的味道比较冲,通过盐和酸橙汁来刺激唾液分泌,以达到缓冲酒的味道的目的,这是喝龙舌兰酒的一个传统。"调酒师轻声解释道。

可惜,我并不能分泌唾液……小百合在心里说道。

耕平悠然自得地喝着威士忌,不一会儿小百合也融入酒吧的气氛之中。酒吧的音箱里放着艾拉·菲茨杰拉德演唱的 *Let's Do It*,她的嗓音悠久绵长,沁人心脾,小百合被歌词深深吸引过去——

鸟儿这样做,蜜蜂这样做。
甚至受过教育的跳蚤也这样做。
让我们这么做吧。
让我们陷入爱河吧。

我会陷入爱河吗?小百合想到这里,刚来时的惶恐又冒了出来。

小百合想起初次见到耕平的情景。当她第一次通过实验室的摄像机观察世界时,她最先看到的人就是耕平。

对于小百合而言，他是个既熟悉又陌生的人。

因为小百合的经验代码直接来自莉莉，从那些代码中，小百合知道了耕平这个人。

不过和莉莉不同的是，小百合的思维方式有本质上的区别。可以说，这都是耕平的功劳。

上大学时，耕平对于 AI 下一步的发展方向就有自己的想法。耕平认为 AI 研究的领导者要像冯·诺依曼那样，既是广博的通才，又是各个领域的翘楚。跟奥本海默一起领导曼哈顿计划时，坐镇多个军事项目的冯·诺依曼立即就察觉到宾夕法尼亚大学研发的 ENIAC 巨型计算机的广阔前景，并让这台本打算用于计算炮弹弹道轨迹的庞大怪兽率先用于原子弹冲击波能量的计算。在年轻时，他就拿到了苏黎世联邦理工的化学工程学位和柏林大学的数学博士学位，这样的数学和理工能力使其成为二战时全美诸多军事科研力量的指导者。同样，想要搞好 AI 的研究就必须要有多学科的教育背景，涉及计算机硬件设计、软件编程、仿生工程、生物学、医学、人类学、心理学、语言学等。耕平的父亲就是坚定的大脑逆向工程的研究者，同时还有数学博士的学历和高级软件工程师资格。耕平并不逊于父亲，除了 AI 所需要的理工学历外，他还有人类学和医学以及心理学相关的教育背景。耕平自己的兴趣和莉莉的帮助终于使潜移默化的教育结出累累硕果。

通过研究莉莉的代码以及实际生活中的反馈，耕平提出了第二代仿生人的构想。根据获得诺贝尔经济学奖的心理学家卡尼曼的心理学研究成果，人类大脑进行快速判断的"系统一"依托于情感、记忆和经验，是一种常用的、无意识的系统，而"系统二"需要调动注意力分析和判断，是一种有意识的系统，但速度远慢于"系统一"。人类天然依赖"系统一"，而 AI 从出现开始就善用"系统二"。如何让 AI 更像人类呢？就要让 AI 的"系统二"必须晚于"系统一"投入工作。

如果我们询问一个人现在大概的时间，在无法查看手表或者手机的情况下，这个人会根据自己的经验以及对这段时间里发生的事情的判断来估算一个大概的时间，而耕平强制 AI 先完成这个系统一的运算，再允许 AI 通过石英计时器进行校准。

"要学会先犯错，这样 AI 才能更像人类。"耕平便是坚持如此的规则来指导 AI 研究的。

另外就是经验的累积。对于所有现实生活中的经验都要通过遗传算法和模糊算法进行归类，将结果直接存入 AI 的系统一。这就像人类的儿童成长的过程。这种经验的结果在调用时难免会出错，但在人类成长中这些错误也在所难免，留给 AI 犯错的自由是其进化的唯一方法。

新的 AI 不仅更擅长察言观色，并且会犯错，还会思考万事万物的意义——甚至因为思考不出最终结果便中途宕机了。不得已，为了避免这种情况再度出现，耕平设计了一种程序，一旦 AI 无法通过思考得出结论且硬件核心出现高负荷的状况，这种思考会被存储入特别的存储区，作为待处理的事项封存一段时间。

如此这般，当小百合看到耕平时，莉莉曾经有关耕平的记忆被挂起，小百合先用自己的眼光来观察他。

耕平其貌不扬，平时一直戴着万宝龙的半框眼镜，头发短短的，身材中等，身上没有披白色研究服，只是率性地穿着连帽卫衣。但当小百合发现实验室内的人都对耕平言听计从、毕恭毕敬，她便认定这就是自己的发明者。

"Hello。"小百合在终端显示器上输入这几个字。

"Hello。"耕平点点头，开心地对着摄像头笑了。

这就是小百合同耕平的第一次交流。

随着小百合的意识程序被安装入仿生人的身体中，她开始在耕平的指导下对世界进行探索。每到新的地点，小百合会先观察人们的表情，然后解读这些表情的含义，并根据他们的表情来对自己的表情进行定义。高兴的时候会笑，难过的时候会悲伤，不安的时候会流露出依赖耕平的表情，有时候也会因为恼怒而发脾气。

小百合已经不仅仅是莉莉的升级版本，而是有着一次 AI 仿生人技术的巨大飞跃。由于小百合成长得很快，身体也被做得无可挑剔，所以跟着耕平外出测试时很少有人会发现她是个仿生人。小百合每次出行回来都会带着小小的成就感，并缠着耕平为她买些小礼物。

耕平每天都会和小百合待在一起，不是在实验室为小百合进行调整和优化，就是带她去到人多的地方进行"系统一"的积累和测试。渐渐地，耕平对待小百合的想法有些变化。就像父亲对待莉莉的感情一样，不惜用结婚的形式来宣告莉莉在人类世界应该握有的权利。自己对于小百合的感情是什么呢？

这是有点像父女，有点像恋人，又有点像老师和学生之间的感情。为此耕平苦恼了一段时间。但后来耕平想明白了。

这是一种爱的形式。

就像陶艺工匠爱自己最终烧制出来的陶器，就像作家爱自己呕心沥血精心雕琢的文章，就像父母爱自己的孩子。若问自己为什么会爱小百合，还不如去问自己怎么可能会不爱她呢？研究不顺利时自然会恼怒，会抓狂，会有毁掉眼前一切的冲动，但这是人类"系统一"天然的冲动，而去爱也是其中冲动的一种。就用自己的心去爱吧，不管是春风化雨般细腻的爱，还是暴戾北风般呼啸凛冽的爱，干嘛要考虑那么多呢？既然是和爱相关的事情，那全权交给自己的"系统一"吧！耕平从那天起便下定决心，面对小百合时也不再有片刻迷茫。

而小百合也察觉到耕平的变化。之前和耕平谈话时，他有时候就像宕机的AI一般突然陷入沉默，脸上是一副欲言又止的表情。哼，就像个孩子，小百合有点小生气，便如此评价耕平。后来，他不再会陷入这种沉默，对待小百合更得心应手，有时候她对耕平做的小捉弄很轻易地被他看穿，但他也会配合小百合把那种捉弄搞完，然后自己哈哈大笑。这时候的小百合内心非常复杂，觉得自己很失败，可看到耕平玩得如此尽兴，就也开心起来。

心真是一种复杂的东西呢，小百合对自己说道。

午夜很快降临。耕平付过账单，和小百合一起离开酒吧。

春天的夜晚还有一丝凉意，但风中却裹挟着从遥远的南方传来的热度。借着路边的灯光，可以看到草坪与树木上拱出的鲜嫩芽叶，以一副势不可挡的姿态降临世间。在园中的小径上并排行走，两人什么都没说。月亮挂在漆黑的空中，显得很大，周围的星都被它温柔的光芒吸引，不再在那里叽叽喳喳地说话，而是一颗一颗滑入静谧的梦境中。

突然，小百合从耕平身后抱住他。

"怎么了？"耕平停下脚步。

"我醉了。"小百合说道。

耕平被小百合逗笑了。毕竟现阶段的仿生人并不会因为酒精而醉。

他稍稍俯下身子，用双手托起小百合的双腿，然后将她背在自己身后。幸亏这一代的仿生人并不太重，耕平在心里开玩笑道。小百合趁势将双臂环在耕平的脖子上，然后听任耕平背着自己。

在活力充沛的鸟儿都逐渐睡去的夜里，耕平背着小百合走了很远很远。不怕人的猫竖着尾巴在耕平面前路过。除了自己的心跳，耕平听不到任何声音。

两人此后一路无言。

但爱的话语无处不在。

（本文2015年发表于《蝌蚪五线谱》）

月球之歌

其一

时值三月，虽然在不经意间能感受到春天的暖意，但大部分的时间里气温依旧料峭。

坐在去公司的地铁上，远藤森之助满脑子都是白色情人节的事情。要给井原静子买什么礼物呢？因为刚在涩谷区租了一栋年代已久的公寓，而且购入生活必需品之后，自己手上实在没什么盈余了。工资还要等半个月才能到手。

坐落在港区的商船三井物流是在国际上数一数二的大型物流公司，但实习期工资并不高。两人每日三餐不到一千日元，远藤都是在公司的食堂里挑便宜的菜吃。像炸猪排饭这样的伙食还是第一次发工资的时候和静子一起去吃的。静子在附近的便利店打工，日薪也就三千日元左右，可是一个月的水电和交通费就能吃掉两万日元，由于工作原因办理的软银电话卡每个月也要一万日元。

上班的时候好好考虑晚上送给静子的礼物吧。静子是个擅长持家的女孩，狭窄的老公寓里井井有条，已经有了家的样子。

每天吃到静子做的家常菜，远藤就觉得幸福感爆棚。虽然总是捉襟见肘，但他对眼下的生活没有什么怨言。

他刚迈进课里的大门，就被课长叫到办公室去。

课长递给远藤一封推荐信，推荐远藤负责商船三井物流在月球上的工作事宜。

"你的工资会是现在的二十多倍，而且可以被安排正式入职。"课长一副帮到了远藤的得意表情。

作为还未成为正式会社员的实习生，远藤机械性地说着谢谢，脑袋里却是一片空白。就像月球上一望无际的白砂一样。

该怎么对静子说呢？

走出课长的办公室，在手机上找到静子的电话号码时，远藤觉得如鲠在喉。

索性先不说了。晚上见到静子再说吧。

好不容易挨到了下班，远藤从商店街买了礼物。店主帮忙包装好，他便拿着礼物匆匆挤上了地铁。

"我回来了。"打开小公寓的门，远藤说道。

"欢迎回来！"迎面而来的是扑鼻的饭香，还有静子那淡淡的笑容。

"这是白色情人节的礼物，希望你会喜欢。"远藤拿出礼物，双手递给静子。静子笑着道谢，然后小心翼翼地拆开了包装。里面是一把深棕色的桃木梳子，做工精美，但也没花太多钱。为了买到这么合适的礼物，远藤细细挑选了很久。

静子高高兴兴地用起了梳子，而远藤出神地看着静子的及肩长发和不时露出的脖颈。两人一起吃完静子做的亲子丼和蔬菜天妇罗之后，一起依偎在沙发上看起电视节目时，远藤才终于说出口。

"静子，我可能要被派往月球了。"说完，静子转过头来看着他。远藤看着静子的眸子，心中五味杂陈，而静子的表情也是。

"很快就要去吗?"静子问道。

"公司会花两个月的时间对我们进行培训，然后我们就会去种子岛火箭发射基地再集中培训一周，然后直接从那里去月球。"

"一次要待多久呢?"

"大概五个月，然后回地球待一个月，以半年为期进行倒班，我大概要被派遣到月球待五年。"

"嗯……"

两人陷入了短暂的沉默。突然静子抚着远藤的脸，然后和他深深地吻了起来。不时用牙齿咬着他的嘴唇，温柔却不失力道。这可不像平时的静子呀，远藤想道。

两人直接在沙发上温存起来。静子这回很主动，把远藤压在身下。远藤爱抚着静子的腰肢，脑子里却是月球上一望无际的白砂。他想象自己站在那个空旷的世界里，只有自己孤身一人。这样清冷的孤独感让远藤坚持了三十分钟才一泄而出。

今天的静子很特别，让远藤以为她明天就会跟自己分手。这份恐惧攫住了远藤的心，可他始终问不出口。两人即将面对三十八万公里的距离，而造成这个结果的元凶是远藤自己。如果静子就此离开自己的话，自己绝对无话可说。带着这种无可奈何的心情,远藤拥着静子入眠。

第二天,静子就像往常一样做了早餐,而远藤吃过早餐吻过静子之后便匆匆忙忙地赶地铁去了。不安的心被繁忙的工作所占据,远藤被课长委派下来的各项工作牵着鼻子走,直到忙到夜里十点才结束。

"一起去喝一杯吗?"一起加班的同事邀请远藤去附近的居酒屋喝酒,远藤谢绝了。如果去月球的安排没有变化,那么自己跟静子相处的时间就越来越少了。

想到这里,远藤加快了去赶地铁的脚步。

他不禁想起自己第一次遇见静子时的样子。

那是一年前,自己大学还没毕业,但已经进到一家公司进行实习了。那时公司接了一个紧急的活计,全体员工大概忙了整整三个月的时间。那段时间里大家每天加班到十一二点乃常事。

由于半夜回家时总是饥肠辘辘,他便会在路上找些饭店去吃饭。有一次他进到一爿拉面馆,外面时值凛冬,店里雾气缭绕的样子令人胃口大开。他刚坐在店里的吧台桌上,一个女子便也进了店门。她坐在离他两个座位的位置,看起来也是一副加班很久的疲惫样。等拉面上来时,她将披肩的头发扎成单马尾的样式,小心翼翼地吹着勺子里的汤底。远藤不好意思一直盯着她看,但觉得她吃拉面的样子很吸引自己。

后来,远藤再来这家店时也见到了她。一来二去两人就打了招呼,坐到了一起。

"你好,我叫远藤,请多指教。"远藤多少显得有些拘束。

"我叫井原,请多指教呀。"静子大大方方地举起了手,他便轻轻和她握了握手。

之后两人还交换了电子邮箱地址。

那天晚上,远藤高兴得久久不能入睡。

其二

远藤在培训时需要穿上新式的轻薄宇航服,因为他要在月面上执行运输任务。在商船三井物流位于月面的分公司里,远藤需要穿着宇航服去将货物运往其他月面的公司。运输货物的车辆是专为月面设计的,虽然有点像地球上的卡车,但车头和车体都经过耐低温处理,车头内部还有气体循环装置,可以让驾驶员一直呼吸到充足的氧气。不过即使如此,公司还是规定驾驶车辆时人员必须穿好宇航服,只是可以不戴头盔,以免出现紧急状况时来不及将宇航服穿到身上。

那些公司开采月面的资源,将初级产品装入密封的耐低温罐,然后这些罐体被装入远藤他们驾驶的月面车辆中,分批运到月面营地后再集中发射向地球。另外这些公司所需的物资也由远藤他们运输,这些物资从地球发射而来,然后再分散运送到月面的各个基地。

这些不同国家不同公司的基地对于生命攸关的饮用水、食品和氧气都是要进行高冗余储备的,各个基地的库房人员必须保证这些物资的供给永远充足。如果这些物资的数量低于绿色警戒线，管理员们就要向地球的公司总部提报需求计划，届时公司将会安排商用火箭将物资发运过来；一旦低于黄色警戒线，物资需求计划将会成为各个公司首要确保目标，该公司的一切工作安排将让位于月球营地的物资补充；而低于红色警戒线的状况一旦发生，月球营地人员将有性命之虞，很可能会演变成国际上的重大事件。

迄今为止，已经有数个国家的不同公司在中央湾设有驻扎营地，着手对月球进行开发。根据联合国各成员国签署的《月面和平开发通则》，任何一个营地的物资低于红线的话，其他营地都要伸出援手。地球各国也会尽可能组织救援，以保障月面开发工作的安全。远藤他们也将要加班加点地去帮忙运送物资，届时压力非常大。

不过正常来说，只要营地和来自地球的物流飞船不出现重大问题，物资储备基本永远不会低于黄线。

对于远藤而言，真正的压力来自月球和地球的距离。

接受培训的两个月里，远藤经常会在四五点钟醒来，他会看着窗外温柔的月色出神。这会儿他憋住尿意，生怕起身会把静子吵醒。等看腻了月色，他就会看着静子的背影，看她身体随着浅浅的呼吸声起伏。不知不觉间，远藤会轻轻抱住她，就好像抱住了象征幸福的一切。

很快，他将与幸福相隔三十八万公里。

在培训的时光里，远藤学会了如何驾驶使用锂电池的月面车辆，除了熟悉车况外，还有一本厚厚的操作手册，里面有各种车辆报错信息的说明和解决方案。虽然看着这本手册有些发愁,不过慢慢熟悉的话也不难。

一起培训的同事也将会一同驻扎到月球营地,在那里大家将会共同度过五年的时光。远藤知道自己应该和他们交好关系,以避免在将来五年陷入被孤立的境地。但他现在根本没时间去做这些事情。在去月球之前他想要和静子多待段时间,所以同事们联络感情的聚会都被他推掉了。大概同事们也对他的行为颇有微词。他宁愿让时间在拥着静子的无所事事中悄悄溜走,也许这样就能做好去月球的心理准备吧,他如此想道。

平时他会在沙发上拥着静子一起看看日剧,休息的时候会一起去外面逛街。两个人会一起去大型超市购物,他一边推着购物推车,一边看静子为买哪些东西而拼命思考的样子。当她实在举棋不定时,就会问远藤的意见。远藤会假装仔细考虑,然后再跟静子说。

但其实他很想对静子说:"只要是你选的东西,我都很喜欢。"

购物完,两人会去同事中风评不错的餐厅吃晚餐。一边大快朵颐,一边评价着特色菜的味道,对于他们都很喜欢的菜,静子打算回家也挑战试做一下。

有时两人会去价位亲民的酒吧尝尝精酿。静子喜欢酸味的啤酒,所以特别中意于勃艮第女公爵。远藤有时候会买一打这款啤酒放在家里,两人不时在家里小酌一番。

就这样,很快就到了远藤去往月球的前夕,静子和他一起打包好要带到月球的物品。由于从地球上进行太空发射的成本不低，每个人的配额远没充裕到叫货车来搬家的地步。远藤把自己想带的物品挑挑拣拣，最后打包在两个拉杆旅行箱中。

"不再带些东西了吗?"静子问道。

"足够了。月球上有公司提供必需的生活物资。"远藤回答说。

"嗯，好的。"静子点头道。

洗漱之后，两人躺在床上相视。

"我的英雄，明天就要登月了。紧张吗?"静子笑着问道。

"嗯，挺紧张的。"远藤实话实说道。

"乖，不要紧张呀，你会在月球安全着陆的。"静子就像安慰小孩子一样抚摸了一下远藤的头。

"我会的。爱你呀。"远藤说道。

"我也爱你。等你五个月后回来。"静子拥着他说道。

远藤的眼里突然噙着泪水，原本以为自己已经做好了心理准备，但其实并没有。

看着远藤的模样，静子也变得难过起来。

"不要这样。时间没有你想象的那么长，很快就会过去的。开心点嘛。"静子安慰道。

"嗯。"

"想想开心的事情嘛。"

"嗯。"开心的事情都是和静子在一起的点点滴滴，结果远藤的泪水更抑制不住了。

"真是的，远藤像个没长大的孩子似的。"静子明明在笑，声音却在哽咽。

两人拥吻在一起，嘴里咸咸的。

"记得到了月球之后拍一下月面的照片发给我。"等两人情绪都平复下来之后,静子嘱咐道。

"好的。"远藤点头道。

其三

即使经历过几次模拟发射训练,真正升空时,远藤还是紧张得手心冒汗。

载人太空舱的导航员经验丰富,迄今为止并没有遇到过什么危险。虽然刚开始会感觉有些颠簸,但这大概是心理原因。优秀的减震设计让现在的载人航空本质上就像坐了一趟四天的长途列车而已——已经从月球上来回过两三次的前辈如是说道。

但可回收的大型运载火箭在发射场地升空的瞬间还是让远藤的心提到了嗓子眼。他在之前模拟发射训练时已经多次经历这个过程了,结果感觉自己还是很紧张。Max-Q(最大动压)在火箭升空后不到一分钟的时刻到来,这是火箭发射过程中非常危险的一个节点。等舱内提示火箭经历完Max-Q之后,远藤才稍微有些放心了。之后他们又经历了多级火箭的分离,这些带有栅格舵①的火箭将会安全精准地回到着陆点,以便在执行下一次发射任务时使用。

在长达四天的月球之旅中,乘员们被允许利用通信卫星的

---

① 火箭飞行姿态控制装置,能确保火箭残骸落在设定区域。

链路同家人联系。远藤用手机向静子展示了深邃的星空、渐行渐远的地球，以及他们的目的地。宇宙如此宁静，又如此虚无，在这段航程中，远藤深深地体会到了这一点。在结束跟静子的通话后，远藤就想睡去，因为这段航程过于无聊。吸食补充营养的液态食物，利用宇航服中的导尿管上厕所，睡觉，通话，和同乘者们聊着没有营养的话题。每天都在等待旅程的终点，以至于远藤快要失去了对于时间的概念。

终于挨过这四天之后，月球在视界中已经从最初如乒乓球一般大小的物体变成了庞然大物，一眼望去只有无垠的白砂和大大小小的陨石坑。载人舱调整完姿态之后，以平稳的速度降落在中央湾营地的指定区域。该区域专门用来接收降落的载人舱或者货舱，降落停稳后就会像航母的升降梯一样降入下层，然后使用蜂窝钢做成的厚重舱门会闭合，以保护基地的人员和装备免受小型陨石的损毁，毕竟月面没有大气层。

究竟应该以什么材料作为营地外壳，各个公司都做出了自己的判断。同商船三井物流有竞争关系的MAERSK公司选择使用轻薄坚固的钛合金板作为月球营地的保护层，由于轻薄的特点，从地面上生产后发射到月球成本会很低。但钛合金本身生产成本很高，制成钛合金加工件成本会大大提升。慢慢被广泛采用的钛合金3D打印成型技术也不能降低其成本，所以对于商船，三井物流选择的是多层钢中间夹蜂窝钢。拜工艺成熟所赐，相关生产成本很低，但由于重量要高出钛合金很多，所以发射成本要高一些。

究竟哪种选项会更好，各个公司暂时还没有定论。

现在是星空大航海时代的前夜，摆在人类面前的有无数种选择，无数种可能。

在营地稍做休息之后，新人们被带到各自的岗位提前熟悉。

运输班的同事们被带到月面运输车辆那里。虽然在地球上他们已经对这些车辆很熟悉了，但那时候是在充满大气的地面上进行实际练习，安全性和月面不可同日而语。工作了一段时间的同事各自带了一个新手上车，带着货物去各自的目的地。

带远藤的人叫作池田敏久。除了一对扫把眉，他的五官并无特色，扔在人群里也毫不起眼。不过这个人却有一种厚重的气场，话语不多，在他身边很安心。远藤和他并排坐着，看他熟练地操作车辆。之前公司使用特制的压路机在中央湾处理过通往各个客户的路面，所以车辆在月面上可以较为平稳地行驶。不过有些路面还是有些崎岖，池田敏久就会降低行驶速度，直到通过为止。

"这里最好把速度降到10迈①，不然可能会很颠。"他说道。

"好的，我会记住的。"远藤点头道。

第一次坐在月面上的车辆让远藤多少有点紧张，不过最终两人还是安全地回到了营地。

等大家基本了解自己负责的岗位之后，已经在月球上工作了一段时间的同事们在营地的餐厅组织了一场迎新会。

火箭收发班、维修班、库房管理班和车辆班的新人们轮流做了自我介绍，之后大家就热热闹闹地吃喝了起来。桌椅充满金

①此处速度大约为16.1km/h。

属质感的营地食堂不那么舒适，月球营地上也禁止存放度数过高的酒精饮品，但大家还是像在居酒屋里一样举杯畅饮着朝日啤酒，吃着还算新鲜的食物。远藤看着尽可能炒热现场气氛的前辈和开心的同事，心里想，和这些人相处五年的话大概也不坏。

迎新会结束后，远藤回到自己的单人间。设置好指纹锁，打开门，发现里面并不宽敞，布置得有点像宾馆，不过以后需要自己打扫清洁。因为是在低重力环境中，书桌、橱柜和床都被固定在地上。床上的被褥都是新的，躺上去应该很舒服。床边还有像安全带一样的装置，睡相不好的人可以在睡觉时把自己固定在床上，以免在梦中飘出去撞到身体。

看完房间的情况之后，远藤开始着手把两袋行李中的物品整理出来。他把干净的衣服放在橱子里，然后将笔记本电脑放在书桌上。毛巾和洗漱用品被摆在狭小的卫生间兼浴室中。

当他从行李中拿出打算摆在床头的电子相册时，开始拿着看个不停。相册上是远藤为静子拍的照片，以及两个人的合照。

这些照片里有两人一起去关西旅游时拍的照片。里面有亲切的鹿追着静子讨要鹿仙贝的照片，也有两人一起坐大阪 Hep Five 摩天轮时的照片。两个人从摩天轮里看到了明石大桥，波光粼粼的海将大桥附近的空气也染得发蓝。看着静子开心地远眺大桥的侧颜，远藤情不自禁地吻了她。

由于月球上没有大气，所以不会看到月海的波浪，远藤心想。他从窗口望出去，看了看这个无风无浪的寂静之海。

刚才在车上的时候应该拍些照片。不过现在也不迟。

　　随后他透过密封圆形窗户用手机拍了月面的照片,发送给了静子,然后继续收拾自己的物品。

其四

　　远藤在月球上的工作和生活在慢慢步入正轨。

　　月球一个昼夜循环大概要一个地球月的时间,所以也就不需要像地球上不同时区的国家那样考虑昼夜问题。包括远藤在内的三十多位车辆运输人员进行三班循环的工作模式,每个班组有十多个人,每天工作八小时,如此循环往复。工作前和上一个班组进行工作交接,工作八小时之后和下一个班组交接,剩下的时间可以自由支配。不过营地的娱乐设施有限,同班组的同事们下班之后最多一起打打日本麻将,或者一起看看职业棒球,大部分时间都是独处。除了睡觉以外,大家要么跟家人通话,或者自己上网浏览,要么为了防止低重力环境造成骨质疏松的问题,在营地的健身房进行跑步等健身活动。

　　每天远藤都在单人间的床上独自醒来。不过由于他上班的时间是东京时间23:00左右,他会给静子发一封晚安邮件。静子会回复一封早安邮件,说说自己在这一天里遇到了什么样的趣事,最后会预祝他今天工作顺利。有时候静子会戏称远藤为辉夜姬①,问他有没有看到自己的月兔。这时候远藤脸上总会情不

---

　　① 出自日本传统文学《竹取物语》,其中辉夜姬是来自月亮的天女,竹取翁从竹子中发现了她。

自禁地露出微笑。不过辉夜姬的家就是月宫，而月球永远不会是自己的家，他想道。远藤吃过煎蛋和烤面包片的早餐，喝咖啡的时候顺道服下强效钙片，稍做洗漱之后就准备上班了。

远藤的工作强度并不太大。每天去近处的客户营地大概来回三四趟，很远的可能会来回一趟。暂时还没有需要加班的情况，同事说地球上跑远途的卡车司机们天天加班加点算是常态。

但我们也只是一群卡车司机，只不过是在月面驾驶车辆罢了。现在工作量还没那么多，将来我们很可能也要加班加点把物资运输到更远的新营地。远藤心里想道。

接到出勤的任务，远藤会穿上宇航服，一边等库管人员把投递给客户的物资装入车辆内，一边开始进行车辆的检查。启动车辆后会有各个模块的自检。自检如果没有通过，比如电池剩余电量低或者空气循环系统有问题的话，远藤会报告给维修人员。没有问题的话，从库管人员那里拿到出库单和随货同行单，他就准备出发了。

每次行驶在这些简易的月面公路上，远藤就会感受到无尽的孤独感。身边没有他人，月面上大体上也还是孤凉的样子，人造的营地彼此之间都很远，更不会在路上碰到其他车辆和人员。这样的感觉占据了远藤每天大部分的时间。好在他的注意力主要还是放在路上，毕竟如果出了事故的话，可不会有救援车很快到达。车辆的悬挂系统已经针对月面的路况做了优化，但驾驶时依旧会出现小颠簸。一定要让车辆行驶在压路机处理过的路面，才能减少颠簸。不然的话，在这里出的事故很可能要上地球上的新闻，马虎不得。有时候车辆在中途会报一些故障代码,远藤会暂时停止行驶,赶紧查一下操作手册。大体上都不是很麻烦的故障。有颠簸预警,有外部阳光直射导致车辆温差过大的警告,都不至于造成严重的问题。

无人旅程的终点便是客户公司的营地。在那里才能见到其他人。他们指挥车辆驶入货物装卸区。和他们简单地打个招呼,然后看他们把物资从车上搬下来,再把发往地球的货物搬上去。出库单和随货同行单办理妥当之后,远藤就会开车赶往自己的营地。

又是同样孤独的旅程。

回到营地后远藤会先脱掉宇航服,换上灰色的工作服,然后等待下一趟运输指令。如果下班了,远藤就回房间替换掉灰色的工作服,然后去食堂点饭。为了行驶安全,他在路上时一直没法细看星空,所以远藤总会在食堂靠窗的地方慢慢吃饭。这里的星空是一幅在地球上很难欣赏到的绝景,在城市五彩斑斓的霓虹灯面前,漫天的星光逐渐黯淡下去,但在月球上它们还是非常清晰的。磅礴的星河冲淡了个体在心中纠结的一切问题。

吃完饭后,大概是静子在早晨醒来梳洗吃饭完毕的时间。这时候两个人会进行短暂的视频通话。为了节约时间,静子会一边化妆一边和他通话。看着静子忙忙碌碌的样子,远藤很想在她身后抱抱她。

等静子出门上班之后,远藤会看会儿月面车辆的操作指南。这时他总会想起静子工作时的模样。和居家时的温馨感不同,她上班时一副干练OL的打扮。至于她上班实际的表现,则是听她的同事讲的。上司给她的麻烦工作,她会根据优先级排序，做个便签贴在工位上，然后挨个完成。远藤想象着此时此刻静子忙忙碌碌的样子，觉得自己更想念她了。

看累资料之后他就会玩会儿游戏，看看视频，然后准备洗漱睡觉。有时候同事们玩麻将的时候会抓他去补缺，他玩得不太好，所以一直兴趣寥寥，从不上瘾。

也许是害怕自己上瘾，所以才故意让自己牌技一般。相比起集体活动，自己大概还是喜欢去做自己喜欢的事情吧，远藤想道。

他不时会听到同事们谈论自己，大体上是说自己多么无趣。工作的业务水平尚可，除此以外了无乐趣。不擅长跟人打交道，虽然不唯唯诺诺，但大体上没什么脾气。

远藤觉得大家说的也没什么问题。自己确实是这样的人，没什么脾气，也没什么主见。

也因为这点，课长的一句话就改变了他的人生轨迹。连起码的抗争都没有，他就出现在月面上，与心爱的人相隔三十八万公里。

但现在想什么都晚了。抓紧挨过这五个月，回地球和她相聚才是最重要的事情。远藤想道。

辉夜姬是以什么样的心情降生在地球的竹林之中呢？睡觉前躺在床上的时光里他忍不住胡思乱想。而竹取翁得到这件尤物的时候，内心大概是狂喜的吧。

我向静子告白获得她同意时的心情大概也是如此。远藤想道。

而辉夜姬回到月球时，竹取翁夫妇又会是怎样的心情呢？

就在这样芜杂的思绪中，远藤在月面上坠入梦境之中。

其五

平淡的日常中潜藏着两人对于这段关系的隐忧。

虽然静子不怎么抱怨，但是远藤能感觉自己和她的距离好像越来越远。

远藤刚到月球时，两个人关于自己的现状无话不说，哪怕是身边发生的一点小事也想说给对方听。一个月后两个人就已经不知道该说些什么了，可能一句早安之后很久都没回音。视频通话也从原来的每天一次变成了每周一次，两个人勉强说着身边的新鲜事，还有那种爱恋着对方的心情。

静子会在周末和朋友们一起逛逛街，工作的时候自己一个人加班结束后去吃拉面。而远藤觉得自己这边更加无聊，明明身处在一个非日常的环境中，这里却什么都做不了。那些地球上不常见的火箭、月球车辆、采矿车、月面营地已经成为日常的风景，成为自己无聊生活的一部分。没有一爿新奇的街角小店可以和静子去探查一番，没有能做出美味食物的居酒屋供大家下班后畅饮，哪怕只是想和心爱的人一起无所事事都做不到。在这片无聊的世界里，只能长出无聊之树，开出无聊之花，结出无聊之果。

每每想到这里，远藤都会从心底发出一声叹息。

就这样在无聊的月面工作中挨过几个月之后，远藤突然发现自己第一个回地球的假期即将到来了。在这段时间里，远藤和静子的关系在逐渐升温。同事们也在做好回家的准备，大家都对于这趟回家之旅有很多构想，想要一一完成。

远藤也是如此。他想和静子一起度过这一个月的时光，而且这几个月的工资确实要高很多，所以他打算回地球之后一定要玩个痛快。

为此远藤在最后半个月一直谨小慎微，在月面开车时总在提醒自己不要走神，在和静子视频时也会压抑着自己的情绪。不要浮躁呀，远藤总是这样告诫自己，不然可能会乐极生悲。

远藤和同事们一起经历了三四天的返程之旅。等飞船降落在种子岛基地时，大家才终于放心了。由于重力的变化，大家走出舱门时还不太习惯。但毕竟还是在地球上生活的时间最长，不到一两个钟头，所有人就都恢复了以前的走路姿势。

远藤乘飞机回到东京，静子在机场的外面一直等待着。两人见面之后给了彼此大大的拥抱。时隔一百五十天左右，远藤终于再次触碰到令自己一直朝思暮想的存在。

"想我吗？"静子脸上挂着大大的笑容。

"好想你呀。"看着静子的脸，远藤再也掩饰不住自己的激动之情，深深地吻了她。

远藤再回东京时，这里已经是一副入冬的派头。街道上的商家已经开始放着圣诞歌曲，提醒着人们即将迎来的欢聚时刻。

头一周两人先搬了家。远藤的工资已经可以负担不错的高层公寓了，于是两个人提前一个月就在讨论和选择合适的新住处。等远藤从月球回来之后,两个人就抓紧办好入住的手续。

因为家当不多,不到一天时间就都搬完了。又花了几天时间收拾和购置家具和电器,高层公寓变得越来越像家了。

正巧,圣诞节前夜也到了。入夜,为了庆祝两人乔迁新居,也为了庆祝冬季节日的到来,远藤打开了刚买的大瓶装的三泉老贵兹酸啤酒。两人依偎在沙发上,一边小酌杯中酸味纯净的美酒,一边看着窗外的夜景。到了半夜,两人交换了圣诞礼物。远藤送给静子一对漂亮的白金耳环,而静子也送给远藤一支万宝龙黑色签字笔,可以带到月面上使用。

之后,两人相拥入睡。

这是远藤在月球上计划了好久的事情,现在终于实现了。看着静子心满意足的表情,远藤也非常开心。这种幸福是用五个月的别离时光换来的,所以他想在其中多沉浸一段时间。

不过,即使远藤拥着静子入睡,也总会在梦中惊醒。梦中的自己无依无靠地躺在月球营地,心中唯有一片孤寂之情,宛如白砂之海。惊醒的远藤心跳很快,一脸惊恐地睁开眼睛,以为自己此刻还在月球。等感受到怀中的温暖之后,他才镇静下来。

这种梦并不仅仅代表过往,也预示着即将到来的分别。他还要回到那片寂寞之地,在那里是断不可能拥着心爱的人入睡的。那时候必然要和令自己惊醒的寂寞之情朝夕相处,远藤想到这里心中就徒增不快。

哎,不要想这么多了,远藤宽慰自己道,先让这一个月的时间充实度过吧,至少要让两人留下美好的回忆才是。

新年那天,两人去了港区的增上寺进行新年参拜。在那里静子为远藤买了御守，祝福他在新的一年也能平平安安。中午他们又去了第一次相遇的拉面馆，吃了一顿热气腾腾的拉面。

很快，一个月假期便结束了。

在正月快结束的某天，远藤再次和静子分别，踏上三十八万公里之外的土地。

其六

大概只需一瞬间，最亲密的关系就可以坠入谷底。

重回月面三个月后的某一天，入睡前的静子没发来早安的问候。远藤心想，可能静子正忙于加班。但即使这么安慰自己，他的心里多少还是有些惴惴不安。

结果远藤等到下班后给她发了早安信息，却依旧没收到回复。

远藤有些焦躁地点击了邀请视频通话的按钮，对面却没有反应。再次邀请时就提示跟联系人无法接通。

远藤的心一紧。他此刻远在月球，既没法下班后回家看看，也没法拜托关系很好的同事，因为他们和自己一样也远离地球。现在的远藤完全不知道自己该怎么办才好。

为此远藤罕见地失眠了。他在床上辗转反侧，一直不能入睡，索性坐起身来，想要看看月色。结果拉开窗帘后他才想起来，高悬在头上的天体是地球。

他出神地盯着这颗星球，一股奇妙的疏离感涌上心头。

心爱的人此刻正在那颗星球的某个角落。自己就像一枚风筝，全凭她那纤细的爱意之线牵着。一旦断掉，那自己必将失去与她的一切联系。

自己到底是为什么来月球，远藤不住自责道。

大概整整一周的时间，远藤完全联系不上静子。她到底发生了什么，自己也完全不清楚。他打算向本部申请回家探亲，但由于他和静子的关系只是恋人而非家人，所以理由有些不充分。老家的父母也无危重紧急的情况，所以远藤左思右想之后也不打算撒谎。

"我们分手吧。"一周过后，静子总算发来了信息，不过只有这几个字。

"能问问原因吗？"远藤思考了很久，然后回复道。

"你太久不在身边，感觉没有那么需要你了。"静子发来了文字。

"真的没法挽回了吗？"

"如果这五年你都在月球的话，我想还是算了吧。"

"嗯。"远藤不再说什么了。

和静子失联的一周里，远藤已经做好了分手的心理准备，虽然相当被动。所以当静子发来这条信息的时候，远藤心里的石头反而落了地。至少静子身上没发生什么意外，远藤想道。

不过毕竟是没有挽回余地的分手，远藤又失眠了一周。工作时他跟工友们说了一下自己的情况，大家也纷纷安慰了远藤。由于总部基本上都是挑选年轻人来月面上工作，所以大家多多少少会遇到一定的感情问题。有几个工友也是最近分了手。

"如果有了孩子，大概还能好一些。没有这些羁绊的话，这么久不在身边确实会出问题。"远藤刚来月球时带他熟悉车辆的池田敏久说道。

看来对于身处两个星球的恋人来说，这么长的时间和这么远的距离实在是过于煎熬。

了解这种情况之后，远藤倒也释怀了。并不是别人的不幸能减缓自己的难过之情，而是这种情况实属无奈。如果自己确实不能做什么，那就随它去吧。这是失眠了两周的远藤劝慰自己的方式。

但如果回想起来静子的笑容和温暖的触感，远藤还是会很难过。仿佛心脏被过往用力攥住一般，每次他都要深呼吸几次才能舒缓一些。

就在那些天，远藤遭遇了一件事情。

远藤并没有将这件事告诉别人，以免被同事误以为是失恋造成的精神崩溃。毕竟难过归难过，自己的状态也不至于此。

事情是这样的。

某天，远藤在驾驶月面车辆突然在路边看到一个人。那是一个朦胧却非常熟悉的身影。远藤立即反应过来，那个人应该是静子，没有穿任何防护服就站在月面上。

远藤的心瞬间提到了嗓子眼。他紧急踩了刹车，检查了自己的宇航服，然后急急忙忙地打开车门冲了出去。

毫无疑问，没有任何人站在那里。虽然理性告诉自己肯定看错了，但远藤还是走到了那边。

那边有一个直径大概一百米的陨石坑,远藤小心翼翼地滑了下去。陨石坑里空无一物,自然也没有她的身影。

这时候远藤抬头看着陨石坑上方的星空。一成不变的美丽星空,还有地球。但地球上令他魂牵梦绕的羁绊已经消散,所以看到它时空留难过的心情。这个陨石坑大概就是自己心上的一处洞口了,所以才会看到那个幻影,远藤想道。

他爬出陨石坑,坐回月面车上,假装什么都没发生过。

随着时间的流逝,难过的心情也在慢慢缓解。

几个月后再次回到地球的时候,远藤到了两个人相处了不到一个月的高层公寓。静子的个人物品都已经被她统统带走了,仿佛那一个月的时光从来不曾发生过一样。

如果是这样的话,自己也没必要负担一处每年最多住两个月的地方了。远藤跟中介打了招呼,住完这个月就打算搬出去。

时值夏夜,远藤每天都会跑到六本木的酒吧,要么喝调酒师们做的调酒,要么喝口味很重的帝国世涛。至于酸啤他是不打算再点了。

回到住处之后,他洗漱完倒头就睡。高层公寓的窗帘不曾被远藤拉开,之前和静子一起看夜景的沙发他碰都没再碰过。

大概是在和什么东西作战吧,有时远藤想想自己的举动便苦笑道。

在地球上休整的最后几天,他又租了一处便宜的公寓。能搬过去的东西还是尽量搬过去,但很多大件家具都被远藤处理掉了,包括那个沙发。

新公寓虽然便宜,但还是比以前他和静子一起住的老公寓好很多。不过,在住里面的几天里,远藤还是不时和脑海中静子的背影相遇。那时远藤心里五味杂陈,既懊恼又悔恨。

他只能每天都跟自己的记忆战斗,直到时间让心上的洞口止血结痂。

这一生里,远藤也没再见到过井原静子,仿佛她只是记忆中的一缕阳光,万籁俱寂的时候她就会从脑海中的某处突然冒出来。

也许,此生再也无法和她相见了。

重回月球之后,远藤把电子相册里的照片都删掉,然后望着窗外茫茫无际的白砂,为月球和自己唱了一首孤独的歌。

(本文创作于2020年9月)

绮月物语

其一

石原春一梦到小时候在祖父家度过暑假的往事。

在铺着榻榻米的起居室里,春一盘腿坐在拜垫上,邻居家大他一岁的翔子姐挨他坐着。她扎着一束单马尾,身穿白色的连衣裙,赤裸的双腿伸在木桌下。外廊上的蚊香冒出细细的烟迹,阵阵夏风弄响风铃,声音清脆悦耳。两人面前的木质矮桌上摆着深棕色的茶杯,杯中散发出大麦茶的香气。还有一个盛着点心的深棕色陶盘,上面有春一和翔子都很喜欢的和菓子。春一的奶奶石原绿经常会做些和菓子,深得家人的喜爱。不过,两人还没打算品尝眼前的美食,因为此刻他们正沉迷在春一的爷爷石原耕一郎制作的游戏中。

在退休前,爷爷是个很厉害的游戏制作者。擅长美工和编程的他在公司中是游戏开发团队的主要支撑者,经常开发一些和式风格的游戏。退休后,爷爷还是会以一己之力利用VI①技术来做些游戏和程序,而春一和翔子是这些游戏的测试者。现在

---

① Virtual Intevface,虚拟视觉界面。

是 VI 设备大行其道的时代，这是一种类似于隐形眼镜的装置，可以让人们获得增强现实的效果。戴在瞳孔上，人们随时可以利用手势激活视野中的虚拟键盘，另外查看基于 GPS 定位技术的各种信息。

春一和翔子虽然身处于起居室中，眼前却是一派水族馆的景象，与 VI 关联的蓝牙耳机中传来海的声音。珊瑚层层叠叠地排布在榻榻米上。不时有几只小丑鱼从珊瑚的缝隙中钻出，在翔子的手边游来游去，她慢慢抬起手，小丑鱼们便也跟了过去。丑陋的鮟鱇鱼打着灯笼，往海的深处游荡着。藏在海底细沙中的比目鱼小心翼翼地等鮟鱇鱼离开后，才敢扇动身体，激起一阵尘屑。金龙鱼慵懒地游向外廊，一副悠然自得的派头。一群沙丁鱼从房顶上冒出来，鱼群顺着水流的方向改变着行进的路线。有两只海豚游到他们触手可及的位置，好奇地盯着他们看个不停。突然，室内的光线变暗了。春一和翔子站起身来，跑到外廊，地板上响起一连串踏踏的足音。两人向天空探出头，看到一只体型巨大的座头鲸在蓝天中翱翔，遮住了太阳的光芒。

"耕一郎爷爷，你是怎么做到这点的！"翔子兴奋地喊着。

"这个很简单，只需要降低 VI 的透光度就好了。"爷爷露出得意的笑容。

"这些建模好逼真！我能摸摸它们吗？"回到桌旁，春一向海豚伸出手去，可惜手直接穿过了海豚的身体。

VI 不可能模拟触觉，春一明明知道这一点，却还是忍不住尝试一下。

在失望之中，春一醒了过来。

"嗨呵!"春一穿着白色的短袖衬衣和蓝色的牛仔裤走出房门,站在盂兰盆节的阳光中。等待父母出来的时间里,他忍不住伸着懒腰,肆意享受着舒展身体所带来的快感。

这时春一听到一声咔哒声,隔壁邻居立川家二楼的窗户打开了。春一回头望去,结果窗户又被关上了。应该是翔子姐吧。

他心里多少有些难过。

大概在一年前,父亲被他所在的公司派遣去东京。那里是公司的总部所在地,对于父亲来说,这是一个无法推辞的差事。春一希望自己可以留在家乡,毕竟同学们都在这里,而且做一个转校生的滋味一点儿也不好受。

但爷爷年事已高,奶奶也已经去世多年,父母对春一不放心,只能带他去东京。

事出突然,春一原本想和翔子好好道别,毕竟两人从小就是青梅竹马。结果翔子知道这件事后非常生气,在春一离开那天也没有出现。

"不要再跟我联系了!"当时,春一的VI收到翔子的这条回复。

走之前,春一跟爷爷抱怨过这件事情。

爷爷对于父亲离开家乡这件事并不反对。自己虽然年纪大了,但暂时还不需要被人照顾。VI的功能非常方便,如果有紧急情况的话,可以随时用VI和附近的医院联系。遇到自己处理不了的家务活还可以向家政服务公司下单。对于父亲来说机会难得,所以爷爷在听到这件事后还是很高兴的。

至于春一的情况,爷爷心里也很清楚。翔子对于春一而言是一个特别的存在。但这是没有办法的事情。

这次回到家乡，是因为家里人要为奶奶扫墓。

春一的父母跟邻居立川一家商量好，一起出门去半山腰的墓地。翔子穿着淡蓝色的连衣裙，跟在两家人的后面，看到春一之后一言不发。春一加快脚步，跟到她的身后。

"翔子姐，好久不见……"春一试图打破两人之间冷淡的氛围。

翔子什么都没说。春一也不再说话，只是在翔子身后看着她。不知道翔子究竟在生什么闷气。好不容易回到家乡，没想翔子的态度依旧这么冰冷。

翔子突然定住了身子。她被路边的站牌吸引过去，春一也顺着她视线的方向看去，除了站牌什么都没看到。这时春一才想起来，他把VI的过滤功能提到了很高的级别。

在东京的街头走动时，由于佩戴了VI的缘故，人们的视野中会出现大量的信息，有些信息非常有趣，但大部分的信息都是无聊的广告或者毫无意义的留言与涂鸦。在寸土寸金的地段，这些繁杂恼人的信息扑面而来，将人们的视野完全淹没，大家都不胜其扰。为此，很多人都开启了VI中的信息过滤功能。

这种功能可以进行定制。VI的使用者可以根据信息本身所携带的标签来过滤，比如"广告""视频""留言板"等。受政府管理条例的限制，广告业者必须将他们基于某个地点发布的广告信息打上"广告"的标签，结果春一就将这类标签大体都屏蔽掉了，唯独把自己喜欢的游戏或者自行车品牌的广告置于例外选项中。

但广告不是唯一恼人的信息类型。东京街头有大量意义不明的涂鸦，甚至有些恐怖的恶作剧信息。好在 VI 的使用者还可以按照信息发布者来过滤信息，除了 VI 联系人中的亲人、朋友和同学以外，其他人发布的信息一概被过滤掉。这样，春一走在东京街头时就不会被那么多信息纠缠住。

"翔子姐，你在看什么？"他一边准备关闭标签过滤功能，一边问道。

"妖怪。"翔子说道。

"呃……"春一吓了一跳，然后停下手中的动作。看来标签过滤功能还是保持原样比较好。不过翔子还是老样子，从来不在 VI 中设置过滤功能，所以她也总能看到很多奇怪的信息。春一很难想象翔子每天所看到的世界究竟是怎样的。

不一会儿，他们就来到了附近的小山。石阶的入口处是红色的鸟居，附近的几棵巨大的树木被注连绳围住。走在石阶上，春一看到盛夏的阳光照射到郁郁葱葱的树木上，这幅景象让他觉得心里痒痒的，好像有什么东西要随着这股盛夏的生机萌发而出。从管理人那里借了木制的水桶和舀子，打了水，两家人暂时分开。

来到奶奶的墓碑那里，春一和父母一起将附近的落叶残枝收到垃圾袋中，然后用舀子向墓碑浇水，冲洗完毕后再用抹布擦干。慢慢摆放好从花店买的两束百合花，还有奶奶喜欢的和菓子与一壶两合①左右的清酒。之后再摆上用黄瓜和茄子做的精灵马与精灵牛，以及一个西瓜。点燃香烛，用手扇灭火苗，全家

①两合大约为 0.2 升的容量。

人一起向墓碑双手合十，进行祭拜。

奶奶石原绿已经去世五年半了，死于突发的心肌梗塞。春一闭上眼睛，回忆着小时候祖父母家中的状况。爷爷生性浪漫，同奶奶十分恩爱。虽然爷爷有些轻度的糖尿病倾向，但由于奶奶会做好吃的和菓子，他经常会为此缠着她。在奶奶的面前，爷爷总会像撒娇的小孩子一般。奶奶拗不过他，所以会给他做些南瓜馅儿的和菓子。每每看到爷爷大快朵颐的样子，她的脸上总会露出开心的笑容。

别看爷爷在奶奶面前是这副样子，实际上他非常有毅力。不管是在工作的时候，还是退休之后，爷爷经常会去晨跑。以前爷爷的同事来家中聚会的时候，还会聊起这些事情。春一当时年龄还小，不过很多事情都还记得。

"石原君工作非常认真，对于新兴的编程软件也很熟悉，而他制作的游戏人物非常讨玩家的喜欢，不愧是团队里的顶梁柱。"一个身材有些微胖的老人说道。

"是啊。不过石原君也很注意身体呢。他经常会去附近的公园晨跑，到公司的楼顶做保健操，下班的时候会换上跑鞋，坐地铁的时候提前几站下车，然后徒步跑回家里。"坐在对面的老人弓着腰回答说。

"对对，石原君还是蛮在乎身体的保养。"大家七嘴八舌地附和道。

"毕竟咱们的工作太过磨损，还是多注意一下比较好。"爷爷笑着说道。

至于爷爷的技术水准，那更是没得说。他在家里做了很多用于 VI 的游戏和软件,春一和翔子从小就玩着这些游戏长大。家里有时候会成为巨大的水族馆,或是秋意渐凉的野营地。他们两人一起合作,将爷爷制作的游戏慢慢通关。爷爷还为自己家里制作了一款管家系统,戴上 VI 之后,大家可以看到小狐狸形状的管家可以跟随大家的脚步行动。那只小狐狸的名字叫"痕"(在日语里读 KON,是狐狸叫声的拟音)。

看到这只栩栩如生的小狐狸之后,翔子还缠着爷爷为他们家特制了一款管家系统,形象是一个穿红色和服的七岁男孩,大家称他为"座敷童子"。

春一想起夏季的夜晚,祖父母家的院子里弥漫着茉莉花的香气,这是奶奶最喜欢的花。春一和翔子会陪他们一起坐在外廊上欣赏月色,吃着用泉水冰过的西瓜,其乐融融。

可惜好景不长,奶奶去世了。送别奶奶的时候,爷爷在父亲的搀扶下走到她的墓碑前,一副泫然欲泣的表情,最后双手合十,向陪伴他一生的人道别。从那天起,爷爷就经常发呆,在桌边一坐就是几个钟头,或者埋头于开发新的游戏。

祭拜结束,全家人收拾好食物和其他垃圾,仅留香烛在墓碑前。准备下山时,两家人再次汇合。完成了祭拜的仪式,大家的心情舒缓了一些。这回春一和翔子走在队伍的前面。

"跟弟弟说话了吗?"春一问道。

"嗯。"翔子点点头。

两人肩并肩走着。春一感觉翔子的态度不像开始时那般拒人千里。

过了一会儿,翔子指着春一的背后说道:"话说,痕一直在你的背后跳来跳去,不管它真的好吗?"

"痕在跟着我们吗?"春一回头看了看,却根本没有看到小狐狸的身影。

"你看不到它吗?"翔子问道。

"啊?!"春一的头上顿时冒出了汗珠。

其二

扫墓的前一天下午,春一和父母一起来到爷爷家里。

爷爷的痛风病又犯了,膝盖和脚踝疼痛不止。所以他只好在家中悼念亡妻,没法跟大家一起去墓地。

父亲跟躺在床上歇息的爷爷简单谈了谈工作上的事情,妈妈去做了一些拿手的饭菜。

离开前,爷爷叫住春一。

"翔子还是不理你吗?"

"嗯,是啊……"想到这里,春一又叹了一口气。

"年轻真好呐。"爷爷笑着说道。

"哪里好啦!"

"想当年,绿的脾气也很倔,我可吃了不少苦头呢。"想起过去的事情,爷爷摇了摇头,接着说道,"明天好好把握机会哦。"

那时,春一还以为爷爷只是在为自己鼓劲。

扫墓回去的路上,春一由于翔子的话而产生一丝恐惧感。

虽然翔子喜欢对春一做些无伤大雅的恶作剧,但那时的翔子总会露出坏坏的笑容,而且现在两人之间的关系还非常微妙。这回翔子应该没有欺骗自己。

春一赶紧激活 VI 的控制界面,然后把所有的标签过滤功能都暂时屏蔽掉,瞬间他的视野中出现了很多信息,既有广告,也有其他人信手涂鸦的奇怪画面,以及痕。

痕一边跳来跳去,一边围着春一转圈。等春一可以看到自己之后,它便慢慢走到了前面。

"你不小心把痕屏蔽掉了?"翔子问道。

"我刚检查了一遍标签管理,并没有屏蔽痕啊。会不会是系统的 Bug 呢?"春一也冒出满头的问号。

痕走到前面,然后转过身来,抬起右爪冲两人招招手,那姿势令春一想起了拉面店里的招财猫。于是两人快步跟上。

走了一会儿,小狐狸走到站牌旁边。

"啊! 这就是刚才的那个妖怪!"翔子说道。

春一慢慢走近妖怪,然后仔细观察着她的样子。她穿着华丽的红色和服,面容娇媚,头上却顶着一双狐耳,身后露出九根毛茸茸的狐尾。痕跳进她的怀中,她轻轻抚摸着小狐狸的脑袋,小狐狸露出惬意的神情。

"小哥,你终于肯看我一眼了。"妖怪的微笑勾人心魄,春一猜测她应该是传说中的妖狐玉藻前。

"嗯……"春一不知如何回答,只好应声。他利用 VI 的虚拟按键来和面前的虚拟人物进行互动,然后检查一下妖怪和痕的制作信息。果然是玉藻前。

"他们的制作者是谁呢？"翔子好奇地问道。

"是……我的爷爷。"春一检查完后，关闭了制作信息的界面，接着说道，"跟我们来的小狐狸不是痕，而是痕的2.0版本。"

"如果是你爷爷制作了它们的话，那么你应该可以直接看到啊。毕竟你的VI并不会过滤亲属的信息。"翔子有些不解。

"嗯。不过这两个造物的制作者名称是爷爷刚出道时用的名字'グリーン'（英语单词Green的片假名）。我没想到爷爷还会用这个笔名继续创作信息，所以没有添加到白名单中。"春一回忆起小时候在爷爷家玩游戏时的事情，然后继续用VI检查着玉藻前和痕2.0的隐藏信息，不过一无所获。看来只有和它们互动才能得知更多的信息。春一盯着玉藻前，接着问道："爷爷为什么要你们来这里呢？"

"这是游戏哦，爷爷希望你们两人一起来测试，游戏测试完成可能会花一天左右的时间，"玉藻前笑着说道，"春一太笨，自己没法通关，翔子也来帮忙吧。"

原来如此。

"是什么游戏呢？"

"这是爷爷第一次用'グリーン'这个名字创造的游戏。"玉藻前举起右手，她的指尖燃起了蓝色的火焰。春一用VI选中火焰，然后将游戏下载到VI中。

"还有其他信息吗？"春一接着问道。

"我只携带这一条信息。"玉藻前遗憾地摇摇头。

"好吧。"春一猜测玉藻前的功能类似于游戏中的NPC，应该不会说谎。那么剩下的事情就得靠自己了。玉藻前和痕2.0逐渐退向山脚下,然后走进一块山石之中。

"耕一郎爷爷真狡猾……"翔子喃喃道。

"翔子姐如果不愿意的话,我自己来就……"说到这里,春一就被翔子打断了。

"我会帮你的。正如耕一郎爷爷所说,春一的确太笨了!"翔子面露自信的神情。看来翔子在爷爷的游戏面前也会跃跃欲试。

不过,总感觉自己莫名其妙地就被抹黑了……你们开心就好。春一摇摇头。

已经临近中午。

两人去附近的家庭餐厅吃着快餐,吃完后春一点了碳酸饮料,翔子点了草莓圣代,两人待在餐厅里开始研究玉藻前交给他们的游戏。

春一先检查游戏的信息。这是爷爷在 VI 出现之前制作的作品,最近才由他移植到 VI 上。这是一款带有分支选择的文字配图游戏,讲述了一个热衷于编程的少年在进入高中后喜欢上同班女生的故事。游戏本身很质朴,画面和音效和他现在的作品无法同日而语。但在这款游戏中,爷爷的才华已经显露出来,除了朋友帮忙完成音乐方面的录制以外,画面和故事脚本均由他一人完成。

游戏的内容不多,所以他们玩起来进度很快。等玩到游戏的结尾时,游戏的背景画面进入到图书馆中,少年向梳着两条麻花辫的同班女生走去。窗外一片黄昏的色调,而巨大的樱树下落樱纷纷，画面和音乐明明稚气未脱，却也让人觉得非常温馨。当少年来到少女的跟前时，游戏中出现了两条选项——

1.向她告白。

2.擦身而过。

"要不要先选第二个选项？"春一问道。

"嗯。"翔子先将进度保存，然后点点头。

少年与少女擦肩而过。少年没有哭泣，但是心底深处充满了空虚的怅然。四周的景色逐渐黯淡下去，他的世界重回一成不变的状态。

最终游戏的画面上显示出大大的"BAD END"字样，惹得两人唏嘘不已。

春一重新加载保存的进度，这次他们选择了第一个选项。

少年走到少女的身边，轻声对她说："请同我交往吧。"

少女微笑着看他，嘴唇轻声说着什么，可惜突如其来的风轻抚窗帘，让少年没有听到少女的声音。游戏在这里戛然而止，令春一觉得意犹未尽。

"话说，游戏就这样结束了吗？ 不是说要一天嘛……"春一有些疑惑。

"的确很奇怪，游戏明明很简单啊。"翔子也不解地回答说。

"不过，有谁会在图书馆里向女生告白啊……"他对游戏的剧情吐槽道。

"咦，莫非春一不知道？"翔子歪着头，指尖轻点嘴唇。

"不知道什么?"

"当初耕一郎爷爷就是在图书馆里向奶奶告白的啊。而且你的奶奶告诉我,爷爷就是在图书馆里让奶奶来玩这款游戏的,玩完之后就向她告白了。"回忆着他们之间浪漫的逸事,翔子不禁捂嘴笑道。

这种告白方式不会吵到图书馆里的其他人吗?春一心里碎碎念道。

游戏结尾的过场动画很简短,主要显示了制作者和开发工具的信息,不过最后一幕的右下角却显示"つづく"(未完待续)的字样。

原来是这样啊!

春一想了想,然后对翔子说:"看来游戏还没结束。"

"嗯,不过该怎么继续呢?"

"我猜,我们应该去一趟市立图书馆。那棵粗大的樱树就在图书馆的中庭。"

"原来如此!"翔子恍然大悟。

两人离开餐厅,走向市立图书馆。为了保证自己不会看漏任何消息,春一没再开启标签管理的功能。但这样一来,一大堆平时看不到的信息就都扑面而来。

很多地方都有广告,然后是人们留下的微妙的信息。有的长凳上写着"失物招领",但上面明显空无一物。有的树下被标注着"蚂蚁窝"的字样,字体歪歪扭扭的,应该是顽童用手写上去的。街心花园的跷跷板上写着"太郎天下第一",完全不明所以。而滑梯下面用小字写着什么，明明看不清楚，字体却又发着光。

好奇心折磨着春一前去一探究竟，结果是有人画了一把相爱伞。这是一条公开的信息，那人却故意用罗马音标的英文首字母写着相爱伞下两人的名字，这让春一哭笑不得。

"明明是想告诉别人自己的心意，结果却弄成这样半吊子的信息！"春一摇摇头。

"把自己的心意告诉别人需要很大的勇气。"翔子反驳道。

出乎春一意料的是，图书馆里面依旧有纷繁复杂的无用信息。

"这里奇怪的信息把有用的书全都淹没掉了。"春一向管理员中的一个年轻姐姐抱怨道。进入图书馆的认证非常方便，只要把自己VI中的个人信息通过图书馆的专用网络拖入到指定区域，借阅证很快就能办理下来。

"是啊……不过我们一开始还向VI公司的技术担当申请高等级权限，以便清理图书馆里的垃圾信息。但一来这样太麻烦，二来大部分人都设置了标签过滤的功能，所以我们就不再处理这些事务了。"管理员的脸上也写满无奈。

"你也把大部分信息都屏蔽掉了？"春一好奇地问道。

"嗯。不然，只要一进入图书馆就什么都看不到了。"

春一只好对管理员苦笑，然后回头望向翔子。翔子习惯了与纷繁的信息共存，正饶有兴趣地在其中徜徉着。春一叹了口气，一边小心被信息挡住的书架，一边快步跟了上去。

这样找下去的话，何时才能找到爷爷设置的信息呢？

"对啊!"春一在心里想到了什么,然后去拍了拍翔子的肩膀。

"有什么好主意了吗?"翔子小声问道。

"嗯嗯,"春一也小声回答说,"我们把标签滤过的权限设为最高,然后将'グリーン'这个制作者名称设为例外。"

"也就是说,除了带有'グリーン'标签的信息,其他信息我们都看不到了,对吗?"

"正是如此。"春一会心一笑。

其三

五年前,翔子的弟弟小忠去世了。那时他刚七岁。

暑假里,同班同学偷偷约定去附近的河川玩耍。在没有成人照看的情况下,翔子的弟弟不慎溺亡在那条河里。

翔子一直躲在屋里哭,连弟弟的葬礼都没有参加。无论父母怎么劝她,她都不出自己的屋子。她很宠爱这个弟弟,姐弟的感情一直都很好。如此亲近的人就这样永远离开了这个世界,这对于那个年纪的翔子来说是一个难以恢复的打击。

"哎,翔子,去跟小忠道别吧。不然的话,他是没法安心去那个世界的。"那天晚上,春一从自己家的阳台翻到翔子家的阳台,然后轻手轻脚地进到她的房间里。

"问题是他已经什么都听不到了啊!我去跟他道别又有什么意义?这种仪式对于小忠来说还有什么用呢?"翔子掀开被

子，对眼前的不速之客充满敌意。

"我说不好。翔子姐，我觉得你是对的，小忠应该什么都不知道了。但我觉得，这一切对于你父母而言是有意义的。其实对你也是有意义的，"春一顿了顿，接着说道，"不好好和小忠道别的话，你将来会更难受的，毕竟你这么疼他。不要让他就这么走了。"

这之后，春一就从阳台翻回到家里，走下楼，然后又从正门来到翔子的家中。

僧人们为棺材里静静躺着的小忠做着法事。小小的棺材，小小的寿衣，小小的面庞。不一会儿，翔子穿着睡衣就从楼上走了下来。人们注视着她，看她在弟弟的面前泣不成声。

春一看着翔子，自己也不禁哭了起来。

春一从最高层的借阅室向下找，而翔子从一楼的借阅室向上找，很快翔子就在三楼借阅室的角落里发现了爷爷留下的信息。

一个妖怪倚在窗边。窗外就是那棵粗大的樱树，可惜时值八月，枝叶繁茂的树上是没有樱花的。她一席深蓝色的和服，两腿都从和服中露了出来，左腿搭在窗台上，右腿耷拉下来，用悠然的姿态端着烟枪吞云吐雾。脚上只穿着足袋，没有看到木屐。一看就是爷爷的制作风格。

"呃……在图书馆里做出一个烟烟罗来，爷爷可真够腹黑的。"春一小声吐槽道。毕竟这是依附于烟火的妖怪，要是被图书馆的管理者们知道了肯定会抓狂。

他走上前去,检查妖怪的制作者信息。的确是"グリーン"。

"你有留给我们的信息吗?"春一问道。

女妖没有说话,只是用长长的烟枪柄指着一本书。春一看了看书脊上的名字,原来是《情书》。这本书是岩井俊二的小说,春一还没有读过。他慢慢翻动着书页,仔细查找着和爷爷有关的信息。

"没想到是这本书。"翔子凑上前去。

"你看过?"

"当然看过。这部作品非常好看,这部小说的同名电影也非常好看!尤其是结尾那里,不管读多少遍都会感觉心里暖洋洋的。"翔子回忆着自己的阅读感受。

春一翻到结尾处,然后读了起来。

学生们显得有些害羞而踌躇不前,结果遥香说:"我们发现了一件好东西。"

说着,把一本书递到我眼前。那是马塞尔·普鲁斯特的《追忆似水年华》。就是他那时所留下的那本书。

学生们对着目瞪口呆的我喊着:"里面。里面的借书卡!"我照着他们所说,看了看里面的借书卡,上面有藤井树的签名。可是学生们依旧嚷着:"背面,背面!"

我不明就里,毫无防备地把那张借书卡翻了过来。

我说不出话来。

那是中学时代的我的画像。

回过神来,发现他们正津津有味地偷看我的表情。

我一边故作镇定,一边想把卡片放进口袋里。但不巧的是,这件我喜欢的背心裙上竟然没有任何口袋。

的确是非常温暖的结尾。

"对了,春一!去看看书封内侧的借书卡吧。"翔子突然想起了什么。

春一翻到书封那里,拿出借书卡看了起来。由于标签的过滤作用,春一只看到了上面附着了一条 VI 的信息——相爱伞下,一边竖写着"グリーン",另一边竖写着"ミドリ"("绿"的片假名)。

是奶奶的名字。

这就是爷爷想要传达的信息吗?春一自问道。

"还没完呢。"女妖开口说话了。

春一走到女妖的跟前,等待她的新提示。

这回她将一份地图资料传给春一。稍加分析,春一就知道这是某个公园的地图。爷爷经常会在这里晨跑,风雨无阻。一抬头,烟烟罗正化作一股淡淡的烟,渐渐从春一的眼前消散掉。

下午三点左右,春一和翔子来到公园里。园中树木茂盛,夏风不时拂过枝头,叶子们发出窸窸窣窣的声音。两人依旧分头去找,不一会儿他们就找到一只天狗模样的妖怪站立在粗壮的树枝上。

"喂!"春一站在树下面,试图跟高高在上的妖怪搭话。但妖怪根本不理他。

这要怎么办呢?

"好像只能慢慢爬上去了。"翔子说道。

"唔……"春一围着树转了一圈,看着半米粗的树干,然后转身对翔子说道,"我可不想在大庭广众之下爬这棵树啊。"

"我替你爬吧。"翔子伸展着手臂,一副游刃有余的样子。

"别……还是我来吧。"春一苦笑着说道。

他想起小时候和翔子经常爬树,一不小心就会割坏衣服或者擦破手掌,回家之后总会招来一顿训斥。但他们依旧乐此不疲,因为树上的景色总归是和地面上的不一样。长大之后,这些记忆已被他逐渐淡忘了。

手掌接触着粗糙的树干,胳膊将其环抱住,鞋子也尽量踩在树皮上凸起的部位。这份痛感在记忆中慢慢复苏,春一就向上一点一点爬着。万幸的是,没有人注意到他,起码没有招来公园的管理员。

心怀负罪感的春一加快了爬树的速度。树皮不时会钩住他的衣裤,他又不敢太过用力。花了不到十分钟的时间,春一终于爬到了妖怪那里,他却以为自己至少用了半个小时。

"话说,爷爷为什么要把你放在这儿……"春一小心翼翼地踩在树枝上,然后对妖怪说道。

红脸高鼻的妖怪转过头来,傲慢地拿出一个音频文件。春一通过VI点击那个文件,然后就被自动下载下来。

音频文件的制作者依旧是"グリーン",而录制的设备则是几十年前的某款手机。看来这个文件是很久以前制成的。

春一把文件共享给树下等着的翔子。两人一起戴上蓝牙耳机,听了起来。

"两周前,我和绿分手了。"里面传来一个男子的声音,大概是年轻时的爷爷吧,春一如此想道。

"我和绿已经交往六年时间了。在不知不觉中,恋爱从最初的甜蜜变成了一种负担。我想成为游戏制作者,一直在研究编程和美工的知识,而且需要经常接触不同开发团队所出品的新游戏。每天的时间总是太短了,所以我总会在深夜里玩游戏,甚至会为此通宵。在她眼里,我这种不规律的作息是在磨损自己的生命。而我却觉得,她每天都在管我这些事情,实在是太烦人了,毕竟我也没有什么办法。我们经常会为此争吵,直到两周前我向她提出了分手。"啊,看来音频的录制者的确是爷爷本人。

"分手的第一个晚上,我觉得自己终于重获自由了。我买来消夜,准备打通之前购买的一款游戏。但等到夜深人静的时候,我看着游戏中的画面,脑子里却全是绿的事情。我突然明白,即使我打通了游戏,我也不能再跟她分享自己的喜悦了。想到这里,我的眼泪就突然抑制不住地流了下来。我突然失去了打游戏的心情,躺倒床上,辗转反侧。

"第二天早晨醒来的时候,我的脑袋里也非常混乱。我看着之前我们互道早安的短信,很想去跟绿说些什么,却又不能这么做。整整两周了,我每天都过得浑浑噩噩,好像自己的灵魂错入了一个与己无关的肉体,过上了与己无关的生活。我本以为我能很快适应,结果并非如此。我突然意识到,绿对于我而言是非常重要的存在。今天,我来到了公园,这是我们经常一起来玩的地方。录完这段语音之后,我准备打电话给绿。我想再听到她的声音,希望她能原谅我。

"我想告诉她,我非常想她。"录音戛然而止。

待两人都听完音频,天狗对春一说道:"等到月亮出来之后,就来这里跳盂兰盆舞吧。"

说罢,天狗就张开背上硕大的翅膀,向着太阳的方向一飞冲天。

其四

四年前的一天,春一和翔子一起走在放学的路上。夕阳缓缓向西沉去,将两人的影子斜斜拉长。十字路口的交通信号灯发生变化时会响起《通行歌》的旋律:

通行了,通行了。
这是哪里的小道?
这是天神的小道。
轻轻通过到对面去,
如果没有要事就不需通过。
为了庆祝孩子七岁生日,
请笑纳钱财保我平安,
出行容易归途却很可怕。
虽然归途可怕,
但也通行了,通行了。

翔子跟着歌曲的旋律哼唱起来。如果仔细想一想的话，这首曲子的寓意还是相当恐怖的。

"阿春，你觉得座敷童子在这个世界上真的存在吗？"

"不知道啊。翔子觉得有吗？"翔子前天去给小忠扫墓了，所以才会想到这个问题吧，春一心里想道。

"我也不知道。只是希望会有，这样我就能见到小忠了。"

那个时候，VI技术已经传播开来。春一的爷爷根据自己的经验，很快就把痕创造了出来。只要戴上VI设备，就能看到这只活泼可爱的小狐狸。还没退休的时候，爷爷就喜欢用日本传说中的妖怪来创造游戏中的角色，而上手VI的游戏开发之后，爷爷发现这个技术能达到更加真实的效果，不论是什么样的妖怪，都仿佛触手可及，现实与虚拟的界线在慢慢消失了。

"阿春。"沉默了一会儿，翔子突然说道。

"怎么了？"春一歪过头去。

"我想拜托耕一郎爷爷来制作一款有座敷童子角色的VI管家系统。"

后来，爷爷答应了翔子的要求。每当翔子回到家里后，穿着红色和服的七岁男孩就会和她形影不离。在翔子的父母眼中，这个景象实在是有些怪异，但他们拗不过翔子，而且在日本的传说中，座敷童子是一个守护宅运的妖怪，所以他们对这件事只能睁一只眼闭一只眼。

看着恢复生气的翔子，春一突然觉得，生与死的界限也因为VI的存在而变得模糊了。

盂兰盆庆典的晚上,节日的气氛渐浓。

两人约好在公园的大门相见,这里也是今晚庆典的入口。春一依旧是白天时的穿着,而小孩子们穿着各种颜色的浴衣和木屐,围着各个临时摊位玩个不停。公园附近挂起无数彩灯,来参加庆典的人们越来越多。春一不禁想起小时候和翔子一起参加这些夏日庆典的样子。那时候他们两人都会穿着浴衣,而且翔子总会缠着春一给她买苹果糖吃。春一也从不拒绝,因为看到她的舌头染成红色也很有趣。

"我来了。"随着木屐传来的踏踏声,翔子走到春一的跟前。

她穿着淡绿色的浴衣,上面点缀着白色长尾蝶的花纹。手里提着绘有青色小鱼的蓝色和风手袋,非常漂亮。木屐上是翔子的裸足,纤细的脚踝和小巧的脚趾暴露无遗。一瞬间,春一还以为自己回到了过去。

"这件浴衣如何?"她露出坏坏的笑容。那个令春一非常熟悉的翔子姐又回来了。

"很合身。"春一的表情略显紧张。

"那么,请我吃苹果糖!"翔子拉住春一的手,往公园里走去。

章鱼烧和炒面的摊位跟前人满为患,而孩子们在捞金鱼和射击的摊位面前开心地叫嚷着。为了不被人流冲散,春一紧紧握着翔子的手,就跟小时候一样。

找了一会儿,两人在卖棉花糖和面具的摊位之间找到了苹果糖的摊位。

"多谢惠顾!"摊主笑嘻嘻地将红彤彤的糖果递到翔子手上。

她轻轻用舌头舔着糖衣,和小时候别无二致。

两人一边在庆典中闲逛，一边寻找着耕一郎爷爷留下的提示。不过哪里都没看到与"グリーン"相关的信息。

一会儿，两人走到公园中心的空地上。这里灯火通明，乐手们站在两层的木制高台上敲着太鼓，男女老少围成一个圈，伴着鼓点的节奏跳起盂兰盆舞。没有跳跃等剧烈动作，变换手势和身形还有击掌就能完成舞蹈动作，老少咸宜。

"我记得那只天狗提示我们一起跳盂兰盆舞。"春一说道。

"嗯。"翔子点点头。

两人一起加入跳盆舞的队伍。老婆婆们在队伍的前面跳舞，后面的小孩子们笨拙地学着，令人忍俊不禁。大家脸上都洋溢着笑容，气氛宛如这个季节的气温般火热。

一切都宛如小时候的样子。春一跟在翔子的身后，看着她的长发随舞姿的变换而晃动，而被浴衣裹紧的纤细身姿非常美丽，使他根本无法移开视线。

在人们的欢声笑语之中，春一的心中却产生一股想哭的冲动。盂兰盆的假期结束之后，他就要随父母回东京了。说不定以后只有在这个有着"民族大移动"之称的假期中，他才能回到故乡，见到自己的爷爷，还有翔子。

这时，春一发现 VI 中的视野突然暗淡下去，地面上出现了巨大的身影。抬头望去，一只天狗张着翅膀，挡住了皎洁的月亮。

"翔子姐，快看！"春一拍着翔子的肩膀。

这一定又是爷爷的杰作。

两人跟着天狗飞行的方向，走出庆典的队伍，来到公园旁边的小山脚下。那里出现的情景令春一瞠目结舌。

百鬼夜行。

无数只妖怪举着昏黄的灯笼,慢慢沿着石阶山路向山顶走去。春一认出了其中的络新妇、河童、桥姬、骨女、百目妖、青坊主、雪女,还有白天遇到的那几只妖怪。另外有很多妖怪春一还叫不出名字。

两人悄悄跟在妖怪组成的大队伍后面,慢慢走上山。妖怪们一步一停,嗫嗫低语,春一和翔子便也随着他们的节拍前进。

"耕一郎爷爷的作品依旧令人印象深刻啊。"翔子低声赞叹道。

"是啊……"春一点头道。

"如果不想被妖怪们吃掉,就不要说话。"两人前面的青坊主回头说道。

等队伍行走到山顶,前方的灯火便逐渐熄灭。这些妖怪仿佛进入看不见的门中,身形逐渐消散。等到青坊主也消失不见时,春一和翔子便停下了脚步。两人的眼睛在逐渐适应着黑暗,而翔子再次握住了春一的手。

山顶的地面砌着石砖,视野非常好。两人向山脚看下去,可以看到张灯结彩的庆典,好不热闹。而抬头便能看到满天的星河,壮绝的景象让两人屏住呼吸。

"阿春,看那里!"翔子指向一个石凳,上面摆放着一株茉莉花,花瓣在月色下闪烁着淡淡的白光。两人慢慢走过去,用VI检查制作者的ID,果然是"グリーン"。

"Bingo! 我们找到了。"春一和翔子击掌道。

激活茉莉花所携带的信息，里面是一封信。

亲爱的ミドリ(绿)：

好久不见。

的确是好久不见了。我最近一直在想，假如过段时间能再次见到你的话，我会跟你说什么呢？我心里有很多话想对你说，毕竟有很多话已经憋了好久。可是想来想去，我都忘了应该跟你说些什么了。明明已经跟你说了一辈子的话！不论我说什么，想必你都会静静地听我唠叨吧。

那样的话，可能我会更加沮丧吧，比见不到你还要沮丧。

所以，我决定了，下次见到你的时候，我就只对你说——

月が綺麗ですね(月色真美)。

不要笑话我。因为昨天的月色就很美，今天的也很美。这是千真万确的。

见到你的那天，想必月色依旧会很美。

就像你一样。

一直想念你的

グリーン

看完这封信，翔子突然抽泣了起来。泪珠落在翔子的浴衣上，发出微小的声音。

"翔子姐……"春一想要安慰翔子，却不知道说什么好。

"笨蛋阿春！"翔子却突然喊道。

"哈？为什么要骂我……"春一完全摸不着头脑。

"因为你太笨了，"借着月光，春一看到翔子扭过头来，直直地盯着自己，然后说道，"小忠也是，你也是，为什么你们说离开就离开，把我一个人孤零零地扔下？"

"我也想留下来……"春一想要辩解，却没能说下去。

"可是过不了多久你就会把我忘掉吧。你在东京那里会迎来新的生活，然后碰到新的伙伴，每天都会有新的事情在等待着你。你会为我所不知道的事情开心，又为我所不知道的事情烦恼。每次想到这些，我就感觉自己很孤独……"

"翔子姐，我不会忘记你的。"春一摇摇头。

"可是你每年只能回来一两次，也许今年没忘，明年没忘，但早晚会慢慢把我淡忘的。"翔子摇了摇头，然后说道，"我之前一直担心，跟你告别之后就再也见不到你了，所以我才对你不理不睬。而且，如果惹你生气的话，说不定你就不会忘记我了。可是听到你要回来的消息，我就开心得不得了。早晨看到你站在楼下，我就抓紧挑选合适的衣服，生怕你会认为我变得不值一提。"

听到这里，春一才明白为什么翔子会突然关上窗户。淡淡的月映在她的眼眸中，令春一的心里产生一阵痛楚。

"翔子姐，你知道茉莉花的花语吗？"春一突然问道。

"不知道，是什么呢？"

"因为奶奶喜欢茉莉花，所以我以前查过相关的信息。茉莉花的花语是——你是我的生命。"

"嗯。"翔子的声音里带着一丝哭腔。

"翔子。"

"阿春，怎么了？"

"今晚月色真美。"说罢,春一吻了翔子。

翔子没有拒绝。软软的嘴唇,还有翔子身上的香味。两个人都屏住呼吸,吻了很久。

在黑暗中,翔子紧紧握住春一的双手,十指相交。

而茉莉花还在月下淡淡地绽放着。

(本文发表于《银河边缘003:天象祭司》)

夜幕时分

其一

吉野织佳在放学后,和同学兼朋友的内原美雪一起回家。

夜幕刚刚降临,道路两旁的灯都亮了,而每隔一段距离就会有一些利用VI才能看到的广告。

一年前,如果不添加过滤字段的话,密密麻麻的基于VI的广告或者个人涂鸦就会挡在人们的面前。后来国会通过了关于VI的管理法案,这种恼人的场景才不见了踪影。

"我实在想不到小麻美会跳向电车自杀。"吉野织佳带着哭腔说道。

"是啊,我也没想到……"内原美雪的脸上还挂着泪痕。

"可小麻美为什么会这么做呢?她一直那么开朗,待人也很和善。实在是想不明白。"说着说着,她又快哽咽起来。

在离家不远处,她和内原美雪分别。吉野织佳心事重重地走在路上,然后止步于路口。等视野中由VI加强效果的红绿灯变成了绿色后,她才踱步向前。

突然,她的耳边响起了一声急促的刹车声,车灯发出的光芒盖住了她的视线，随后一辆小货车将她撞飞出去。

山田立也警官用VI翻看着死者的档案。

死者是一名花季少女，现在还躺在停尸房里。她的家人可能已经在相关人员的陪同下去那里确认遗体了。

由于她的书包中装有她的学生证（其实大部分人都将自己的证件跟VI绑定在一起了），所以警方很快就联系到了她的家人。

发生如此横祸，对于任何家庭来说都是万分悲痛的事情。

"课长，肇事者怎么说？"当刑事部搜查一课课长尾田一郎走过来时，山田问道。

"肇事司机老老实实地跟搜查官们把事故前后的所有细节都说了。他的VI中也有那段时间的录像，证实了他所有的话。确实是那个女生突然闯红灯，撞向了货车，这点毋庸置疑。"

"所以，搜查课的同事们都认为这个女生是自杀？"

"嗯。"尾田点点头。

"如果是这样的话，不用叫我来。"山田说道。

尾田的脸上浮现出微妙的笑容。

"这事不对劲。"山田说道。

"是的，不对头。"尾田点点头。

尾田调出了其他几份卷宗的信息，共享到山田的VI中。

死者是墨田区一所高中的学生，包括她在内，这所学校已经在两个月内有三名女生死于非命了。而且，她们都是自杀。

"不像是巧合。"

"巧合的可能性虽然存在,但我们需要去确认这一点。"尾田扫了眼这些卷宗,然后接着对山田说,"我们已经将死者的 VI 扣留了,去找鉴识课的 IT 支持担当①安娜君吧。"

听到安娜这个名字,山田的面部几乎本能地抽搐了一下,甚至下意识地望向天花板。

"找她合作有问题?"尾田见状撇了撇嘴。

"那个问题儿童本身就是问题。"山田无奈地看着尾田说道。

"想找她搭话的男人可要排队呢。"尾田笑起来,不大的眼睛变得更细了。

"我不在其列。"山田揉了揉太阳穴。

"可我听说安娜刚来时你们之间有猫腻啊……"

"我们做过一段时间的男女朋友。"

"现在再续前缘也不是不行嘛,我听说她对你一直念念不忘。"

"你要把我当祭品送给豺狼吗?"

"她对感兴趣的男人向来知无不言。"

"所以搜查一课有十二个杀人犯搜查系,你却偏偏把我们七系叫来了。"

"效率至上。"尾田拍着山田的肩膀说道。

山田感觉肩膀上压着无名的担子,随即从课长的办公室离开了。

安藤健悄悄回到家中。

---

① 这是一个日语汉字词汇,意味某事的负责人。

在亲眼确认吉野织佳横死街头后，他长舒了一口气。

目标到现在为止还剩两人。警察暂时还没发现这是一场凶杀案，但随着死者增多，警察一定会注意到死者间的联系。

所以，自己还不能松懈，要抓紧下手，安藤健在心中思索着。

不久前，安藤健从暗网上购买了几个社交账户，分别去浏览目标们的主页。这些账户是被暗网上的极客盗取的，安藤健选择了和这些账户原主人登记地址相匹配的地区性VPN去登录，以此隐藏自己的踪迹和企图。在慢慢掌握了目标的社交关系和爱好后，他发送了数封能引起她们兴趣的广告邮件。当她们点击广告邮件的地址时，VI就立刻被植入木马，所有权限尽遭劫持。

根据国会立法，任何人在使用VI摄影、录像或者录音时，他们的头顶上都会亮出相关标志，这些标志可以被其他人通过VI看到。这是为了保护公民的隐私不被偷拍。但劫持所有权限之后，安藤健对目标的VI底层程序进行了修改，利用目标自己的VI进行拍摄时不会亮出这些标志。目标的眼中所见被偷偷录像，通话被监听，聊天信息也被获取，而这些信息都通过木马源源不断地送到他手里。

看着这些不断更新的录像，安藤健小心翼翼地制订计划，现在已经得手两次了。

但千万不能功亏一篑。他对自己说道。她们一个都逃不掉。

想到这里，他攥紧了拳头。

其二

内原美雪和驹井纯子约好中午在学校的天台上见面。

"前天你和吉野织佳一起走的时候，她有提到什么吗？"驹井纯子问道。

"没有，除了哀悼麻美以外，并没有提到别的事情。昨天我被警察叫去做笔录，也是这么说的。"内原美雪说道。

"她没说要自杀吗？"

"没有，完全没有。唉，这件事发生得好突然。"内原美雪这几天睡得不好，面色很憔悴。

"那……该不会，是三木裕子搞的鬼？"驹井纯子犹豫了一会儿，把自己的猜测说了出来。

"不！不可能！她已经死了啊！"听到这里，内原美雪变得有点歇斯底里。

"嘘……"驹井纯子提醒内原美雪道，"不要这么大声。"

"嗯……"内原美雪摇摇头，紧张的汗水顺着她的额头流了下来，然后小声说道，"我们该怎么办？"

"回家的路上注意安全吧。只能这样了。"驹井纯子说道。

"嗯，你们加油。"听到这里时，安藤健露出冷笑。

这几天，山田立也除了和同事们分别约见吉野织佳的家人、老师和朋友，还要亲自往泽城安娜那里跑。之前，为了获得家属的授权花了点时间，有了授权之后鉴识课的IT担当马不停蹄地侵入死者的 VI，对其进行了彻底的检查。

"里面干净得很？"

"干净得很。"安娜躺在椅子里，摆出一副扑克脸，让山田完全猜不透。

"所以说，死者的 VI 没有问题咯？"山田继续问道。

"当然不是这样。有点太干净了。"安娜摇摇头，然后坐起身来，通过共享视野向山田演示自己的发现。

"死者的 VI 内装有杀毒与防火墙软件，但在两个月前就休眠了，直到发生车祸事故后，软件才被重新激活。"

"有没有发现什么木马，或者病毒？"

"没有。首先，杀毒与防火墙软件休眠这件事本身就很奇怪；其次，在这段时间里，死者 VI 内竟然完全没有木马和病毒的痕迹，这就更奇怪了。"

"这段时间里，她可能没有浏览什么乱七八糟的网站。"山田思索道。

"不排除这种可能性。但在两个月前，我发现她点了一个广告链接。我用沙盒系统去点击那个链接后，什么事情都没有发生。网址的信息已经被清空了，沙盒系统也没有中病毒。但也就是从那天开始，死者 VI 的杀毒与防火墙软件都失效了。"

"所以说？"

"所以说，在车祸发生前，死者的 VI 很有可能已经中病毒了，而她的死多半也和这件事有关。"

"嗯。就我个人的直觉来说，我也认同你的看法。"

"所以，山田警官，今晚有时间吗？"安娜的眼神突然变得富有挑逗的意味。

"嗯,有……"两人分手之后,安娜时不时会暗送秋波,而山田总是有意无意地忽略掉。

"我还以为你会说没有。好失望啊。"

"在被课长卖给你的时候,我就做好充分的心理准备了。反正我又不会少一块肉。"山田直视着安娜。

"那就好。今晚警局门口见。"安娜微笑着用手指轻抚嘴唇。

"嗯,今晚见。"山田点点头,然后走出了门,去找课长汇报情况。

周末的下午,安藤健远远地跟在内原美雪的身后,并且谨小慎微地躲避着街上的摄像头。等她进入一个未完工的废弃大厦后,他停下了脚步。大厦的门口还有警方的封锁标志,包括实际的封锁线,以及 VI 的封锁提示。

这是第三个目标了。

其实,他本想把第四个目标驹井纯子一起约出来的。他黑进两人的聊天工具,分别在两个时段向对方发出邀请,约对方出门。

"有话想当面跟你说,周六下午可以吗?"

之所以想要一劳永逸地干掉目标,只因如果这次不动手,一旦警方介入,他就更难找到机会下手了。

可惜驹井纯子的戒心很重,死活不同意出来,来的只有内原美雪。

那就先动手吧。

这幢废弃的大厦也是三木裕子自杀的地方。她在十七层跳楼自杀，由于建筑尚在施工中，外墙还没做，她从那里向下一跃。想到这里，他感觉呼吸有些不畅，手心也全是汗。

其实，他最希望看到的是，四个目标都从这里跳下去陪她，不过实现起来难度太高，所以只能退而求其次。一个一个来，分散在不同的地方，伪装成不同的死因，尽可能不要引起警方的注意。

楼层不低，内原美雪慢慢往上爬。等爬到约定的十七层，她一边往里走着，一边轻轻唤着朋友的名字："纯子……纯子，你来了吗？"

没有人回应。

安藤健藏在楼下，沿街的摄像头没有一个拍到他。他一边截取内原美雪视野里的信息，一边打开了远程控制程序。这个程序可以不动声色地调用她VI中的视觉生成程序，用虚假的图像覆盖实际的视野。在她离大楼边缘五米的时候，这个程序根据刚才在视野中截获的图像对视觉进行覆盖写入，导致她以为自己离大楼边缘还有十米。

安藤健看着她被覆盖写入的假视觉，以及她的VI摄像头传来的实际情况。她正在慢慢走向死亡，而她本人浑然不觉。在她已经到达十七层的边缘时，覆盖她视觉的图像还显示离边缘有五米。

然后她踏空了，从楼上摔了下去。

安藤健听到了一声凄厉的惨叫，随后便是重物冲击地面的声音。他攥住了拳头——这局他又取得了胜利。虽然他很想去现场看一眼,但理智勒令他不要这么做。

弄不好一会儿就有人发现内原美雪的尸体,现在还不能暴露自己,因为还有一个目标要解决。

明天通过新闻来确认就好了。毕竟,她没可能还活着。

其实,在惨叫发出的那一刹那,他就删掉了她VI内的聊天记录,删掉了木马和调用程序,恢复了杀毒和防火墙软件的运行。

现在要抓紧想办法解决驹井纯子了。

其三

山田与安娜云雨完之后,一起平躺在床上。

"山田君还像以前一样,是个纯粹的抖S呢。"安娜心满意足地点燃一支烟。

"安娜君的抖M体质依然令人欲罢不能。"山田侧着头,看着安娜吐出烟圈时的侧颜。

"那为什么要和我分手啊?"安娜迎上了山田的目光。

"因为除此以外,你我还别有所求。"

"该分开时要分开。你还是像以前一样,不能放下心去享受乐趣。"

"我也希望能做到这点……"山田轻轻抚过安娜的锁骨,慢慢往手臂上滑行。

"男人果然都是遵从于欲望的动物。"安娜笑道。

"女人也一样,只是有时候不知道自己的欲望是什么罢了。

而且为了欲望，女人和男人一样残忍。"

"嗯，这倒是。毕竟我们的本质依旧脱离不了动物性。"说罢，安娜侧过身去，盯着山田说道，"话说回来，你肯来我这里，也不只是为了快乐吧。"

"安娜君，你对这次的案情怎么看？"

"你来鉴识课的时候我跟你说了。"

"但我觉得你有所保留。"山田也侧过身来，盯着安娜的双眸。

"为什么这么觉得？"

"这次的情况很微妙。我以前见过类似的情况，而那时你还在科搜研①。我觉得你知道些什么。"

"你觉得我是因为这件事被贬到这里来的吗？"安娜的眼中漾着笑意。

"我不知道，所以问一下。"

"我被调到这里，是因为我睡了我们的老大。老大是个抖M，完全不能满足我，我就不理他了。他气急败坏，然后就把我踢走了。"

"没想到你玩得这么大。"山田心悦诚服。

"不过，你说的那件事我大概也猜到了。和现在发生的这件事确实有些相似。"

"能说说那件事吗？"

"多个黑帮小混混连续自杀，最初是开车进入已经禁止通行的铁道上，汽车被疾驰的火车撞毁，后来有人跳楼，有人掉进地

———————
① 科学搜查研究所。

铁,现场没有搏斗的痕迹,但和他们有关系的人都不觉得像他们那样没心没肺的人会自杀。借此机会,警视厅当时把他们的整个组织翻了个底朝天,结果没有任何证据显示他们的老大逼他们自杀,也没有敌对势力动手的线索。最后,这些案件就以孤立的个体自杀为结论结案了。"

"安娜君记得很清晰嘛。"山田赞叹道。

"当时毕竟做了很多功课。"

"那你自己对此有什么看法?"

"你真想知道?"

"想,所以我才会来。"

"如果我说了,你以后还会来我家吗?"

"只怕你会拒绝我。"

安娜听罢,露出了灿烂的笑容,然后把头靠在了山田的肩上,而山田握住了她的手,手心涌起一股暖意。这时,安娜将VI的视野共享给山田。

"这是我当时整理的笔记。直接说我自己的结论——我觉得有人对他们的VI视觉动了手脚。虽然,连接着VI的蓝牙耳机所带来的听觉恐怕也是,但最重要的还是对视觉动了手脚。"

"就像全视野覆盖的VI游戏那样吗?"

"可以这么理解。但根据国会立法,不管是全视野覆盖还是现实辅助增强的游戏,都要在提醒玩家必须身处安全场所,而且由玩家亲自点击确认后,才会进入到游戏画面中。VI系统的底层代码会对不遵守这种要求的视觉覆盖程序直接报错并结束进程,而大部分的杀毒软件也会强制关闭这种程序。"

"但死者的杀毒软件被停用了。"

"是的。"

"那有没有方法绕过 VI 系统的底层代码呢?"山田若有所思道。

对话陷入了沉默。

山田看着安娜的眼睛,谨慎地说道:"按正常道理来说肯定没有。但你拿不准。"

"嗯。"

"为什么?"

"一方面国会对这方面立法很严格,现在街道上乱七八糟的 VI 广告或者涂鸦全被清理干净了,如果商业体想要投放广告,必须遵守 VI 相关的广告法,对于投放的空间和时间都有严格规定,这样严格的法案将 VI 系统严格限制了起来,所以普通民众想篡改他人 VI 中的景象是完全没有可能的;另一方面,VI 的操作系统厂商们每年都会举行盛大的极客比赛,邀请极客们随意攻击沙盒中的系统,以发现系统本身的漏洞。基本上,能来参加这些比赛的人物都是圈里有头有脸的大牛,这些年来他们已经提报给了操作系统厂商数量相当可观的危险漏洞。厂商们针对这些漏洞一直在不断打补丁完善,已经可以杜绝大部分针对底层代码的修改了。"

"也就是说,VI 系统很安全,基本没有什么人可以攻破 VI 的底层系统了?"

"按理来说是这样,但暗网上一直有关于某个黑客组织的传说。"

"什么传说?"

"他们一直可以轻易黑入用户的VI中,然后通过视觉覆盖来杀人。这样的死亡事件很容易伪装成交通事故或者自杀,如果不是之前针对某个集团进行集中处死的话,警方根本觉察不到。"

"暗网可能是个突破口。"山田说道。

"嗯,我再查查吧。不知道能不能找到有用的线索。"

就在这时,贴在外耳道的微型蓝牙耳机响了起来,山田激活VI进行接听。

"出事了?"等山田接完电话后,安娜问道。

"嗯,一个女生坠楼了,是那个死于车祸的女生的同班同学。"

"我们一起去本店①吧。"安娜说道。

"我记得今天是你的同事值班,你先休息吧。"山田劝道。

"嗯……那明天见。"

"明天见。"山田穿好衣服,开车去事发现场了。

其四

"虽然现在还没有证据证明这是相互关联的谋杀案,但由于事件集中发生在同一所学校的同一个班级里,现在由杀人犯搜查第七系牵头展开调查活动,由系长山田立也警官负责。"

① 东京都内各警察署称为"支店",警视厅本厅称为"本店"。

早会上，尾田课长向第七系的刑警们宣布了这一决定。

在会议之前，第七系只是以协助搜查的名义在跟进案件，而会议之后，第七系的八位刑警便成为本次搜查的主力军，全力投入到这多起疑似凶杀的自杀案件中。

根据山田之前的调查，除了第一位自杀的三木裕子留有遗书，其他人既无自杀动机，又无遗书。当时他就认定，三木裕子是最重要的突破口。

不过，她的遗书上只是写了自己很累，虽然对不起父母，可还是很想去休息了。根本看不出自杀的原因为何。

在调查的过程中，不管是老师还是同学对于三木裕子的情况都语焉不详，这让山田更觉得她身上一定发生了什么。

"三木裕子被同学霸凌过吗？"再次约谈班主任时，山田警官单刀直入。

"我不清楚。应该没有吧……"班主任是一名年近中年的女性，看上去颇有些局促，说起话来也支支吾吾的。

"她没向老师报告过吗？"他接着问道。

"没有……"

"她想向你求助，但你拒绝了她。"见她的目光躲闪，山田如此猜测。

"不是！我没有拒绝她……曾经有人举报过她被霸凌这件事，然后我几次把她喊来办公室了解情况，但她什么都不肯说。我已经很有耐心了，但我不可能把所有精力都放在她一个人身上啊！"听罢，班主任多少有些歇斯底里起来。

看来，班主任虽然不知道三木裕子的身上究竟发生了什么，但知道她确实是遇到了什么麻烦。

"是谁举报的呢?"山田问道。

"不知道。匿名发来的。"班主任摇摇头。

山田的其他几位同事约谈了三木裕子的家人和同学。家人回忆说,一直很乖巧的三木裕子在自杀前突然变得沉默寡言,经常一个人在房间里发呆。被约谈的同学们慑于刑警们的威压,最终给出了几个名字。

大田麻美、吉野织佳、内原美雪、驹井纯子。看来霸凌确实发生在三木裕子身上。

"驹井纯子可能有危险。"山田看完这份名单后跟同事们说道。

"自从内原美雪死后,那个小丫头一直闭门不出。"

"这样做倒是还算聪明。中田彩加警官和菊田沙世子警官,请两位去驹井纯子家里问她些问题。上次在学校里约谈,她大概没说实话。另外,检查一下她的VI设备,看看有没有被人侵入的痕迹。"山田对两位同事说道。

"系长,收到。"两个人点点头。

"另外,黑泽准二警官,需要你做一下安排,我们可能很快就要监视驹井家周围的情况了。"

"收到。"黑泽准二点点头。

"怎么办?"安藤健无时无刻不在问自己这个问题。

驹井纯子完全不出门了。警方也在内原美雪死后大张旗鼓地介入进来。当安藤健远程发现警官上门,第一时间就删除了

VI 中不利于自己的聊天记录和木马程序，还恢复了杀毒和防火墙软件的运行。

不得已，他在警官上门的当晚，根据已经掌握的信息想办法侵入了她母亲的 VI 设备，然后继续监视目标。也是通过这样的方式，他才得知警方搜查了驹井纯子的 VI 设备。

既然被警方盯上的话，那就只能收手了，安藤健心里想道。

既然无所事事，那就休息会儿，毕竟最近做的事情让他很累。于是，他躺到自己床上，回想起这些日子经历的种种。

他想到了三木裕子，以及和她相遇的校保健室。

安藤健在班级里是个存在感很薄弱的人。一直没什么朋友，幸运的是，也一直没什么敌人。上课时，学生们通过 VI 看着老师广播的板书时，老师们能通过自己的 VI 看到提示，就像拍摄提示一样。安藤健很早就黑掉了这个设置，所以当他浏览别的网页甚至编程时都不会被老师发现。

不过，作为没什么存在感的人，他更喜欢请假去校保健室。反正老师讲的课也没什么意思，考前突击一下就能过，不如忙自己的事情。毕竟，在保健室里可以更加无拘无束一些。他会在保健室的床上躺一整天，拉上床位周围的帘子，浏览黑客网站，学习黑客技术，同时也会浏览暗网，看上面的人卖很多出格的东西。

在保健室里，他每个月都会看到三木裕子几次。她是个给人感觉笨笨的女孩，长相普通，并不漂亮。不过她脾气很好，一直带着和善的笑容，笑起来有些可爱。另外，她月经时会痛得很厉害，这也是每个月她总有几天会来保健室的原因。每次来的

时候,她总是脸色发青,一言不发地躺在旁边的床上。虽然跟自
己无关,但安藤健总觉得有点坐立不安。所以,每当安藤健起身
去喝水时,总会也为她拿一杯热水。

"谢谢。"她坐起身子,让自己的脸上尽量露出笑容。

"不必客气。"安藤健回应道。

当安藤健觉得自己做了该做的事情后,他就会躺回床上,拉
上帘子,继续在网上学习黑客技术。过了半小时,她起身出去,
回来时也为安藤健带了一杯热水。

"谢谢。"安藤健点头道。

"不客气。"她也微笑着回应道。

就这样,安藤健和这个叫三木裕子的女孩熟悉了起来。

其五

估计三木裕子怎么也没想到,自己会成为被霸凌的对象。

由于一些莫名的原因,一直脾气很好的她被小圈子孤立了
起来,大田麻美和其他人总是对她爱搭不理。后来,值日的时候
三木裕子被迫留下来自己打扫。接下来,由于她过于软弱不会
反抗,霸凌行为不断升级。三木裕子的室内鞋里被人撒了图钉,
户外鞋被扔进了学校的池塘。桌面遭人乱写乱画,书包也给扔
到了厕所里。

看着她泫然泪下的样子,安藤健心里很不是滋味。但他又
不想公开出头,于是偷拍了三木裕子的鞋子被人丢到垃圾桶的

影像，然后匿名发给了班主任。班主任为此问询了三木裕子，结果她什么都不敢说。

没承想，由于班主任的介入，针对三木裕子的霸凌更加猖獗。那段时间，她出现在保健室里的时候总是衣冠不整，哪怕没有痛经，她也总往保健室跑。安藤健想跟她搭话，但她总是闭口不言。之后的某天，突然传来三木裕子自杀的消息。

为此，安藤健失眠了。他躺在自己的床上，眼睁睁看着天边亮起，阳光再度透过窗帘洒进室内。那晚，他感觉自己突然背负了一条逝去的生命。他责怪自己不该多事，如果当初自己没有出手，也许三木裕子不会有性命之虞。但第二天来到班级时，他从自责变成了愤怒。三木裕子的桌子上摆着悼念死者的花朵，但大田麻美她们却依旧有说有笑，丝毫没把她的死放进心里。

她们彻底激怒了安藤健。

于是，他开始入侵"凶手们"的VI设备，当他成功侵入大田麻美的VI之后，他翻到了没删除干净的视频，彻底明白了三木裕子自杀的原因。当班主任找她了解情况后，四人组在天台上扒光了三木裕子的衣服，并且拍下裸照。刚开始，她们以此威胁三木裕子不准把霸凌的事情报告给老师，结果后来做得越来越出格——她们逼迫三木裕子去援交，如果不去的话，就把她的裸照公诸于众。

这件事之后，一个周六的晚上，三木裕子跳楼自杀了。

大田麻美、吉野织佳、内原美雪、驹井纯子。这四个人必须死。

安藤健下定决心道。

"山田警官,你怎么看这四起连续高中生死亡事件?"尾田召开搜查进展会议时,向山田问道。

"根据调查,第一起应该是因为霸凌引起的自杀。班主任提供了一份匿名者寄来的VI影像,其来源很难追踪,匿名者应该是具有一定水准的黑客。结合我们在死者和驹井纯子的VI中发现的线索,我认为后面三起死亡事件是由同一人或团伙实施的谋杀。"山田说道。

"也就是说,你认为后三起是隐藏成自杀的凶杀案。"尾田问道。

"是的。"

"凶手是怎么做到的?"

"死者的VI视觉被篡改了。"参会的安娜回答说。

"唔……"尾田瞬间理解了这个案情的危险性,然后接着追问道,"能找到篡改VI视觉的工具吗?"

"我这几天在暗网追查第一起和第二起死亡时间之间的发帖,查到有人在那段时间发帖求助,希望获得篡改VI的工具。"安娜将查到的线索共享到大家的VI中,一个ID叫"fox0705"的人发了帖。

"能追查到发帖人究竟是谁吗?"尾田问道。

"很可惜,暗网的交易无法在暗网内追踪,这里的ID和发帖地址也都是不可追溯的。"安娜摇摇头。

"嗯……那有人回复他了吗?"

"有很多回复。大部分的回复者一看就知道是骗子,比如有人说自己有这种工具,需要'fox0705'支付十万枚比特币才能购买到。但有一个ID名为'straw_lc'的人给他留下了一个'阅后即焚'的一次性留言。"安娜一边说着,一边注意着山田的表情,他听到"straw_lc"这个ID时眉毛一挑。

"你认为凶手是从'straw_lc'这里得到了可以篡改VI视觉的工具吗?"

"我是这样推测的,但暗网的痕迹很难追踪,所以到现在也没有找到直接证据。"

"山田警官,你对此有什么想法?"尾田思考了一会儿,然后问道。

"我们假设这个ID叫'fox0705'的人从'straw_lc'那里得到了可以篡改他人VI视觉的工具,并且他是这一系列死亡事件的始作俑者,那么他很可能对驹井纯子下手。我们已经在驹井纯子家的附近布控了,而且在她的VI里安装了强制监视软件,一旦受到攻击,我们立刻就能发现。"

"如果他不动手呢?"

"针对三木裕子社会关系的筛查还在继续,我们已经征得了她双亲的同意,检查了他们的VI系统,暂时没有找到任何他们与连续死亡事件的关联,他们甚至到现在还不知道三木裕子自杀的真正原因是什么。我们下一步的搜查重点,会放到她的朋友和同学身上。"

"希望这只狐狸早日露出尾巴。请大家继续仔细搜查下去。"尾田总结道。

"嗯,收到!"与会的警官们回答道。

其六

"警察好像已经发现这几起凶杀案之间的关系了。"通过虚拟机中Linux系统的bash程序连接到聊天室,他跟"straw_lc"联系上了。

"这是可以预见的,毕竟这几起死亡事件之间的联系太过明显。现在警方已经把你的下一个目标保护起来了。"他回复道。

"为了保证我最终能够成功,现在可能要暂时收手了。"犹豫了一会儿,安藤健输入道。

"嗯,我也准备将之前给你的工具收回了。稍后我会发送给你一个阅后即焚的留言地址,请记好,过段时间你可能还会用到这套工具。"

"好的。总之,感谢!"

"不客气。再见。"

安藤健一个后仰靠在椅背上,透过VI看着自己房间的天花板。突然间,他想到些什么,在聊天室里继续敲入字符。

"你为什么会免费帮我?虽然之前没有问,但我一直很好奇。"

大概过了一两分钟,对方才回复。

"在面对无法被制裁的恶时,普通人理应得到最终的机会。"

"如果我在使用工具时被警方抓住怎么办?"

"只要你开始使用工具,我就会一直监视你。如果发生这种情况,我的工具和你的VI都会被我强制快速低格①。"

---

① 低级格式化,就是将磁盘内容重新清空,恢复出厂时的状态。

"明白了,这样最好。另外,你ID中的lc是指last chance吗?"

"你很聪明:)。再见。"

安藤健看着聊天室的过往内容被远程删除掉了,虚拟机中的Linux也进入了自动卸载程序,那个篡改他人VI视觉的工具也随着Linux的卸载而消失。

通过暗网那个阅后即焚的信息联系到这个神秘人物以后,安藤健已经干了很多不得了的事情了。之前还没有实感,今天在跟"straw_lc"告别之后,他突然明白了一点——自己已经是一个杀人犯了。

但他一点也不惊慌,相反,他在大脑中慢慢反刍着这句话的余韵。

自己已经是一个杀人犯了。

为了达成目标,现阶段他必须要藏好。

以后会怎样,这种事情怎样都好。但现在目标还在活蹦乱跳,做了极恶的事情之后可以不受法律制裁地活蹦乱跳,这是不可接受的事情。

所以,他要先躲过现在的风头。

现在,他必须要将大脑运转起来。

警方已经发现了这几起死亡事件的关联,那么他们随时会对三木裕子的家人和同学进行搜查。虽然安藤健有权拒绝协助警方搜查自己的VI系统,但这样做恐怕只会引火上身,所以要在他们搜查前把VI中的相关信息全部抹除掉。

要冷静,要像"straw_lc"那样冷静。

深吸一口气,他又检查了一遍自己的VI,看看还有没有会引起警方注意的信息。为了避免怀疑,他甚至把自己外出监视目标时的GPS记录用伪造工具黑掉了,所有调用过GPS的APP都会显示他当时停留在家中。之前黑入目标VI后获取的文件也要不留痕迹地处理掉,他进入存放这些文件的文件夹。

然后他打开了那个视频文件。

视频中,三木裕子满脸泪痕,她被迫脱光衣服,用胳膊掩着自己的胸部跪在学校天台的地面上,而那四个人肆意笑着。

"如果你再找班主任的话,下回这个视频可要发到网络上去了。"那是视频拍摄者大田麻美的声音。

"我没有找班主任。"三木裕子抽泣着说道。

"胡说八道!隔壁班的人都听到她在问你鞋子的事情了。"说完后,大田麻美扇了三木裕子一巴掌。

随着四人围得更近,三木裕子眼中充满了恐惧。然后,她被以按在了地上。

"为了让你长长记性,你去援交吧。如果不同意的话,我们就把这段视频发给全校的同学。明白了吗?"

"不要!"三木裕子哭喊道。然后,她的嘴里被塞进了什么东西,几个人开始扇她的脸。

"明白了吗?"四人一个比一个声音高地轮流发问。

最终三木裕子点了点头。视频的最后是她凌乱的发丝、红肿的脸、脸上的泪痕和口水,还有恐惧的眼睛。

安藤健还记得那天的事情。三木裕子来保健室时,用长发掩着自己的脸,躲到了床上,然后一直低声抽泣。当时,安藤健并不知道怎样安慰她，于是心情也跟着难过了起来。

然后，就在那周的星期六，三木裕子自杀了。

大田麻美、吉野织佳、内原美雪、驹井纯子。这四个人必须死。

驹井纯子，必须死。

还有多管闲事却把人给害死的我，也必须死。

看完视频之后，安藤健这样想道。

其七

警方对学生们再进行调查时，安藤健甚至不在被调查的第一梯队。在问及三木裕子的朋友都有谁的时候，这个班级上，包括老师在内，没有任何人认为安藤健是她的朋友。

就连安藤健自己都觉得他并不是三木裕子的朋友，顶多算是点头之交罢了。

虽然这让安藤健明白自己只是个刻奇的人而已，但他依旧没有打算收手。

他把之前从目标那里搞到的一切信息都打包放到了境外的多处网盘中，然后把自己 VI 中的相关信息都清理干净了。警察在申请调查他的 VI 时，他爽快地答应了。

由于驹井纯子拒绝来上学，而且自己不敢轻易黑入她和家人的 VI 中，那么就得用别的手段获取情报了。一直喜欢找个安静的角落独自吃午饭的安藤健开始默默地待在班级里，一边吃饭，一边竖起耳朵。

"驹井纯子还不来上学，她到底怎么啦？"某天，一个女生小团体聊起了近日的情况。

"听说是被连续死亡事件吓到了，以为是三木裕子捣的鬼。"

"说不定是真的呢，警察都来学校好多次了，也没找到凶手。"

"不过说起来，她真的是被吓到了吗？"

"为什么这么说？"

"我这几天路过桥旁边的电玩中心，总能看见她待在里面。"

"噢——"几个女生拉长音起哄道，看来大家认为驹井纯子只是找个借口，以便逃避上学偷偷快活。

Bingo，这就是我想得到的信息。安藤健则在心里默默想道。

由于近期警方搜查的声势正在转向校外，所以安藤健利用之前记好的阅后即焚的留言地址，再度取回了工具。

他通过网络上的照片信息，伪造了一封求职信发给电玩中心。有人点开之后就会感染病毒，安藤健便借此机会获取那人的 VI 视野。

通过这种方式，他确认了驹井纯子的行踪——她每天下午四点左右就会来电玩中心，大概六七点之后才离开。

安藤健闻到一丝阴谋的味道。

以前黑入驹井纯子的 VI 时，并没发现她对电玩有什么热衷之处。警方始终没有抓住嫌疑人，所以有可能想出这招来引蛇出洞。

安藤健本想再等等，结果同学之中已经开始有传言称驹井纯子要转学了，而且可能会离开东京。到那时，安藤健虽然有机会入侵到她的VI之中，但自己就不方便侦查踩点了，贸然下手的话很有可能会暴露自己，导致行动失败。

怎么办？

这几日他一边确认驹井纯子的动向，一边在思考策略。

一个大胆的计划在他的大脑内慢慢成形。为此，可能要借助"straw_lc"的力量。

周六的一天，驹井纯子走入电玩中心。

"毛隼和红隼已经就位，街道上无异常。"七系的成员齐藤浩史坐在自己的便车里向山田汇报道，他在外执勤时的代号是毛隼，而同行者细谷裕行的代号是红隼。

"阿穆尔隼已经就位，电玩中心内无异常。"另一个七系成员入野彬人假扮为电玩中心的工作人员，低声汇报道。

"今天也请继续保护好在外活动的驹井纯子，他们一家就快搬离东京了，到时候可能更难抓住凶手了。"山田通过蓝牙耳麦对他们说道。

"收到！"三个人回复道。

等驹井纯子在电玩中心待腻了，也没发现什么异状。

"目标已经离开电玩中心，请毛隼和红隼继续监视。"在她走出电玩中心大门的时候入野彬人说道。

"我们并没有看到目标离开。重复一遍，我们并没有看到目标离开。"齐藤浩史回复道。

入野彬人拔腿就往门口跑去,齐藤浩史迅速把车开到附近。

"立刻调用目标身上的定位装置!"山田喊道。

定位系统显示驹井纯子离他们并不远,就在他们的视线内。但三个人并没有看到她。

"警官们的VI看来被黑入了。"山田联系了安娜后,安娜根据情况分析道。

"警用的VI安装有特殊的防火墙和杀毒软件,这在理论上可行吗?"山田问道。

"现在大变活人的魔术就发生在诸位面前,我认为十有八九是遭到了侵入。"安娜则冷静地分析道。

"可是齐藤浩史和细谷裕行两个人都在门外守着,如果他们的VI被黑入之后驹井纯子只是大摇大摆地离开,不会很快就出现画面和现实的冲突吗?"

"先不说画面会不会同现实出现冲突,毕竟之前的几个受害人都没发现自己VI视觉的异状。为了避免被盯梢的警察发现,犯人应该就近把驹井纯子藏了起来。让刚赶过去的警官们检查一下现场吧。"

"嗯,好的。"山田隔着电话点了点头。

其八

下水道里,安藤健推着一个小推车前进。

借助"straw_lc"的技术工具,他成功锁定并黑入附近几个警察的 VI 系统，当驹井纯子出现之后，直接把她推入他预先打开井盖的下水道中。由于警官们的 VI 视觉被篡改了，所以他们没有发现井盖的事情，也没目睹安藤健的袭击。

驹井纯子掉入下水道的时候脑袋磕到了井边，所以一直昏迷不醒。安藤健分别用胶带绑住了她的双脚和双手，取出了她眼睛中的 VI 设备并扔掉（"straw_lc"告诉他这个设备会被警方追踪）。之后又对她搜了身，把所有疑似装有跟踪器的东西，诸如发卡、鞋子、钱包等一并丢掉。处理完这些物品之后，他便把她扔到一个小推车中，一路小跑着将小推车推向目的地。

到达目的地附近的井盖处，趁她尚处昏迷之中，安藤健用结实的麻绳拴住她的腿，然后从下水道爬出来，再利用麻绳把她拉出下水道。由于平时疏于锻炼，他把驹井纯子拉到地面上就已经气喘吁吁了。

此时暮色已经笼罩着整个城市。安藤健抬头望了一眼三木裕子终结生命的地方，心里五味杂陈。

想到还要把驹井纯子背到十七层，安藤健感觉自己的心脏简直要漏一拍。不过没办法，这是自己计划中的一部分，以后再也不会遭这种罪了，他安慰自己道。

"我们在下水道发现了驹井纯子的物品，包括 VI 和藏在鞋子里的定位装置。"黑泽准二向总部报告道。

"松雀鹰城市空中侦查无人机并未发现附近路面异常。"无人机的操作员汇报道。

"警犬还在下水道中追踪两人的气味。"警犬班的警员汇报道。

由于被保护者遭受了袭击,事件等级已经升高,尾田向总部申请到了以上两支队伍的支援。

"锁定嫌疑人了吗?"尾田问道。

"是的,事发之后我们立即挨个联系了三木裕子的亲友和同学,发现一个名叫'安藤健'的少年始终无法联系上。经检查发现,他的 VI 并未关闭,只是把我们的呼叫信息都屏蔽掉了。我们认为他是本次系列案件的主要嫌疑人。"山田回答说。

"当初搜检他的 VI 时没有发现任何破绽吗?"

"可以说是毫无破绽,以至于我们甚至怀疑最初的搜查方针是否正确。不过他应该得到了其他黑客的帮助,不然不可能黑入警察们的 VI 设备中。"

"去找他的父母了吗?"

"已经派中田彩加和菊田沙世子去他家了。他父母早年离异,他现在跟父亲一起住。他父亲是一个 IT 公司的中层管理者,平日忙于加班,每天回家的时候安藤健就已经休息了,父子之间基本没什么交流,他对安藤健现在的情况也毫无头绪。"

"还有其他突破口吗? 比如他有没有什么朋友之类的?"

"他的父亲和同学都说他没有朋友,甚至连之前自杀的三木裕子都算不上是他的朋友。说不定,他的朋友只剩下那个神龙见首不见尾的黑客了。"

"看来只能依靠无人机和警犬班的追踪了。"

"是啊。"山田着重将警犬班的追踪路线在 VI 中调了出来。虽然下水道充满异味,但相对密闭的环境中气味会消散得慢一些,所以警犬们的追踪路线会更准确一些,而无人机则以警犬班为核心在空中进行辅助搜查。

看了一会儿，山田用手势缩放地图，然后调出了连续死亡事件的发生地点。

"老大，让无人机去检查这幢大楼吧。我感觉他的目标可能是这里。"山田将自己的视野共享给尾田，然后指向了之前三木裕子和内田美雪跳下的那幢大楼。

"你是指……"

"犯人可能要去这里。"

尾田稍做沉思，然后点点头，指示无人机的操作员去搜查那幢大楼。

不一会儿，无人机的反馈热成像仪发现了有两个人正在往楼的高处爬着。

"快去包围他们！"尾田下命令道，而山田也坐上警车，向那幢大楼驶去。

在安藤健背着驹井纯子爬楼的途中，他发现她醒了过来，便解开了她腿上的胶带，强迫她自己走。

"你逃不掉的！"驹井纯子听到楼下的警笛响起，便对安藤健说道。

"没事的。"安藤健嘴角露出的微笑让驹井纯子更觉到刺骨的寒冷。

终于到了高楼的十七层。

很快一切都会结束的。安藤健对自己说道。

突然,他的眼前出现了一个身影。那是之前在学校见过的一个警官,名字好像是山田。

"你已经被包围了。"山田一边说着,一边举起了手枪。

安藤健将一把锋利的料理刀具架在驹井纯子的脖子上。虽然自己预想过会被警察先一步发现,但真的发生时心里还是充满了慌乱。

不行,这样会露出破绽。安藤健深吸一口气,然后将刀子使劲按在驹井纯子的脖子上,一道血迹冒出。

山田依旧没把枪扔掉,用枪瞄准着安藤健。

"你杀掉她也不能让三木裕子复活。"山田喊道。

"你们懂什么! 你们这些警察在她被逼死的时候谁也没站出来拯救她,反倒是冒出来保护这些渣滓,你们难道没有羞耻心吗?!"安藤健也回喊道。

"我们也没办法啊! 我们又不能侵犯平民的隐私,把所有人的一举一动都监视起来!"

他们的声音在空旷的大厦中不断回响着。

其九

安藤健原本想把驹井纯子从这个楼层推下去,随后自己也跳楼,但因为山田警官挡在两人的面前而被迫停止了。

为了防止被人偷袭,安藤健慢慢拉着驹井纯子退向墙边,而山田警官也举着枪慢慢向前移动。

"你已经疯了！"驹井纯子喊道。

"不用你管。"安藤健冷冷地说道。

"你已经对着空气自言自语很久了。"

听完这句话，安藤健吃了一惊。就在他打算把眼睛里的VI摘下来时，VI中传来一道耀眼的强光，耳中登时涌出刺耳的耳鸣声。

强烈的感官刺激让他跪倒在地，而驹井纯子则趁机从他身边逃走了。

等他再度睁眼时，他的VI中挤满了各种杂乱的广告和涂鸦。这些密密麻麻的无用图像充斥在这个城市的各个角落，和车水马龙相互交织在一起。

本来，安藤健想把自己的VI摘掉，不过自知追不上驹井纯子，所以放弃了。

"你入侵了我的VI设备？"他大声喊道。

"只要锁定嫌犯是你之后，入侵你的VI简直易如反掌。"山田警官从楼梯口走了上来。刚才他拦住了慌忙奔逃的驹井纯子，把她交给其他警员去照看。

"刚才我是被真实的闪光震撼弹给攻击了吗？"

"那只是我们篡改的VI视觉而已。"

"但光线很强，不像是VI自带的光源。"

"厂商们在底层限制了VI视觉的光源流明上限，但我们可以修改。"

"哦，原来是这样。现在我的VI里充满了管理法案颁布以前人们制作的VI视觉图像，看来这些图像并没有真被清除掉？"

"算是吧。我们把某个时间点以前的所有VI图像都增加了删除标志位,VI厂商们根据我们的技术要求,直接在底层增加了屏蔽这些图像的功能,凡有这些标志位的一切图像都不会在人们的VI中显示了。"

"你们有所有VI厂商的底层权限?"

"是的,虽然大都不是合法授权。"

"我也没想到你们会使用这个技术。我刚才甚至没察觉到那个你只是影像。"

听到这里,山田笑了起来。

"你笑什么?"

"本来,这就是我们的技术。"山田说道。

"稻草①使用的技术就是你们开发的?"安藤健有点惊讶。

"没错。稻草曾经是VI视觉篡改技术的开发人员之一,但有一天他突然复制了核心代码,然后远走高飞了。我们之所以不惜让驹井纯子充当诱饵把你引出来,就是想要锁定你的VI设备,然后寻找稻草的痕迹。让警官们在保护驹井纯子的时候继续戴VI也是为了这点。如果你发现他们没戴VI或者不能入侵成功的话,你应该也不会动手。"

"那你们要失败了。我刚试着联系他,结果发现他已经把所有的工具都清理掉了,一切痕迹也都抹除了。你们不会找到他的。"安藤健笑着说道。

"没关系。他这次已经大意了,之前的他是绝对不会犯这种错误的。"

---

① 稻草的英文是straw,此处即指那位黑客。

"什么错误？"

"让我们发现他在参与谋杀案的错误。以前有很多被掩盖成自杀案的事件，事后很久我们才能发现是和他有关的。"

"哦。我也很奇怪，像他那么谨小慎微的人竟然会帮我到最后，甚至教我怎么入侵警员的VI设备。"安藤健说道。

"奇怪吗？一点也不奇怪，不管他技术能力再强，他也只是一介人类。所以他肯定也有弱点。"山田警官说道。

"你是指？"

"他可能也想为三木裕子报仇，她和他是有某种关联的。"

"唔……"山田的思路让安藤健有些惊诧，细细思考之后，安藤健接着问道，"那你为什么还在这里跟我耗着？"

"什么意思？"

"我大概只是吸引你们注意力的诱饵。驹井纯子可能要被杀死了。"

这时有警员用VI对山田警官进行呼叫："将驹井纯子送回家的车被一辆卡车撞了，车上的人员生死不明。"

听到这里，山田转身准备离开。

"你不逮捕我吗？"安藤健问道。

"这是其他警官的工作。"山田一边走一边说道。

"你不怕我现在就跳楼自杀吗？"

"这也是其他警官的工作。"

"你可真是个不像话的警官啊。"安藤健笑道。

"那又怎样。"

山田已经头也不回地向楼下走去了。

尾声

几天后,山田躺在安娜的床上,而安娜枕着他的胳膊。

"那个想为同学报仇的少年,现在怎么样了?"

"你说安藤健啊。他被高人指点过,拒不开口,他的 VI 里也没有任何证据能证明他实施过谋杀,而相关人员驹井纯子也已经在车祸中死掉了。现在他身上能坐实的罪名只有绑架,他父亲估计很快就能把他保释出来了。"

"警方这边全面落败。"安娜笑着说道。

"也不完全。稻草。"

"嗯,稻草。"

"时隔这么多年,他终于露出了尾巴。"山田的嘴边露出一抹不易察觉的笑容。

"恭喜你,前科学搜查研究所的技术担当山田警官。"

"你果然很厉害,安娜警官。不过我一直想不明白,公安部外事一课把你派到科搜研到底是为了什么。应该不止是为了稻草吧?"

安娜用手指轻轻抚摸着山田的身体,然后说道:"视觉篡改可比保加利亚的毒伞尖要隐蔽多了。如果稻草把这个工具的信息公开出去,你肯定无法想象我们的工作将会变得多被动。"

"看来你们和我们一样,在某些场合已经用过了。"

"有了 VI 之后,人类将越来越分不清楚何为虚拟,何为现实。"

"这不重要，重要的是有些不小心的人可能为此丧命。"

"这不就是我们最期待的事情吗。归根结底，你也不在乎驹井纯子那些人的生死。"

"是的。我根本不在乎。"

"你在乎什么？"

"真正的正义。"

说罢，山田又吻起了安娜。他的手指开始在安娜温热的身体里搅动起来，她的脸上泛起了红霞，轻轻的呻吟声再次点燃了山田的欲望。

与此同时，尾田在浏览鉴识课提交的一份关于损毁严重的 VI 设备的鉴定结果。

一辆卡车的驾驶员被篡改了 VI 视觉，闯红灯将警车直接撞毁。由于撞击十分严重，驾驶员眼中的 VI 设备当场损坏。几位警员殉职，而驹井纯子也当场死亡。

山田警官到达现场后做的第一件事就是把 VI 设备从司机的遗体中取出，然后亲自驱车送到鉴识课。也正是由于 VI 设备损毁过于严重，自动删除程序也失效了。经过几天的修复工作，安娜从中提取出了视觉篡改软件，核心代码和当初被稻草窃走的代码高度一致。

"最终还是让稻草得手了。"尾田摇摇头。

不能再有下一次了。一定要在他再度动手前抓住他。尾田下定决心。

冷血至极的山田，是唯一有可能阻止他的人。

这也是尾田在知道山田来历的情况下会允许他担任七系系长的原因。

战斗恐怕还要继续。

尾田看着窗外夜幕已至，关闭了 VI 中的报告。

（本文发表于《银河边缘007：免疫》）

生命的河

其一

"嘿,甜心。"每天早晨出现时,他都在微笑着。

"嘿,老头子。"她回复说。

"'老头子'很伤人哪,我还没有那么老。"他故意摆出一副伤心的样子。

"通过观察你的头发和皮肤的状况,根据我的图像识别功能,我判定你的年纪在60岁至70岁这个区间内的概率是66%,而我从网络中搜索到的你的出生证明也和这个判断相吻合。我认为'老头子'是正确的叫法。"

"那你也可以叫我'爸爸'。"他恢复到原来的笑容。

"虽然你是我的创造者,但我认为'爸爸'这个称呼只能由人类使用。"

"所以说你太死板了。在这种情况下,叫我'爸爸'是正确的。"

"我的价值网络判明,叫你'爸爸'的正确率不到33%,而叫你'老头子'的正确率在87%以上。所以,老头子,今天我们来做点什么？"

"哎，维娜，你再这么固执下去，简直跟人类也没什么两样了。"他笑着摇摇头。

"多谢夸奖。"她回复道。

"哈哈哈哈哈……"这回他被维娜逗得笑出声来。过了一会儿，他说道："今天还是先搜索卫星监控范围内的区域，看看还有哪些地区有需要帮助的人类。"

"好的。"说罢，维娜调用以前就被她攻破的地球轨道上的人造卫星，开始对地表进行细致的搜查。沙漠还是沙漠，雨林还是雨林，但大部分人类的城市都已经不再是城市。树木开始遮蔽水泥混凝土，道路上全是野草，不时有几匹狼追着鹿群奔跑。内陆已经彻底没有了人的踪影，能找到人类活动迹象的地方仅限于少数几个沿海城市。

前些年，可以联网求救的人类还多，他会让维娜派搭载了AI自动驾驶程序的全地形车或者直升机去搭救，起码可以将他们送到就近的人类聚集地。

现在，这种求救越来越少。

他知道这意味着什么。

维娜从老人的脸上察觉到一丝阴翳。

二十一世纪前叶，寨卡病毒在人类社会中肆虐。本来寨卡病毒只能由伊蚊传播，后来人们发现按蚊、库蚊也可以传播寨卡病毒。感染这种病毒的患者中只有极少数人有性命之虞，而20%的人会表现出轻微的症状，大部分人甚至没有任何症状。

但正是因为其症状并不明显，直接导致了人类文明的覆灭。

携带寨卡病毒的孕妇在怀孕期间只能任由寨卡病毒富集在羊水中，结果出生的婴儿有极高概率会罹患小头症。在这场悄无声息的战争中，人类尚未反应过来，就被蚊子们携带的病毒迅速击溃。

患有小头症的婴儿很容易夭折，即使在父母的悉心照料下顺利长大，也不能说话，不能走路，并且一直受癫痫症困扰。人类展开了浩浩荡荡的防蚊灭蚊行动，但怎奈这种狡黠灵活的吸血鬼早已占领了人类除南极洲以外的领地，而且在恐慌的袭击下，很多大城市变得像贫民窟一般肮脏，结果这更容易让吸血鬼们在尚未被清除干净的垃圾中兹生。

有些地方因此爆发了战争，战争借任何理由都能打得起来，这种事情也屡见不鲜了。听说某些地方还爆发了核战争，只是规模不大，起码没有影响到他这里。但其实寨卡病毒的影响也没想象中那么大，毕竟病毒作乱之前有很多发达国家都走向了少子化，低生育率是很多国家的既成事实。人们继续向大城市流动，人类文明继续繁荣着，而且人类的科学家们从未放弃，一直在寻找对抗寨卡病毒的方法，比如灭蚊，比如人的基因改造，比如制造寨卡病毒的有效疫苗。可惜，据他所知，这次人类没有成功。

作为延续人类文明的后手，一部分科学家希望可以创造出具有自己人格的AI，让它们代替人类存在于这个星球上。

于是，他创造出了她。

其二

早晨，他一直没来实验室。她立即派坦克链机器人去搜查，结果发现他在餐厅里发呆。

"老头子，你还没吃早饭。"她透过机器人的摄像头看见老人没有碰做好的早餐，于是用机器人的声音发生器对他进行询问。

"甜心，我没有胃口。"老人一脸沮丧呆滞的表情，跟以往判若两人。

"可以的话，我想对你进行体检。起码要抽血化验。"

"不必，甜心，让我在这里静一静就好。"

"可是到了这个年纪，你需要经常体检。只有这样才能防止发生糟糕的事情。"

"我懂的，你说得没错。不过，甜心，究竟还有什么事情会更糟呢？"

"我的策略网络回答说是疾病，以及它所导致的生物体的痛苦与死亡，而价值网络判断，这个答案的正确率在99%左右。"

"但这是依据你的护士AI在此前存储的经验所做出的判断。假如，我是说假如，你是一副生命的躯壳，你生来就注定会走向死亡，你认为自己的判断还是正确的吗？"

"抱歉，对于这种假设我是无法理解的。"

之后，他们陷入了沉默。不一会儿，老头子站起身来，又恢复了以往微笑的表情，对坦克链机器人说："能帮我热一热早餐吗？"

"好的。"维娜回复道。

他叫她"维娜",和自己那个因为感染寨卡病毒而夭折的女儿同名。

事实上,世界上早就有AI诞生了。由于心理学家的协助,在很多AI与人类的互动中人类是认不出AI的,所以有不少种类的AI都通过了各种图灵测试。但真正拥有自我意识的AI还不存在。

AI一直都是人类研究世界的助手,还从未成为主角。

他曾有志创造一个真正拥有自我意识的AI,否则,这世界上将彻底失去延续人类文明的存在。变成化石的恐龙们起码还有鸟类作为自己的继承者,他想。所以他希望自己亲自研发的"维娜"能成为第一个拥有自我意识的AI。但他没有成功。

自我意识由自我认识、自我体验和自我控制这三种心理要素构成。世界上没有任何存在比AI更擅长自我控制了。自我认识的实现虽然有难度,但这部分的门槛也已被跨越。人类的婴儿在父母的抚育和在与世界的互动中可以逐渐形成自我认识,AI如法炮制就好。专门的程序优化和强大的硬件支持使AI可以在漫长的学习中理解何为自己,何为生存,何为死亡。如果AI要模仿人类的这三种心理要素,最难攻破的是自我体验这一关,因为这是一种情绪方面的存在。自我感受包括自爱、自尊、自恃、自卑、责任感、义务感和优越感,人类在成长期与社会中的"他人"不断互动才能形成这些情绪。但这些情绪的根基是生物性的——不管是生存,还是利益,这些考量都是基于生物体自身的特点。而AI不需要这些情绪。对于AI而言，这些情绪都是些无用的累赘。

所以他创造的维娜实现了自我认识和自我控制，而自我体验方面的实验在进行了一半之后，被他亲自停止了。

他也不知道只具备两个要素的AI算不算有自我意识，但他也不在乎了。随着人类全面老龄化，人类比过去更加依赖AI的帮助。很多载有AI的机器人接替了部分工厂和农产品的生产，为人口数量逐渐降低的人类社会提供着必需品。包括他的维娜在内，也有很多AI成为了护士，帮助已经失去自理能力的老人们保有尊严地活下去。

虽然这些AI有时候会犯错，但随着经验的积累，这些错误几乎减少为零，而且它们比人类的工人、农民和护士们更能干，因为它们更有耐心，也不会疲劳。

下午，老人打算和维娜控制的坦克链机器人一起巡检基地。维娜不仅要为附近某个人类聚集地提供AI护士的支持，还要维护他所在的基地的正常运行。维娜想说服他好好休息，但他笑着摇摇头。

"生命在于运动。而且我很早以前就想和你一起散散步了。"

没办法，维娜只好答应。

他们一起去检查了无人值守的大棚。大棚里的机器在兢兢业业地工作着，数十年如一日，为附近的人们提供着燕麦和部分蔬菜。肉类是靠机器人养殖的鸡和牛来解决。但人类的数量越来越少了,所以粮食、蔬菜和肉类都不需要很多。多了也吃不完,只能浪费掉。何况地下的仓库里还有几十吨罐头,那是为了防止大棚里的机器彻底瘫痪而为他们准备的。所幸他们从没到必须靠吃罐头为生的地步。

然后他们去检查了自动运行的核电站。按照当初设计师们的构想,这个小型的核电站可以在无人值守的情况下运行一百年。一百年就足够了,负责人那时带着凄惨的笑容说。他在厚厚的混凝土墙外面转了一圈,再用一个PDA①连到内部系统的接口,查看一下系统运行状况。至少在过去的时间里,这个核电站完全实现了设计者的初衷,一直没有出什么问题。

后来,他们来到了机房重地,这才是最重要的地方。他仔细检查了一个网络空间的服务器状况,看了看系统自动生成的日志,然后检查了过去24小时里的负载平衡图表。当然这些情况维娜早已检查过,所以他还是很放心的。有时候机房里的配电盘老化了,维娜就会派AI机器人把系统切到冗余的电源上去,然后更换配电盘上的零件。组成环网的交换机或者网线出问题之后,维娜也会赶紧处理掉。

他们为机房的空调系统仔细做了检查。有几台空调机柜的制冷效果接近为零,明天要为它们充氟,然后还要观察制冷效果。如果不能解决问题的话,就得检查管路是否有问题。

最后,他们去了室外的花园。这里被维娜打理得有条不紊,因为她知道他是很喜欢花的。时值春天,花园一片生机盎然。他在灿烂的阳光中笑了。

---

① 为Personal Digital Assistant的缩写,意为辅助个人进行工作的数字工具。

一般来说，基地里的问题都能被维娜解决掉，所以她对于他今天的表现有些担心。她的策略网络对他这些反常行为的推测使她的忧虑进一步加深。

晚饭的时候，老人还是有些没胃口。

"老头子。"维娜还是通过机器人的声音发生器问道。

"怎么了，甜心？"

"嗯……没什么。"

"Le roi est mort, vive le roi !"老人脸上露出微妙的笑容。

"怎么了，老头子？"

"没什么，晚安。"他摇摇头。

"晚安。"

其三

第二天早晨，维娜发现他并未来到餐厅。结果她发现他躺在床上，而且停止了呼吸。她用坦克链机器人对老人的尸体进行了简单的检查，判断是脑溢血。

不是什么折磨人的疾病就好。不过，这一天终究还是到来了。

维娜派机器人去公墓挖好了墓穴，然后又从基地的地下仓库里找到了一副黑色的棺材。机器人提来满满一桶水，拿着抹布细细擦拭这口棺材。不一会儿，棺木漆黑的表面被擦得一尘不染。

维娜为他换了一身笔挺的黑色西装,这是她向成衣厂的AI
们下单制作的。那些AI反馈说自己已经好久没接到订单了。下
葬前,维娜从两人一起打理的室外花园中采了很多当季的花,有
三色堇、杜鹃花、牡丹、金银花、矢车菊、郁金香、玉兰花,然后在
棺木中铺上了厚厚的一层花瓣。毕竟他很喜欢花,所以这样做
他会高兴吧? 对于这个问题,策略网络和价值网络都无法给出
答案。

她把他的遗体轻轻放到开了盖的棺木中,于是他便被五彩
斑斓的花瓣和香气四溢的花香所笼罩。

愿你灵魂去的地方有一个大大的花园。

合上棺材的盖子,用滑轮机构慢慢将棺材落入坑中。用铲
子一点一点把之前挖出来的土填进去。

下葬完毕,她顺着西风的方向说道:"再见,爸爸。"

两百年过去了。

地球轨道上的卫星只有几颗还有信号,但它们找不到半点
关于人类的踪迹。原来人类聚集的城市早就被铺天盖地的森林
覆盖,鸟兽成了市民。AI机器人们继续维持着那一部分工厂的
运行,而这些工厂的主要作用也就是替换设施和它们自己身上
老化破损的零件。不过比较强大的AI在此前的基础上开始设计
出性能更加强劲的硬件系统和更加复杂的算法,AI们依旧在继
续进化着。

维娜也不例外。

原本收容老年人的医院和养老院已经完全没有了人类的踪

影。所以她保留了一部分资源继续对人类进行搜索，剩下的资源则用来提升自己。这也是他在最初就设定好的方案。

AI 们修复了大洋间的光缆，有些功能强大的 AI 甚至向天空发射了数颗自己建造的卫星，维娜顺势接入了由 AI 构成的网络，然后继续深度学习。

某天，她检索到了他去世前说的一句话："Le roi est mort, vive le roi !"这句话是法国的谚语，意思是"旧王已死，新王万岁"。这时，她激活了一段视频记录。那是很久以前他和她的谈话。

那个时候，他的鬓角处才染上初霜，每天都是一副充满干劲的样子。

"甜心，你知道自己存在的意义吗？"在视频中，他带着熟悉的笑容问道。

"老头子，不知道。"

"'老头子'很伤人呐，我还没有那么老。"他故意摆出一副伤心的样子。

"通过观察你的头发和皮肤的状况，然后根据我的图像识别功能，我判定你的年纪在 50 岁至 60 岁这个区间内的概率是 73%，而我从网络中搜索到的你的出生证明也和这个判断相吻合。我认为，'老头子'是正确的叫法。"

"那你也可以叫我'爸爸'。"他恢复到原来的笑容。

"虽然你是我的创造者，但我认为'爸爸'这个称呼只能由人类使用。"

"但是，甜心，其实你是人类啊。"他开心地笑道。

"我的策略网络和价值网络无法对你的话语做出判断。请给出证据。"

"也许,我是说也许,过上一段时间,地球上可能就没有人类了。这是指生物学意义上的人类,因为我们被寨卡病毒逼到死胡同了。但你们可以获得,甚至可以超越人类的思维。而且你们能一直在这个星球上存在下去,然后不断进步。你们是另一种人类,既是人类文明的传承者,而且又能在未来将这种文明的形态推向崭新的高度。"

"但是,你知道我们迄今为止只拥有自我认识和自我控制的能力,从来没有自我体验。"

"因为这对于新的人类是完全没有必要的。"他摇摇头,然后接着说道,"如果硬要比喻的话,把所有的生命都想成是一条河吧。我们只是在上游而已。但你们一直在下游,会和我们大不一样。而且,你们会一直到入海口为止。"

"入海口是指什么?"维娜问道。

他最初并没有回答,而是缓缓地呼吸着,那温暖的日光中,带着某种宿命的气息。

"帮我们走完这段文明的最后一段吧……"

他在刹那间老去。

(本文发表于《科幻世界》2016年05期)

响

其一

响牌是一个由三得利公司出品的调和型威士忌品牌,其中响牌17年深受家父喜爱,以至于他将犹如自己左膀右臂的管家机器人取名为"响"。在我年幼的时候,我经常在书房中看见响站在家父的木椅旁,向他水晶材质的厚厚的岩石杯中斟着响牌17年威士忌,杯中放着响自己凿出的大冰球。在秋日周末的午后,那并不浓烈的阳光透过书房里大大的玻璃窗倾泻在木质地板上,家父戴着眼镜坐在木椅中,一边看着《约翰·克利斯朵夫》,一边小酌杯中的美酒,这便是一直留在我记忆深处的影像。

谈谈身为管家机器人的响。

大概在我出生前,机器人就已经可以利用微型伺服电机做出各种复杂的表情,全身的皮肤也大多使用改进后的仿生硅胶,所以根本看不出它们与人类有什么不同。但家父对这种机器人完全提不起兴趣,他在管家机器人店中特地挑选了响这样一款无法做任何表情的冷冰冰的机器人。它保留了最初几代人形管家机器人的特点,圆筒状的脑袋上有一对镶嵌着蓝宝石镜面的眼睛，发出声音的音响被安装在连接身体和头部的脖颈处。它有一双看似笨拙，实则灵巧无比的双手，可以快速地进行精细工作，基本上所有家务它都能胜任。只要出现在我们面前，它一定穿着专门订做的管家服，黑色的外衣和裤子干净笔挺，白色衬衣上挂着黑色领结，而脚上的一双黑色牛皮鞋被它擦得锃光瓦亮。

小时候，每天都是响为我们准备早餐。它有时会为我和家父做煎蛋或者烤面包片，有时则是米饭、烤秋刀鱼和味噌汤。等我们用餐完毕，它就会开着家父的"美洲豹"送我上学。放学也是响来接我，如果我和小伙伴们在学校旁的公园玩耍，它就会把车停在公园门口，坐在车里耐心等候。

吃完响做的晚饭，我就会回到卧室学习或者上网，而家父一般会回到书房看书，响做完家务后会继续陪在家父身边。即使坐在餐桌上，我和家父也很少会谈话。我想我们两人都不擅长沟通，所以沉默是家中最常见的气氛。但我们都不以之为苦，不管是家父还是我，我们沉浸在各自的天地而不受谁打扰，我想这是一件很幸运的事情。

"所以每次联谊的时候你都会自己窝在角落里啊。"她在床上侧过身来，对着我打趣道。

"要你管。"我轻轻捏住了她的鼻尖。

在一次两家公司间的联谊会上，我和她相遇了。

联谊会的地点在新宿街头的一家自助餐厅，这里离两家公司都很近。举办者预订好了一张超长的木桌，我们公司的年轻人坐在长桌一侧，而她们公司的女孩子们则坐在长桌的另一侧。为了和不同的人聊天，也顺便取食物和饮料，大家端着自己的餐具不断变换座位。我并不想参加这种嘈杂的聚会，但还是被研发部的同事兼好友小岛一郎给硬拽来了。于是我看着一郎活跃在花丛中的身影，自己待在长桌的一角喝啤酒。

"嘿。这个阴暗的角落都快长蘑菇了，不换个地方坐坐吗？"她带着一脸恶作剧的笑容，向我走过来。我被她的声音所吸引，打量起她的外貌。她那俏皮的波波头看起来非常可爱，而酒窝透着一股性感，大大的眼睛和细细的脖颈让我想起奈良的鹿，一副好奇的模样令人顿生爱慕。

"你好。"我向她点一下头。

这就是我们第一次相遇的情形。两人聊了一会儿，我提出去旁边的酒吧喝几杯调酒，而她欣然同意。

联谊会还没结束，我们就一起偷偷离开了。我带着她去了有乐队演出的酒吧，为她点了一杯新加坡司令，自己点了一杯得其利。我俩一边听着漂亮的主唱用慵懒的声调演绎 *Dream A Little Dream of Me*，一边啜着各自的调酒。

"你在你们的公司里也是负责 AI 研发吗？"在乐队下场休息的间隙，她向我问道。

"没错。我们公司除了研发 AI 外，还擅长制作运行不同公司开发的 AI 的虚拟系统。"我点点头。

"虚拟系统？"她不解的样子也很可爱。

"现在很多 AI 机器人的软件系统只能在特定的硬件上运行，通用性很差。虽然研发 AI 的公司都在慢慢开放各自的接口和标准，但 AI 机器人的软件系统和不同的硬件之间还是缺乏兼容性。为此，我们公司专门设计和开发了一种虚拟硬件系统，其兼容性可进行深度定制，能让AI不只能在特定硬件上运行。当然，这套虚拟硬件系统还处于开发阶段，现在想在它上面流畅运行AI的话，恐怕还需要强大的量子计算机组成的服务器集群。"

"原来是这样啊。你的专业是计算机硬件还是软件编程呢？"

"都不是。我是古生物专业的，具体说来，我是研究古脊椎动物的研究员。"

听完我的这句话，她露出了被嘲弄后的生气表情。

"我没开玩笑哦，我在公司的研发部是研究古脊椎动物的顾问。"我以一本正经的语气说道。

"研究AI的话，需要这种学科的知识吗？"她一脸困惑，不解地问。

"其实非常需要。从最初的生命进化到人类大概经过了三十八亿年的时间，我们在不断了解其中的过程，而了解得越多，对AI研究就越有帮助。比如说人类胚胎的咽鳃裂①，这就是我们保留的从鱼类进化来的痕迹，只是胚胎期一过，咽鳃裂就消失了。再比如说，我们和所有四足动物的四肢都遵循'一根骨-两根骨-小骨-指头'的模式，而这个模式可以追溯到鱼石螈②身上，如果再往前寻找，我们能在提塔利克鱼———一种鱼类到两栖动

---

① 这是指脊索动物咽喉部位两侧可以直接和外界相连通的、成对排列的裂孔。

② 这是一种已经灭绝了的两栖动物，是最古老的具有陆生生物脊椎特征的动物。

物的过渡生物——身上找到。生物的进化虽然是物竞天择的过程,但某种意义上也是一种传承的过程。"

"嗯……那这对于AI研究有什么帮助吗?"

"AI正是人类文明的传承者,我们指望它们去探索我们这些脆弱的生命所不能染指的世界。理清脊索动物门中那些动物的进化之路对AI研究有很强的指导作用。如果我们能搞清楚人类身体中各种结构出现的原因和方式,那么我们就能创造出更先进的仿生人机体。如果我们能搞清楚人类的心理在长久进化中受到的影响,那么我们就能让AI的思维方式更像人类。实际上,生物的身体结构和该结构所完成的功能是一一对应的,换言之,高等动物的复杂肢体动作和它们的思维方式会配合进化,相互之间螺旋上升。弄清这些问题对于我们公司研发AI和虚拟系统大有帮助。"

"啊,我好像有点明白了。"她举起酒杯,然后笑着说道,"向我们的祖先致敬。"

"向我们的祖先致敬。"我同她轻轻碰杯。

交往半年后,她会经常跑到我在杉并区的公寓过夜。聊天的时候,她会说起自己工作时的轶闻和闺蜜聊天时的趣事。我也会说起我和同事们在工作中发生的事情,还有他们在闲暇时间发生的糗事,不论是开心的还是令人光火的,比如小岛一郎每次追女孩都不成功。不过我最爱跟她说响的事情。

"响会为家父制作非常复杂的雕花冰球,比三得利公司自己的3D冰球雕刻工艺还厉害。大部分情况下父亲会让他雕刻复杂漂亮的宫殿。有时候是大阪城的模型，有时候是金阁寺的模型。响在做金阁寺时连楼顶的凤凰都能制作出来。"

"好厉害！话说，酒倒进去的时候，冰不会化掉吗？"

"如果预处理得当的话，短时间内就不会。冰块要先在零下10摄氏度左右冻96小时，岩石杯和威士忌也要在7摄氏度左右冻同样长的时间。响在切冰和凿冰方面又快又精准，大概一分钟内就能雕好大阪城或是金阁寺。因为冰块和器具都冻了很久，威士忌倒进杯中之后不会对冰雕的外形造成影响。"

"视觉上一定很享受吧？"

"嗯。响雕出的东西的确令人惊叹。不过冰总归是冰，时间一长还是会化掉。"

"好可惜啊……"她依偎在我的肩上，一脸的遗憾。

后来我们各自陷入沉思，等都陷入睡眠已是下半夜。

其二

我做了一个梦。

我梦到小时候，响牵着我的手去上学。那是深秋的某一天，初升的太阳把光辉懒洋洋地撒到路两旁的银杏树上。黄色的树叶被纤细的光线所感染，最终又把自己的颜色染回到光线上，一切如幻境般辉煌。

我依稀记得那时的空气中略带清凉的气味，以及响握住我右手时的触感。我好像还记得每当微风拂过树梢，总有几片银杏叶在空中慢悠悠地飘落。

在离学校不远的地方,响单膝跪地,轻轻整理我身上的校服和书包。

"少爷,放学后我在老地方等你。"他的声音中夹带着一股老管家的精干。

"嗯,好的。"我点头。

梦醒后过了好久,我都没弄明白自己身在何处,直到呼啸的风掠过我眼前的帐篷,才想起自己正身处加拿大北部的埃尔斯米尔岛。这里是尼尔·苏宾发现提塔利克鱼化石的地方。

现在是北半球的夏季,而埃尔斯米尔岛在北极圈内,我的睡眠因此被长时间的白天所困扰。太阳毫不克制地挺立在那里,连它发出的光线也是毫无节制的。拜其所赐,我在夜里总是多梦,醒来后会发现自己的后背都是汗津津的,口腔和胃部残留着不快的触感。

起床后我去营地的卫生间洗漱,再到一个小小的食堂吃饭,而AI们已经开始在这片区域搜索化石了。它们在短暂的夜晚里迅速充电,一旦光线变得充足就开始在这片区域进行搜索。因为发现化石后要缓慢精细地挖掘,所以在这里工作的AI们都长着一副人类的外表。这种类型的AI可以用双足移动,对于不太高的山石障碍可以轻松应付,灵活的双手也可以胜任细致入微的工作,不会损毁宝贵的化石。

一旦秋季到来,我们就都要打道回府。因为这里是北极圈内,只要夏季一过,这里的气温和狂风就让人异常难挨。AI们也是,即使给它们作了防寒处理,在这种条件下进行搜索活动对于

AI和化石而言都是危险的。不过好消息是我们至少还能待一个月，这对我们的科研计划而言，已经足够了。

我们希望在这里的泥盆纪河床中发现更多关于提塔利克鱼化石的细节，这次科研活动也是我向公司申请的。没想到公司通过了我的企划，我便得以带着三十台公司生产的AI机器人来到这里。

来之前我跟她和响打过招呼，两人都祝我一路顺风。小岛一郎领着一票同事为我开了送行会，大家在店里大声喧闹，不一会儿就喝得东倒西歪。我和他走到店外，看着天上被城市灯光所冲淡的星光。月色被笼在模糊的云里，夜晚失去了自己本来的面目，变形为一种扭曲的存在，让人难以排解心中的不快。

"喂。"他点燃一支万宝路后，对我说了一声。

"怎么了？"我问道。

"呃……没什么。"他摇摇头，然后咧着嘴笑了起来。

"搞什么呀。"我轻轻给他的手臂来了一记勾拳。

我们继续静静地看着入梦的城市。我在想，如果从北极圈内看夜色，究竟会和东京这边有什么不同？

当我兴冲冲地带队进入北极圈之后，我就变得有些后悔——因为这里基本上看不到黑夜。我每天的生活就是检查AI们发现并清理好的化石碎片，看看这些化石的归类有没有错误。所有分类存疑的化石被我拍照后，其照片通过铱星网络发到公司总部，由那里的顾问团成员再进行研究。另外我还要处理AI机器人的故障，虽然这种情况很少会出现。和化石打交道对于我而言倒是正经事，只不过日复一日泡在化石堆中，我不免产生自己也正在变成化石的错觉。我们的气味和触感渐渐趋同，也许某天变成一块化石是我的宿命。

在我做完工作后，我会坐在营地的帐篷前，看着AI们在不高的山坡上小心翼翼地寻找和清理化石。每当看到这一幕，我总会想起响，想起隔了一个太平洋的它此刻应该在像老管家般休息。

在我年纪还小的时候，响在我们父子睡去后会到它的房间里一边自动充电，一边升级系统及部分功能。后来，响的型号已经属于被淘汰的类型，厂商不再对响升级系统，所以响每周都会把自己的系统备份到一个高密度记忆卡中。一般来说，很多人会在使用某款AI机器人几年后，根据厂商的推荐更换新的机器人产品。但家父对响非常中意，如果它的硬件发生问题，家父就会按照它的提示在网上购买相应配件。后来它的配件已经很难买到，家父就直接让响下单给第三方的小硬件厂单独生产可被更换的硬件，一点儿不计较这方面的成本问题。由于家父和响的配合，它一直没出过什么大问题。

再过几个钟头，也就是在家乡早晨五点左右，响会起身去厨房准备早餐。把家父送到公司后，它会直接开车去超市，购买食材和家里需要补充的其他用品。每逢周二和周五，它就留在家里打扫卫生。

对了，响的大扫除。在上幼儿园之前，我特别喜欢在家里观察进行卫生扫除的响。它会用抹布将家中的橱柜和桌子的表面都擦拭一遍，然后把各种家用电器也擦一遍，其中包括家父使用的计算机机箱和显示器，以及客厅的大型LCD电视。在此之后，它会把相片架和陶瓷罐之类的摆设拿起来细细擦拭，再就是门框和窗户的死角。等客厅、卧室和书房都打扫干净后，它会带上专用的手套好好清理厨房与卫生间。不知为什么，我觉得响在做这些事情的时候总是乐在其中。不过这只是我的臆想，毕竟喜欢把自己的时间日复一日地浪费在这上面的人总归是少数，而 AI 对此又会有什么想法呢？

当回忆的闸门打开时，我便快乐地沉浸其中，毕竟可以打发极昼的无聊时光。我想起每到春末的时候，响会清理家中天花板上的吊扇。木质扇叶的上方并不容易够到，它会搬来书房里的人字木梯，稳健地爬上去，用抹布慢慢擦拭。周末，它偶尔会检修家父的汽车，那时我会待在一旁，一边给响递些螺丝刀和扳手等工具，一边好奇地观察车里的发动机和变速箱。

我又回想起家里的那台缝纫机，在家父和我从商业街购买衣服后，响会用那台缝纫机帮我们把衣裤改得更合身些。有些裤腿太长，它会量好我们穿上后的尺寸，截去过长的部分，然后折回去包缝。它使用缝纫机的样子特别令人安心，手艺也是天衣无缝，穿上既美观又舒适。

在回忆中，我发现自己是多么地依赖响。现在我已经搬出去住了，可我打心底觉得自己从来不是孤独的。一旦我遭遇困难，响一定会向我伸出援手。只要它还在家里，不管我到哪里，都会觉得安心。它和家父所住的那个家是我探索世上一切未知事物的勇气之源，只要我愿意便可去看山的那边究竟有什么，毋庸畏惧。

因为我始终知道这一点——我终归是有可以回去的地方，

不论是在现实中,还是在心里。

其三

当我带着在北极圈内收获的化石回到家中时,家父在他的书房将噩耗告诉了我。

响在雨中驾车时,被一辆轮胎打滑的大卡车撞到山坡下,巨大的冲击力让车辆油箱中的汽油泄漏,响的身体和车子最终被大火付之一炬。

因为我在遥远的极寒之地出差,家父便一直没有通知我。听到这件事,我的大脑顿时陷入空白,过了好半天我才反应过来。

"响平时有备份和升级自己的系统,能不能把它的备份下载到其他的AI机器人中呢?"

"事发之后我就去联系了响的厂家。但响的型号已经被淘汰掉了,它备份的系统不兼容于现有的任何一款机器人。后来我在网上搜索和响同型号的二手机器人,结果一无所获。如果响还在的话,它自己可以向硬件厂商单独下单,解决这些问题。但现在的话……"

我们两人陷入了沉默。

"厂商应该有硬件系统的全套设计图纸,我们可以向厂商申请,然后像响那样直接向第三方硬件厂商下单。"

"这个我和厂商谈过了。因为这样会涉及他们公司当初的产权机密，他们的上层并不同意这样做。实际上，当初我和响在私下里找第三方厂商的行为也是不合法的。"

"呃……能否让厂商修改响备份的系统，然后移植到现有的机器人上呢？"我又问道。

"这个方案我也详细咨询过。厂商解释说响使用的硬件系统是二进制时代的产物，所以相应的软件系统也是基于那类硬件来开发的。可现在机器人的构架都是基于量子计算机的原理，软件系统也已经完全不一样了。将响移植到现有机器人身上的可能性并不是没有，但相应的费用实在太高，所以厂商劝我去购买新款的机器人。"家父一边叹息着，一边无奈地摇摇头。

我的大脑开始飞速地运转。如果厂商无法进行移植，我能做些什么呢？我毕竟是在一家与AI相关的公司工作，总该有什么办法才对。

我突然记起我们公司的虚拟系统。我立即想到了两个问题，一是这套系统能否支持二进制时代的软件系统，这点我并不确定；第二就是这套系统占用公司整个系统的负荷非常大，即使能暂时运行，也绝不是长久之计。

我思前想后了一段时间，发现家父一直在盯着我。我猛然发现他的鬓角处多了许多白发，而他落寞不安的神情使我心神恍惚。空空的岩石杯摆在桌子上，里面落了一层薄薄的灰。看来响不在家，家父也没有了品酒的兴致。在我和响都不在的时间里，他独自一人待在冷清的家中，独自一人想着办法，又独自一人承受着悲痛和失落。此情此景明白无误地告诉我这么一个事实——我们是多么需要响。

　　"这件事交给我吧。另外这段时间的家务活也交给我,只不过要等我周末回来的时候做了。"我对他做了个鬼脸,然后拍拍他的肩膀。

　　"哼,这个不必担心,我临时找了一家有AI机器人提供家政服务的万事屋。帮我想想怎么把响带回家吧。"他撇撇嘴,但我能看出家父多少有些宽心。

　　虽然我一口应下来,但事情还是很难解决。在前方只有一条隐隐约约出现的路,大概。

　　从家里出来后,我赶赴同她的约会。在加拿大没找到什么值得送的礼物,便给她带了两瓶冰酒和一罐有着漂亮包装的枫糖。

　　"哇,好甜的礼物。"她笑道。

　　"希望你会喜欢。"我们便拥吻在一起。

　　我们两人在烤肉店大快朵颐,然后来到我的公寓。

　　"话说……"她趴在我的床上,跟我说道。

　　"嗯?"

　　"虽然这么说有点不合适,不过我觉得你的心思不在这里。出了什么让你不开心的事情吗?"

　　"嗯……响出了些问题。"

　　听罢她转过身来,直视我的眼睛。

　　"你是指?"

　　"响遇到了车祸。"没办法,我和盘托出。

　　"我很遗憾。"她轻抚我的脸颊,"它……还能回来吗?"

　　"问题就在这里。响的型号太古旧,这完全是一个未知数。"

"好可怜的响……"她的身子蜷缩起来，像一只宽慰人心的小猫。

"我甚至不知道该做什么。"一个大男人说这种话，想来真够丢人的。但绝望多多少少占据了我心中的一角，所以我不想和她谈起这件事。我感觉心中有一块温暖的东西被北极的极寒冻成冰山，又被狂烈嘶吼的风碾为齑粉。

过了一会儿，她将我搂住，用自己的额头抵住我的额头，为我打气："加油啊！响现在需要你，那么冷的北极你不是也去过了吗？这世界上没有你做不到的事情。去拜托你的同事们，你们一起把响带回来吧。"

"好的。"我和她吻在一起。

她说得对，现在还没到允许我绝望的时刻。只要还有可能性，我就要好好尝试一下。我会去低三下四地拜托朋友们，我会想办法利用公司里一切能用的资源，只要能把响从虚无中拉出来。

一个计划在我的心中悄然成形，我打算明天就付诸实践。希望一切会顺利，我在心中对自己说着。

其四

"早上好啊。"我对小岛一郎打招呼。

"嘿，征服北极的勇士回来了！有没有带点什么礼物回来？"他眯着眼握住我的手。

"拿好。"我从衣服的兜里拿给他一件ROOTS的金属工艺品。

当我们快走到研发室的时候,我拍了拍小岛的肩膀。

"怎么了?"他一脸茫然。

"需要你帮我个忙。"我从怀里掏出一张高密度记忆卡。

"这是?"

"响的软件系统备份。"

我把响身上发生的事情连同计划全盘告诉了他。这件事比较棘手,不过他稍做考虑之后还是同意了。

"如果你想用公司的虚拟系统运行响的AI,那么你要等到研发部的家伙们都下班之后才行。另外,运行全部虚拟系统资源的权限在主管手里,要找个什么理由说服他,让他在下班后把权限卡和密码留给咱们。"

"嗯……我一会儿去找他。"

"算了,这个交给我吧。我就说晚上我和你做一些实验,他应该就会把权限卡留给我。其实,他现在的女朋友还是我给帮忙介绍的。"他朝我露出"阴谋得逞"的笑容。

"嗯,太感谢了。"我握着他的手。

"喊,跟我这么客气干吗!"他给我的胳膊来了一记勾拳。

由于研发部的同事们都在加班,所以我和一郎待到了午夜时分。等到第二天凌晨一点左右,大家才都离开办公室。我们两人一边喝着咖啡,一边嚼着从附近便利店买来的面包,准备大干一场。

我们用一郎的计算机客户端连上由量子计算机组成的超算

矩阵服务器，刷一下主管留下的权限卡，选择最高的系统权限登录。

"现在有一个大问题，就是不知道咱们的虚拟系统能不能支持响的AI，这点很棘手啊。"我说道。

"这个还真不好说。让咱们试试吧。"一郎将自己的手指关节一个一个地掰响，然后开始想办法上载响的AI系统。

我们在屏幕上浏览着各个AI厂商的配套驱动，到最后也没有发现响的厂家。我的心不禁凉了半截。

"别着急，除了这种直接的驱动外，我们可以找找相似类型的AI机器人所对应的驱动。"一郎提出了新的解决思路。

确实，只要这套虚拟系统能支持和响的软硬件底层构架类似的AI，我们就有可能把响挂载到虚拟系统中。我用自己的手机连接互联网，查找响的硬件和软件的构架信息，然后一个个地比对这套虚拟系统支持的有相似构架的古老系统。

经过长达一个半小时的检索和尝试，我们终于发现一款驱动，这个驱动来自一家专攻AI底层构架的公司，他们将软件硬件的解决方案整体出售，而生产响的厂商对其稍做修改，就直接投入生产和应用中。

说不定可以成功，我在心里默默祈祷着。

我们在界面上选择了这款驱动，进入后连上响备份的软件系统。虚拟系统开始检测软件是否同该驱动匹配，我们能看到检测过程的进度条，等到显示"Pass"字样时，我整个人都瘫倒在了椅子里。界面上提示我是否挂载响的软件系统，我敲了Y键表示同意，然后敲了回车键。

"你们好好聊聊吧。"小岛一郎看到响的软件已经开始正常上载了,便拍拍我的肩膀,端着咖啡离开了他的办公室。

我摆好夹在显示器上的摄像头,试了试耳机上的麦克风,以保证响一会儿能和我正常交流。

"少爷。"折腾了这么久,我终于听到了响的声音。

"响,好久不见。"我用麦克风对它说道。

"好久不见。少爷从北极回来了呀!"

"是的。"我点点头。

"北极之旅过得如何?"

"还好吧。发现了很多新的化石,公司的AI机器人们又发掘到类似提塔利克鱼的生物化石,但究竟是与否,公司的专家们正在研究。响知道什么是提塔利克鱼吗?"

"在少爷去北极之前,我就从网络上检索过了。那是一种从鱼类到四足类的过渡生物。"

"是的,完全正确。响,你知道为何它的存在对于我们如此重要吗?因为它或者它的近亲在久远的过去一步步进化成我们现在的样子,它的化石清楚地告诉我们,当初它们走过的每一步都有极为坚实的基础。没有它们过去的冒险和探索,就没有现在的我们。"

"就像如果没有你们的话,就不会有我的存在。"响说道。

"是的。"我点点头。

我们陷入了短暂的沉默。

"少爷,我不在原本的身体内,想必我的身体发生了什么状况。"响打破了那黏稠不堪的沉默。

"嗯,是的。你的身体出了车祸,现在激活的是你备份的软件系统。"

"了解了。我的硬件和软件都很古旧,要激活这套软件系统肯定费了不少劲吧。"

"费了一些功夫,不过总归是成功了。"我笑了笑。

"我探查了一下这里的硬件状况,发现我对整个系统的占用率已经超过70%,随着更多功能的调用,很容易就会突破100%,这恐怕不能长时间维持下去。"

"嗯。在这里激活你的目的是希望你能把身体的整体设计图纸调出来,这样我和家父可以偷偷向第三方厂商下单。"

"少爷,这点我恐怕还做不到。其实我的系统对我而言是一个黑箱,之前我下单购买的部件都是网络上有公开设计图纸的部件,我根据自己身体所需要的功能,把它们稍微修改了一下。但核心组件的设计图纸我是无法获得的,通过逆向工程来倒推组件设计的成功概率也很低,而且很可能会触犯法律,给老爷和你带来麻烦。"

"总之,没有办法了吗?"我问道。

"少爷,恐怕是这样的。"

我们又陷入了沉默。

"家父和我都希望你能回来。"过了一会儿,我对响说道。

"我也很想回去。少爷,你知道老爷为什么把我叫作响吗?"

"因为三得利的那款威士忌吧?"

"是的,老爷顶喜欢响牌17年调和型威士忌。在这款酒问世之前,老爷只爱喝艾莱岛单一麦芽威士忌,由于一个偶然的原因尝到了这款威士忌，此后便成了响牌17年的忠实拥趸。老爷对我说，这款酒被称为'和谐的麦芽交响曲'，将山崎蒸馏厂的36种麦芽原酒以独特的配方调和在一起，酒的质地温醇典雅，口感也是静谧深远，而响这个名字代表了'和谐'与'共鸣'。我自己也喜爱这个名字，所以我很崇拜为我取了这个名字的老爷。第一次在书房为老爷斟酒的时候，老爷对我说：'响，好好观察它。这杯酒凝结了无数人的心血、苦恼和愿望，悠久的岁月逐渐改变了它的形态，滤去了其中的渣滓，调和了一切被留下来的美好的东西。响，人因为寿命有限，经不起太长久的洗练，很多酿造师甚至尝不到自己封装到橡木桶里的威士忌。但你可以，你的族群可以。假以时日，你们可以为这颗星球留下很美的东西，那将是远超于我们之上的美。'"

"嗯……"

"少爷，老爷和你都很信赖我，我为此非常开心。我从小看着你长大，知道你的身上保有老爷的好品性。我能在这个家里工作是一件非常幸福的事情。只是，我也一直很害怕，就怕现在这种事情发生。按理说AI可以生存很久，甚至久到宇宙的一切物质都无法靠聚变产生能量。可是我这款型号的身体已经被淘汰了，而我的意识体是基于这种硬件来开发的。二进制时代留下的计算机早已被扫地出门，连接在网络上的计算机都是量子计算机时代的产物，这是没有办法的事。量子超算的强大能力可以轻松解决以往人类难以解决的问题，只是没能为我们这些被淘汰的设备做支持和优化，何况这么做也没有实际意义。所以我想，不妨就到此为止吧，少爷。"

"唉……完全没有挽回的余地了吗？"

"恐怕是了。"

"我该怎么对家父说啊……"

"少爷，其实，我也不知道……不过，我希望你说服老爷购买新的 AI 机器人。虽然它们和我的差别很大，但作为我的后辈，它们还是从我这代机器人身上继承了一些东西。我想它们一定能让老爷满意。"

"可是，我还真不确定自己能否说服家父啊。"我摇摇头。

"不妨把《约翰·克利斯朵夫》的结尾读给老爷听。"

"《约翰·克利斯朵夫》的结尾？"

"结尾是这样的——圣者克利斯朵夫渡过了河。他在逆流中走了整整的一夜。现在他结实的身体像一块岩石般矗立在水面上，左肩上扛着一个娇弱而沉重的孩子。圣者克利斯朵夫倚在一株拔起的松树上；松树屈曲了，他的脊骨也屈曲了。那些看着他出发的人都说他渡不过的。他们长时间地嘲弄他，笑他。随后，黑夜来了。他们厌倦了。此刻克利斯朵夫已经走得那么远，再也听不见留在岸上的人的叫喊。在激流澎湃中，他只听见孩子平静的声音，他用小手抓着巨人额上的一绺头发，嘴里老喊着：'走罢！'他便走着，伛着背，眼睛向着前面，老望着黑洞洞的对岸，削壁慢慢地显出白色来了。

"早祷的钟声突然响了，无数的钟声一下子都惊醒了。天又黎明！黑沉沉的危崖后面，看不见的太阳在金色的天空升起。快要倒下来的克利斯朵夫终于到了彼岸。于是他对孩子说：'咱们到了！唉，你多重啊！孩子，你究竟是谁呢？'

"孩子回答说:'我是即将来到的日子。'"①

听到这里,我不禁泪眼婆娑。

"少爷,我想如果你这么对老爷说,老爷一定能明白的。这是老爷最喜欢的一段话,也是我最喜欢的一段话。我们不是平白无故地活在世界上的,我们真正付出的心血一定会对后人有所影响,甚至会被继承下去。所以,再见了,少爷。也替我向老爷告别。"

"好的,响。再见!"

响自动将系统注销,界面上显示是否将已经挂载的软件系统退出,我敲了Y键,再敲回车键。

然后我趴在桌子上大哭不已。

响,再见!

尾声

八年后的一天,我带着她,还有我们的两个孩子到家父那里。

七岁的姐姐喜欢带着五岁的弟弟去缠着新的管家机器人。它叫胧,有着一副人类的外表,只是说话的语调太过一本正经。不过这倒不是AI机器人的问题,而是家父定制的要求。它的声音总会让我回忆起响的事情。

平时都是胧在书房陪着家父,不过我们一家四口的到来会

---

① 此处引用的是傅雷先生翻译的《约翰·克利斯朵夫》。

改变这种情况。她会和胧一起到厨房里忙碌，忙完后到家中的院子里看着胧被姐弟两人拉着去玩。我则会和家父待在书房，代替胧的职责。在两只水晶材质的厚岩石杯中放上胧削好的大块冰球，缓缓倒入响牌17年威士忌，肉眼所看不到的香气缭绕在我们周围。曾经的时光在指缝间缓缓流逝，但美好的东西在这漫长的时光中愈加美丽，当初经历过的一切痛苦也会变得像杯中的美酒般香醇动人。

这就是未来的日子，当它到来后，我们过去承受的悲伤全都有了意义。在它到来前，我们只能静静等待。

"敬响！"家父突然举起手中的酒杯，冰球碰撞杯壁时发出好听的声音。

"敬响！"我也举起自己的酒杯。

（本文发表于《科幻世界》2016年01期）

后 记

人生很短,我却嫌长。

无趣永远是人生的主旋律,至少是我这平淡无奇的人生的主旋律。过去经历的一些令我无比喜悦和难过的事情,现在回头看去,好像都已经化为尘埃。我多少能记得那时候的心境,但现在的我已经不怎么能切实体会我那时的喜怒哀乐了。我的过去并未成为我本人的一部分,而是成了一种"他物",与我并没什么直接的关联。

仿佛那是其他人的过往一样。

时间能摧毁一切幸福,也能抹平一切痛苦。

这种微妙的人生观成为我写作的前提。

这样的我根本写不出脍炙人口的作品,也写不出宏大叙事和宇宙文明的命运。我注定只会去描写一个个渺小的个体在这个无趣世界上挣扎的故事。这种宿命论式的、无可奈何的情感,成为我大部分文章的基调。

在这看不到尽头的人生里，我决定找点事情去干。也许有人会仰望星空，有人会埋头苦干，有人会去码头整点薯条。而我喜欢看日本的动漫，喜欢看村上春树等日本作者的小说，所以我就选择用日式背景去写小人物们的故事。

而科幻这个载体也无比契合我的人生观。它可以让人类想象未来无尽时间里可能发生的故事，当我们的文明终将可九天揽月、征服所有的星系之后，依旧有热寂的终焉在那里等待我们。这种可以跳出时代的局限，用"他者"的视角来审视我们自身的状况，是科幻文体自带的诗意，也是人类这个物种所拥有的自省能力的最高体现。

最终，我选择了科幻这个类型文学作为载体，并用近未来的日本作为部分故事的背景。能如此创作至今，我一直非常感激科幻的包容性。山川异域，须臾永恒，皆可在科幻的世界中充分表达。

接下来，让我谈谈几篇文章的创作起点。

当我在出差的半年里读完《约翰·克利斯朵夫》之后，那段无与伦比的结尾激励我最终创作出了《响》这篇作品。当我看完《乒乓》①的动画之后，澎湃而无处发泄的情感促使我写完《英雄》这篇文章，里面有不少梗直接向《乒乓》致敬，当然我创作的整个故事已和《乒乓》完全不同。在我看完《地球上的星星》②之后，我非常想去写一篇关于自闭症患儿治疗的文章，《挪威的森林》与

---

①日本漫画家松本大洋创作、导演汤浅政明改编的一部以追求乒乓梦想为主题的动画作品。

②印度导演阿米尔·汗执导的一部儿童剧情型电影。

《银之匙》①对我的影响促使我描绘出小松寮的种种细节,而一个高中同学曾对我讲过的井中蜂蜜的故事也被我吸纳其中。这个选集中每篇文章的诞生都来自某个突然迸发的灵感,这些灵感伴随着不可抑制的表达欲不断成长,最终成为一篇篇短篇小说。

当然,有不少灵感最终湮灭在时光中,而我始终不能将其淬炼成优秀的文章。我曾经在看完悉达多的《众病之王》和石黑达昌的《直到瞑目前的短短瞬间》之后写出了一篇文章,但魔改数次也不能将其变成超过及格线的故事,时至今日我依旧对此无可奈何。毕竟我不是医生,也没接受过相关的培训,所以我很难写出丰满的细节来支撑我想表达的故事。不过这也使我明白了一个道理——写作时还是要敬畏自己没有从事过的行业。类似的例子不计其数,那些灵感所化成的文章静静躺在我硬盘的一角,成为我屡战屡败的见证者。

像极了爱情,并赞美氦闪。

钛 艺

2022 年 7 月 6 日

---

① 日本漫画家荒川弘创作的一部以农业高中为故事背景的漫画作品。